rowohlt
BERLIN

Leseexemplar

224 Seiten, gebunden
€ 16.90 (D)
Erstverkaufstag: 22. März 2002

André Kubiczek

JUNGE TALENTE

Roman

Rowohlt · Berlin

1. Auflage März 2002

Umschlaggestaltung Philipp Starke
Satz aus der Minion PostScript PageMaker bei
Pinkuin Satz und Datentechnik, Berlin
Druck und Bindung Clausen & Bosse, Leck
Printed in Germany
ISBN 3 87134 446 X

Die Schreibweise entspricht den Regeln
der neuen Rechtschreibung.

Es liegt ein Grauschleier über der Stadt

Fehlfarben

VORHER

Südwestlich von Berlin, wo sich der Harz erhebt, an schroffe Berge gesetzt, die wie Wände drei der vier Himmelsrichtungen verstellen, in einem Kessel, in den zwei Gleise führten aus der offenen Ebene, der vierten, utopischen Richtung, um an einem Prellbock aus verwittertem Holz zu enden, in einer Sackgasse also und von rötlichem Staub überpudert, für den es keine nachweisliche Ursache gab, lag Less' Geburtsstadt, mit der er gern weniger zu schaffen gehabt hätte, als es ihm möglich war.

Genau genommen war Less an einer Raststätte groß geworden. Seine Großmutter war vierundvierzig aus dem Osten geflohen, hatte nach einigem Hin und Her ihren Mann in einem Lager bei Wuppertal ausfindig gemacht, sich dorthin durchgeschlagen und erfahren, dass er längst wieder freigekommen war. Er hatte den Weg zurück angetreten, um sie und die Kinder zu suchen. Eine Richtung, die verhängnisvoll war, nicht zuletzt für Less, Ausdruck einer Orientierungslosigkeit, die sich lediglich ein festes Ziel schuf, um es anzusteuern.

Tief im Osten, in der schlesischen Steppe zwischen Liegnitz und Grünberg, lag der Gutshof, zu dem es seinen Großvater gezogen hatte. Ein strenger geometrischer Schnitt, den Less später bei einem Ausflug nach Polen bewunderte, das Herrenhaus der offenen Seite gegenüber, ein breiter Feldweg, der in die Stadt führte, unfarben, trocken, staubend bei jedem Schritt, von Bäumen gesäumt, dahinter goldene Felder, in welchen die Sonne versank.

Angesichts der Bilder, die Less auf dem Ausflug eingesammelt hatte, der Pferdefuhrwerke, Strohgarben und Bauerngesichter, war in ihm ein gewisses Verständnis für den Großvater aufgekommen, den es an der politischen Realität vorbei zu dem Viereck hingezogen hatte, das noch immer die Welt enthielt. Hier war die Erde Scheibe gewesen, ihre Bewohner Komplizen, und es gab nichts, was je die Erinnerung verdunkeln würde an die Ehre, der Gutsherrschaft beim Tennis die Bälle reichen zu dürfen. Früh hatte sich hier gefunden, worum an anderen Orten noch blutige Kämpfe geführt wurden: ein Reservoir an Geschichten. Episoden, Anekdoten, Eindrücke, von einer Landschaft gerahmt, die wiedererkennbar war. Das übersichtliche Nebeneinander machte den Wahn der Verknüpfung überflüssig, und Less hatte manches Mal beobachtet, wie Tupfer jenes ländlichen Impressionismus seinen Großeltern die Rede melancholisch färbten: erlebte Paradiese, verlorene Begräbnisstätten, jeder Pinselstrich eine Pointe.

Es war nicht verwunderlich: Eine Generation, die Schillerballaden auswendig kannte und für Naturschauspiele empfänglich war, ließ sich erst recht von ein paar Felsen korrumpieren, zwischen denen ein Wildbach schoss. Der Ort, in dem die Wege seiner Großeltern sich zufällig trafen, wurde Wahlheimat, und so war Less, Opfer der mangelnden Kondition seiner Vorfahren, in die missliche Lage geraten, eine Kleinstadtkindheit durchspielen zu müssen.

In der Schule hatte man ihn gezwungen, die Topographie dieser Kapitulation mit Buntstiften einzufärben, grün die Wälder, blau das Wasser, die Gebäude rot, auf hektographierten Karten, die ein Gebiet von zehn Hektar abstrahierten, vergilbte DIN-A4-Blätter mit blassvioletten Strichen darauf. Schwer allerdings fiel es ihm, diese Karten, die seine Heimat darstellten, mit jener Weltkarte in Verbindung zu bringen, die es in der Mitte der Schulatlanten gab, eine Übung, die man glaubte, den Kindern zumuten zu können. Less, redlich bemüht um diesen Zusammenhang, doch unfähig, ihn herzustellen, war rasch enttäuscht. Er war acht damals. *Heimatkunde* nannte sich das Fach, in dem er auch lernte, Spiegeleier zu braten und die Uhr abzulesen, eine Vorbereitung auf das Leben, die ihn nach wenigen Sitzungen ermüdete.

Seine Eltern waren undurchsichtige Ingenieure, technokratischer Landadel der ersten Generation. Die ärmliche Herkunft hatte es ihnen ermöglicht zu studieren, dennoch galten sie in den Statistiken weiterhin als Arbeiter, als Teil des Proletariats, und das nicht zu Unrecht, schließlich hielten sie Gedichte für Weiberkram und tranken gezuckerten Wein aus Bleikristallgläsern. Irgendwann mussten sie sich wohl daran gewöhnt haben, nicht zur *Intelligenz* gerechnet zu werden, und Less war sich nicht einmal sicher, ob sie je diesen Ehrgeiz besessen hatten.

Nicht ohne Schadenfreude hatte er mit vierzehn zum ersten Mal von den Sticheleien im Werk gehört, Pöbeleien der verdreckten Arbeiter in der Werkskantine, die den Helmlosen und Sauberen galten, den Sekretärinnen und Anzugträgern, die ihr Essen auf gepolsterten Stühlen einnahmen, während die Arbeiter in Blicknähe auf Holzschemeln hockten. Er hoffte insgeheim, dass seinen Eltern der tägliche Pausengang eine Qual wäre, sie bestenfalls die Pause selbst fürchten würden. Gleichzeitig ahnte er, dass sie unempfänglich sein könnten für derartige Attacken, dass ihre Gleichgültigkeit, die sich nach außen als nie enden könnendes Engagement zeigte, stärker wäre als irgendwelche Gefühle der Ehre oder des Stolzes, die er ihnen mit dem Respekt seiner Sohnesrolle immerhin noch unterstellte. Aber darum ging es gar nicht. Wichtiger war der erstmalige Eindruck, Verbündete haben zu können, mit denen sich eine Front aufbauen ließ gegen eine andere Partei. In der Schule hieß es, dass so etwas in der Wirklichkeit oft passiere, ja dass sie so erst entstünde.

Schwache Erinnerungen hatte Less auch an die Sonntage der

Kindheit bewahrt, die ihm mit schöner Regelmäßigkeit Schwierigkeiten einbrockten, in den warmen Monaten, wenn es Pflicht war, sich auf der Straße auszutoben, statt im Zimmer sitzen bleiben zu dürfen. Ohne großes Zögern ließ er sich auf die Prügeleien ein, die er bald routiniert zu überstehen lernte. Es waren Rangeleien zu zweit, Duelle um nichts, die sich nach einem hektischen Anfang grundlos in die Länge zogen. Einer der Kontrahenten lag dann flach auf dem Rücken, während der andere auf dessen Brust kauerte und mit den Knien die Oberarme niederhielt. Von Zeit zu Zeit wechselten die Positionen, die Zuschauer verschwanden, und Less, egal, ob oben oder unten liegend, versuchte an etwas zu denken, in dem nicht jenes Gesicht vorkam, in das er seit Stunden zu blicken gezwungen war. Die Wäsche flatterte im Wind, denn sie bestritten diese Kämpfe auf dem Trockenplatz, dem Neubaublock gegenüber, aus dessen Fenstern irgendwann die Mütter zum Mittagessen riefen. Trotz der Ermattung, die er schon am Vormittag gefühlt hatte, stellte er sich am Nachmittag pflichtbewusst erneut seinem Kontrahenten, der diese Herausforderung meist lustlos annahm. Des Weiteren war ihm der Geruch des Hundekots an den Händen in Erinnerung geblieben, der Teer an den Armen, Kaugummi in den Haaren.

Die größten Triumphe in den Kindheitstagen verdankte er jedoch der Natur. Es ging dabei um die Möglichkeit, von den Felsen in die Tiefe der Schlucht zu springen und derart das Leben zu beenden. Stets mit tiefer Verachtung in der Stimme berichtete sein Vater von diesen Lebensmüden, *Subjekten*, wie er sie nannte, die sich irgendeiner ominösen Verantwortung entziehen würden.

Less war das egal. Auffällig abwesend saß er am Abendbrottisch, wenn sein Vater die Neuigkeiten aus dem Werk mitbrachte. Hinter vorgehaltener Hand, mit einem Eifer, der schlecht zu seiner Entrüstung passte, raunte er sie der Mutter zu, hin und wieder einen misstrauischen Blick auf den Sohn werfend, der wusste, wann es sich nicht schickte, aufmerksam zu sein. Während er gleichgültig den Kopf abwandte, um fleißig im Essen zu stochern, merkte er sich selbst die unnützen Details jener Schaurigkeiten. Später dann, wenn die Eltern im Wohnzimmer saßen, sein Vater die Fernsehbilder studierte oder in einer öden Fachzeitschrift blätterte, die Mutter Wäsche ausbesserte und die Gespräche zwischen beiden allmählich verebbten, lag er im angrenzenden Zimmer wach und wiederholte die am Küchentisch aufgeschnappte Geschichte des Suizids. Zunächst rief er sich die blanken Fakten ins Gedächtnis: den Ort, den Felsen oder Felsvorsprung, an dem die Tat geschehen war, die Tageszeit, die Herkunft des Selbstmörders, ob Einheimischer oder Zugereister, und nicht zuletzt das Motiv für den Sprung, über das in der Stadt noch wochenlang spekuliert wurde, das sich wandeln konnte, ja musste, um die Geschichte eine Weile länger in aller Munde zu belassen, so lange, bis es erneut jemand wagte.

Aber auch die Motive waren Less eigentlich egal, denn ihm ging es lediglich darum, den Klassenkameraden anderntags eine Erzählung anzubieten, die geschliffen war. Sicherlich hätten auch die Mitschüler von dem Ereignis berichten können, doch vermochte niemand, diese Begebenheiten so packend und in flüssiger Rede darzustellen wie er. So lag er an solchen Tagen, die es öfter hätte geben können, bis in den Morgen hinein wach und bastelte in seinem Kopf einen Text zusammen, den er anschließend auswendig zu lernen versuchte. Selbst die Stellen, an denen er Atem zu holen hatte, die Stimme heben oder senken musste, sogar die Pausen und Verzögerungen, die seinen Worten die nötige Wirkung verleihen sollten, prägte er sich genauestens ein. Irgendwann fiel er erschöpft, aber zufrieden in einen kurzen, nervösen Schlaf, in dessen Verlauf ihm Kolonnen von Buchstaben durch die Vorstellung geisterten, sich manchmal zu Wörtern fügten, die seiner vorbereiteten Erzählung entstammen mochten, jedoch wieder in ihre ursprüngliche Unordnung zerfielen, ehe er in der Lage war, sie zu lesen. Er registrierte bloß die sich wandelnden graphischen Konstellationen und einzelne Silben, die dazu monoton im Hintergrund gesprochen wurden. Less wusste nicht, woher diese Klänge stammten. Er konnte nicht einmal sagen, ob es überhaupt eine Stimme gab, die ihren Kommentar über seinen Traum sprach, oder ob nicht der ohnehin schwierige Traum durch einen zweiten verkompliziert wurde. Mehr aber noch beunruhigte ihn der Verdacht, dass das, was da in seinem Kopf rumorte, die Dinge viel besser ausdrücken konnte als er, der sie in mühevoller Arbeit ins enge Korsett des einstudierten Textes gezwungen hatte.

Am nächsten Tag in der Schule, übermüdet und mit roten Augen, in der großen Hofpause, schlich er sich an die Gruppe der Jungen heran, zu der er gewöhnlich keinen Zutritt hatte. Wie von selbst ging der Kreis auf, in dem sie standen, und erweiterte sich um einen Platz für Less. Zehn Minuten genügten ihm meist, um sein Epos der Lebensmüdigkeit vorzutragen, den Rest der Zeit beantwortete er Fragen zu Details, gab sich fachmännisch und scheute sich nicht, den einen oder anderen Schlenker seiner Phantasie als Tatsache anzupreisen. Dann war die Pause vorüber, und er versank wieder in der Nichtbeachtung, aus der ihn die Toten kurzzeitig gezogen hatten.

KRIEG DER KANARIEN

Es war eine der lächerlichen Veranstaltungen, die der Frühling über die Stadt brachte, eine der besonderen Trostlosigkeiten, die der alltäglichen die Krone aufsetzten. Ein Hohn auf Less, dessen Leidensfähigkeit unproportional zu seinem Lebensalter gewachsen war und die den besten Dünger in der alljährlichen Entfesselung der Folklore fand, in den lachhaften Kostümen, von Frauen ausgefüllt, die tagsüber in Synthetikschürzen in der Hütte arbeiteten, in den handgroßen, auf Miniaturbesen reitenden Plastikhexen, ebenfalls in Polyesterkleidern, aus demselben Material wie die Kittelschürzen, aus dem auch Einkaufsbeutel und Matratzenbezüge bestanden, ein schwarzer Grund mit weißen Punkten und Phantasieorchideen aus einem Nirwana für Deppen.

Wenn es denn einen Vorhang gab, der sich vor dieses Trauerspiel hätte senken können, musste auch er mit diesem Muster bedruckt sein, dachte Less, als er vor dem Spiegel im Badezimmer seiner Großeltern stand und aus einer Metalltube einen Strich Rasiercreme in seine linke Hand drückte. Er rieb das Zeug vorsichtig breit und fuhr sich durch die Haare. Es sah aus, als wolle er sie ausreißen. Strähne für Strähne begann sich so zu erheben, und eine halbe Stunde später stand sein gesamtes Deckhaar ab wie die Borsten einer Klobürste. Er musste sich beeilen, denn seit einer knappen Stunde bereits war jene regionale Seltsamkeit im Gange, derentwegen er sich gerade abmühte: das alljährliche Wettsingen der Kanarien.

Die gesamte Stadt war wahrscheinlich schon dort versammelt, um sich an den Vögeln und ihrem dünnen Gesang zu ergötzen, zitternde Staubwedel, deren einziger Reiz, ein leuchtendes Gelb, von groben Wolldecken der Deutschen Reichsbahn verhängt blieb, eine Farbe, die es, wie alle gesättigten Farben, hier nicht gab, nicht einmal im Fernsehen, das ein Opfer talbedingter Interferenzen war.

Die Thälmannstraße war menschenleer, als Less die leichte Steigung in Angriff nahm, die vor dem Klubhaus der Hüttenwerker endete. Vom Berg herab polterte Blasmusik, irgendein Radetzkymarsch für niedrige Klassen, für dessen strammen Takt er jetzt fast dankbar war, denn die dumpfen Tubastöße trieben seine Füße, die lieber stehen geblieben wären, beharrlich den Weg hinauf. Vor Pelzels Fleischerei verschnaufte er kurz, um sein Bild im Schaufenster zu betrachten: Nicht weniger als ein Fremder, stand er da zwischen geräucherten Dauerwürsten und hatte wie sie einen eisernen Haken im Kragen.

Als er oben ankam, war der Krieg der Harzer Roller schon in die zweite Runde gegangen. Um die Arena standen Biergartentische mit langen Bänken, schuppige Platanen warfen ihre Schatten auf die abgehängten Vogelbauer, die Kapelle setzte gerade ihre Instrumente ab. Less erkannte Delia Hellmund, die ein Tablett mit nullfünfer Biergläsern aus der Klubhaustür balancierte. Instinktiv duckte er sich.

Less hatte noch nicht die Zeit gefunden, sich Gedanken über seinen heutigen Auftritt zu machen, über die Folgen, die seine modische Randale in nächster Zeit nach sich ziehen würde. Denn mindestens ein Jahr noch musste er es hier aushalten, dann konnte er sich eventuell mit der Ausrede eines ausgefallenen Lehrberufs in die nächstgrößere Stadt absetzen.

Dieser Auftritt war von langer Hand geplant. Seinem Großvater hatte er vor Monaten einen Anzug aus den fünfziger Jahren abgeschwatzt, ein dunkler, rauer Stoff mit weißen Meridianen, funktional geschnitten und zwei Nummern zu groß, später dann ein mit Silberfäden durchwirktes Hemd der Marke *Schwarze Rose*, noch später ein Paar knöchelhoher Arbeitsschuhe mit Stahlkappen und schließlich Manschettenknöpfe mit dunklen Steinen und goldener Fassung. Noch schwieriger war es gewesen, die Frisur zu verändern. Eigens dazu hatte er sich für zwei Wochen zu seinen Großeltern abgemeldet, um dort nachts vor dem Badezimmerspiegel zu stehen und mit einer Papierschere an seinen Haaren herumzustutzen. Pro Sitzung schnitt er jeweils nur wenige Millimeter ab, an den Seiten und am Hinterkopf. Am Ende der zwei Wochen waren dennoch ein paar beachtliche Zentimeter zusammengekommen, die nun fehlten und seine Kopfhaut durchschimmern ließen. Der Vorteil dieser schleichenden Art, sich zu frisieren, war, dass Less sowohl seiner Umwelt als auch sich selbst das Erschrecken über einen radikalen Schnitt ersparte.

Delia Hellmund hatte ihn nicht bemerkt. Sie half ihren Eltern aus, die die Klubhauskantine gepachtet hatten, und schleppte mit hölzerner Grazie dem Publikum Bier an die Tische. Less hatte Schwierigkeiten, sie länger als ein paar Sekunden zu betrachten, ohne den Blick zur Erholung kurz auf etwas anderes zu schwenken. Sie trug eine weiße Schürze über dem knielangen, schwarzen Rock, den sie erstmals zur Jugendweihe vorgeführt hatte. Das war jetzt zwei Jahre her, und trotzdem schlotterte der synthetische Stoff noch immer wie ein Sack um ihre Beine, deren kindliche Form durch schwarze, Falten werfende Dederonstrümpfe wie eine Karikatur des Asexuellen wirkte. Sie war mit einer Magerkeit geschlagen, die alles und nichts bedeuten konnte, ein Zögern ihrer überforderten Physis, die Weigerung einfach, sich für *irgend*etwas zu entscheiden. Ihr Gesicht war stets von streng in der Mitte geteilten Haaren verhängt, wie sie reizloser nicht sein konnten, ein dünner brauner Schleier, den nicht eine Welle bewegte und den sie mit widerspruchsvoller Geste lüftete, wenn ein Lehrer sie in der Schule dazu ermahnte. Und trotzdem tat es Less Leid, dass ausgerechnet Delias Anblick ihm solches Unbehagen bereitete. Sie war wahrscheinlich die Einzige, die ihn nicht verraten hätte, wäre sie ihm in der Unterstadt begegnet, wo er probehalber sein neues Outfit durch die nächtlichen Straßen spazieren getragen hatte. Vielleicht auch nur, weil sie niemanden kannte, vor dem sie sich mit einer solchen Neuigkeit hätte brüsten können. Außerdem war sie eine der wenigen in der Klasse, deren Eltern nicht in der Hütte arbeiteten, wenngleich sie von ihr abhingen, eine Abhängigkeit allerdings, die sich im öffentlichen Blick längst umgekehrt hatte. Denn die Hellmunds verkörperten mit ihrem Gewerbe eine Freiheit, wie sie hier größer nicht zu haben war. Sie ließen sich täglich auf die wüsten Faseleien ihrer Gäste ein, Tiraden, die bei aller Zerfahrenheit doch immer das Pathos der Aufrichtigkeit besaßen, sie nickten verständnisvoll und sprachen tröstende Worte. Es waren kleine Zugeständnisse an die Psychen der Trinker: Sie sollten sich von Zeit zu Zeit versichern lassen dürfen, dass sie auch anders könnten, wenn sie es denn gewollt hätten.

Einmal nur war Less bei Delia zu Hause gewesen. Sie gingen damals in die neunte Klasse, Delia hatte Angina bekommen, und da sich niemand fand, der ihr freiwillig die Aufgaben bringen wollte, hatte die Lehrerin ihn bestimmt, weil er auf seinem Weg sowieso an ihrem Haus vorbeimüsse. Die Hellmunds wohnten in einem zweistöckigen Einfamilienhaus an der Stecklenberger Allee, und eigentlich führte sein Schulweg nicht daran vorbei, aber was sollte es.

Delia öffnete ihm die Tür, ihre Eltern waren nicht zu Hause. Hier, in der Sicherheit ihrer Wohnung, hatte sie eine Souveränität, deren Fehlen sonst am deutlichsten im Sportunterricht auffiel, wenn sie als Letzte in eine der Mannschaften gewählt wurde, sehr exotisch in ihrem blaumetallic *Puma*-Turnzeug zwischen all den Sack-und-Asche-Kombinationen, und sich immer wieder darüber zu ärgern vermochte, eine stille, äußerst komische Verbissenheit, mit der sie erfolglos um Gleichberechtigung bat. Es war bekannt, dass sie eine ausufernde Westverwandtschaft hatte. Sie schrieb mit Füllfederhaltern von *Pelikan*, um deren leere Patronen sie die anderen früher angebettelt hatten, und es gingen Gerüchte, dass ihr Kinderzimmer mit *Kiss*-Postern zutapeziert sei, das doppelte S des Namenszugs in Runenform. Less wusste nach seinem Besuch, dass das nicht stimmte, doch er stellte es nicht klar, weil er sie nicht um das letzte Interesse der Mitschüler berauben wollte.

Delia hatte ihn in ihr Zimmer geführt und mit wenigen Worten das Peinliche der Situation zerredet. Pflichtgemäß übergab er ihr die Aufgaben. Sie waren beide keine schlechten Schüler, und so hatte sich der Grund des Besuches rasch erledigt. Mit einem Mal jedoch war Less so müde geworden, dass er sich auf Delias gehäkelte Tagesdecke hatte zurücksinken lassen, inmitten von Goofys, Daisys, Mickymäusen und einer ganzen Herde Monchichis. Sie warf ihm einen erstaunten, fast zornigen Blick zu, der ihm schlagartig sein schlechtes Benehmen bewusst machte, schon wollte er ihr mit einem Augenaufschlag Bedauern bekunden und sich dann erheben, als er sah, dass sich ihre Empörung bereits in eine demonstrative Unaufmerksamkeit verwandelt hatte. Sie tat plötzlich so, als habe sie nichts bemerkt, schaute aus dem Fenster und plauderte unbekümmert ihre Mädchenansichten aus, die sie mit einer Menge Details ausschmückte. Unsicher, was er tun sollte, hatte er auf die Ellenbogen gestützt verharrt. Ihr Wortschwall schien nicht enden zu wollen. Irgendwann entschloss sich Delia doch zu schweigen. Less war längst aufgestanden und hatte regungslos an ihr vorbei auf die Straße gesehen.

Beruhigt kramte Delia einen Stapel Jugendzeitschriften heraus, die ihr in unregelmäßigen Abständen aus Böblingen geschickt wurden. Sie gingen ins Wohnzimmer runter, und Less ließ sich auf einem monumentalen Samtsofa von Modetrends erzählen und von Musikgruppen, deren Songs hier im Rauschen der Mittelwelle untergingen. Die ganze Zeit fürchtete er, dass ihre Eltern kommen würden und er mit ihnen sprechen müsste, über *seine* Eltern zum Beispiel, die es nicht einmal fertig gebracht hatten, die faden Standardtapeten der Neubauwohnung auszuwechseln. Hier war alles irgendwie aus Holz, warm, und sogar das Licht kam indirekt ins Zimmer. In die weißen Paneele des Badezimmers waren Lautsprecher eingelassen, Delia spielte, als Less aufs Klo musste, *We fade to grey* ab. Später tranken sie Likör aus der verspiegelten Bar ihres Vaters, und Less fand, als er sich am Abend verabschiedete, dass es nicht einer der schlechtesten Tage gewesen war. Seitdem redeten sie manchmal in der Schule miteinander, und Delia lieh ihm regelmäßig ein paar ihrer Zeitschriften, in denen er auch die Anregung für sein neues Outfit gefunden hatte.

Auch zu Maik Göhrke war Less geschickt worden, von einer anderen Lehrerin, in der zweiten Klasse. Damals war es ihm nicht egal gewesen, er hatte bloß nicht gewusst, wie er sich wehren sollte. Göhrke galt als *Assi*, schon weil er ein halbes Dutzend Geschwister hatte, mit Namen wie Brain, Roi und Ivonn. Seine Mutter war Küchenhilfe in der Werkskantine, sein Vater verteilte im Werk die Arbeitskleidung. Die Familie wohnte im Nachbaraufgang, und eigentlich hatten Less und Maik gemeinsam alle Gleichaltrigen des Blocks im Griff gehabt. Less' Spielzeugarsenal und Maiks Unverschämtheit ergänzten sich ideal. Abends aber musste Less dann in den Nachbaraufgang, um den Eltern seines Freundes Briefe zu übergeben, in denen sich die Lehrerin über die ungewaschene Erscheinung des Sohnes beklagte oder über seine unflätigen Ausdrücke. Immer wenn Less vor der Tür stand, kam ein starkes Rumoren aus der Wohnung, Stimmen, Küchen-, Fernsehgeräusche, das jedoch sofort verstummte, nachdem er die Klingel gedrückt hatte. Meist öffnete die Mutter, stets um eine

Freundlichkeit bemüht, die ihr hier im Viertel sowieso keiner abnahm. Er überreichte ihr die Briefe oder Hefte, in denen Verwarnungen und Tadel standen und die von den Eltern zu unterschreiben waren, eine Formalität, die Maik mit seiner ausrutschenden Schrift vorher selbst erledigt hatte. Während die Mutter sich umständlich bei ihm bedankte und beteuerte, was er für ein guter Junge sei im Vergleich zu ihrem, sah Less durch den Türspalt Maik, der aus einem der hinteren Zimmer lugte. Maik hatte den ganzen Tag über gewusst, dass Less am Abend vorbeikommen würde, da die Lehrerin ihre Aufträge vor der ganzen Klasse verteilte, und trotzdem redeten sie auf dem gemeinsamen Heimweg nie darüber. Im Gegenteil: Maik brachte ihm neue Wörter bei wie *ficken*, die er sich nie zu benutzen traute, weil jeder sofort gewusst hätte, woher er sie kannte, oder sie gingen in die Kaufhalle, wo Maik ihnen Süßigkeiten klaute. Das war lange vor den sonntäglichen Prügeleien gewesen, und zum Glück wurde die Lehrerin bald schwanger und die Missionen fanden ein Ende.

Trotzdem fragte sich Less, ob sein Freund nie gehofft hatte, dass er einen seiner verräterischen Aufträge vergessen würde oder ignorieren, und als er die Frage schließlich bejahen musste, war ihm endlich jene Episode wieder eingefallen, die den eigentlichen Bruch mit Göhrke markiert hatte. Sie waren um die Häuser gezogen, als Maik plötzlich die Hose runterließ und an einen Zierstrauch hinter dem Block kackte. Dann riss er eine Hand voll Löwenzahn von der Wiese und wischte sich den Hintern damit ab, als wäre es das Selbstverständlichste, alles vor Less' Augen, den es wie eine Erleuchtung überkam, dass es manches Mal Göhrkes Scheiße gewesen war, in die er gegriffen hatte, wenn er dachte, es wäre die eines Dackels.

Jetzt saß Göhrke mit einigen anderen am Rand der Kampfhahnarena, rauchte Zigaretten, trank Bier aus einer Flasche und suchte das Umfeld nach Gegnern ab. Less schlich aus der Schussbahn seiner Augen in den Schatten einer Wurstbude.

Plötzlich wurde es still, Gläserklappern und Stimmen waren fort, selbst fernes Motorengeräusch ließ sich nicht mehr vernehmen. Lediglich der Frühlingswind ließ das Platanenlaub rascheln, das die Sonnenstrahlen zu geometrischen Schatten filterte. Jemand musste ein Zeichen gegeben haben, ein Kommando zum Innehalten. Less wartete, dass etwas passierte, doch es passierte nichts.

Als Erstes hörte er das heiße Öl wieder zischen. Gleich darauf hing der Geruch von verbranntem Fleisch in der Luft. Waren alle gegangen? Hatte sich die Erde aufgetan, waren sie alle zur Hölle gefahren und schmorten dort zu einem unappetitlichen Ragout? Less hielt es nicht mehr aus in seinem Versteck.

Doch nichts dergleichen. Lediglich ein weiteres Vorfinale war gestartet, was die Vögel jedoch nicht mitbekommen hatten. Das Publikum saß wie vom Schlag gerührt da und starrte auf die Reichsbahndecken, hinter denen die stummen Sänger hockten. Noch ehe Less überlegen konnte, ob es sich bei den Vögeln nicht lediglich um die gut getarnten Teile eines multiplen diabolischen Bewusstseins handelte, hörte er einen routinierten Tenor, der dennoch an der einzigen Silbe, die er zu bewältigen hatte, überschnappte, seinen Namen rufen. Im gleichen Moment fing einer der Kanarien an zu röhren, ein markerschütterndes *Zur Jagd!*, und die ganze Vogelmeute, die sich eben noch tot gestellt hatte, hetzte wie ein akustischer Heuschreckenschwarm der menschlichen Stimme hinterher, welche als erste in die Schwingungen der Harzer Luft hineingestoßen war.

Less trat einen Schritt vor, und das Sonnenlicht traf ihn ins Gesicht. Mit einer Boxerfinte schraubte er den Kopf in einen Fetzen Schatten zurück, ein Schlenker zu viel, denn ein Raunen setzte plötzlich ein, ein Murmeln und Keifen, von Dutzenden Fingerzeigen begleitet. Die Besitzer der Kanarienvögel warfen ihm schräge Blicke zu. Keiner scherte sich mehr um ihre Schützlinge, die jetzt wie angesengt durch die Tonleiter randalierten.

Er war also entdeckt worden und musste sich nun irgendwie aus dem Bedeutungszenit des Sonntagvormittags stehlen. Da er nicht wusste wohin und nicht als Zielscheibe stillstehen wollte, irrte er vage in die Richtung der Stimme, die ihn denunziert hatte, rempelte an Tische, Schultern, Beine, stieß quäkende Kinder um, bis er dieselbe Stimme ein zweites Mal vernahm, ganz nahe und von einem schwankenden Ton der Reue getragen: «Hierher!»

Less ließ sich blindlings nieder und das Gemurmel schwoll ob seines feigen Verschwindens an.

«Tag, Herr Wattig.» Der also hatte ihm den Pöbel auf den Hals gehetzt. Er hatte schon einiges intus, ging man von den leeren Gläsern aus, die vor ihm standen.

«Tut mir Leid, Junge», sagte Wattig.

«Egal», sagte Less. Wattig war ein komischer Kauz mit dünnrandiger Hornbrille und fliegenden Haaren, der stets klein karierte Baumwollhemden trug, grobe Kordhosen und Strickjacken. In der Stadt gingen verschiedene Gerüchte um, die seine Rolle in der jüngeren Geschichte betrafen und die angesiedelt waren in dem weiten Bereich zwischen zwielichtigen Arrangements und andauernder Renitenz. Er hatte Anfang der sechziger Jahre auf verschlungenen Wegen ein Mietshaus geerbt und betrieb dort im Erdgeschoss einen Schreibwarenladen mit angeschlossener Buchhandlung. Im ersten Stock dieses Hauses wohnten Less' Großeltern, und so war ihm der Alte seit früher Kindheit vertraut.

«Fräulein», schrie Wattig unvermittelt. Er meinte Delia, die gerade vorüberging. Less versuchte, die Haarspitzen einzuziehen.

«Ja?», säuselte Delias Stimme um sein Ohr.

«Ein Bier. Und für unsren jungen Freund hier ...»

«Auch eins», sagte Less und hoffte, dass Delia verschwinden würde, ohne ihn anzusprechen. Aber Delia verschwand nicht so schnell, im Gegenteil, sie beugte sich über Less hinweg und fischte die leeren Gläser vom Tisch. Er fühlte, wie ihre Brust auf seine Schulter glitt und sekundenlang dort liegen blieb, und er hatte den Eindruck, dass sie größer war, als es von weitem aussah. Beim Zurückschwingen ihres Körpers fiel Delia das Tablett aus der Hand, die leeren Biergläser schepperten zu Boden, und Less, während er noch bedauerte, dass die Last von seiner Schulter gewichen war, dachte unfreiwillig an den Sportunterricht. Umso mehr überrascht und schlagartig befreit von der lästigen Assoziation war er, als er eine Hand – es konnte nur Delias sein – an seinem Hosenbein herumfingern spürte, zaghaft, vorsichtig, als teste sie mit großem Respekt die Qualität des Stoffs. Dann zog sie sich wieder zurück, um kurz darauf an einer anderen Stelle erneut aufzusetzen. Less' Verwirrung war groß. Ohne sich umzusehen, tastete er unter dem Tisch nach ihrer Hand, die auf seinem Hosenbein entlangkroch. Er erwischte ihren Handrücken, schmal und kalt wie ein Fisch, und bereits im nächsten Moment hatte er die wärmere Handfläche in der seinen, fühlte einen kurzen und etwas zu festen Druck, griff reflexartig zu und hörte endlich, wie sich Delia mit knisternden Strümpfen erhob und über den Kies des Platzes zum Klubhaus hinüberging. Wie bei einem Phantomschmerz hielt er noch eine ganze Weile ihre Hand in seiner mittlerweile geschlossenen Faust. All das hatte nicht länger als ein paar Sekunden gedauert. Waren *das* die Waffen der Frau?

Die Blasmusik setzte wieder ein, ein Medley, das thematisch die drei Mittelgebirge des Landes durchwanderte, eine Polka der vereinigten Hinterwäldler.

«Du hast da was verloren», sagte Wattig zu Less und zwinkerte.

Less entdeckte einen zusammengefalteten Zettel vor sich auf dem Tisch, der ihm aus der Hand gefallen sein musste.

«Vorsicht!», stand in Delias mustergültiger Schrift auf dem Papier, «Göhrke hat was vor.» Er merkte, dass er rot wurde. Peinliches Missverständnis seinerseits. Erneut fiel ihm der Sport ein, diesmal nachdrücklicher, ihre Versuche bockzuspringen.

Bis zum Abend bewegte sich Less nur vom Tisch weg, wenn er aufs Klo musste. Ein gewisser Hartmut von der Tresenburg hatte gegen ca. vierzehn Uhr den Sängerwettstreit des Jahres 85 gewonnen und war mit einem Hirsekolben belohnt worden. Danach war man zum gemütlichen Teil des Festes übergegangen, zum Saufen. Auch Wattig kübelte Bier, als ginge es darum, den Fünfjahrplan im Schlucken zu erfüllen. Erstaunlicherweise wurde er dabei nur sehr langsam betrunken. Während Wattig zwei große Bier trank, bekam Less zwar nur ein halbes runter, aber das reichte, um sein untrainiertes Blut in Wallung zu bringen und ihm die Sinne einigermaßen zu betäuben. Ziemlich bald war seine gesamte Konzentration aufs Geradesitzen gerichtet.

Als es dämmerte, gingen die meisten Familien nach Hause, viele der Männer waren hinüber und schleppten sich, auf Frauen und Kinder gestützt, den Hang hinab. Auf der kleinen Freilichtbühne vor dem Klubhaus machten sich jetzt einige Techniker zu schaffen, hängten Lampionketten in die Sträucher, schleppten Tische heran und stellten die Anlage darauf ab. Das wichtigste Ereignis des Tages stand noch bevor, ein Gastspiel der über die Kreisgrenzen hinaus bekannten Diskothek *Karibik*.

Less setzte eine Runde aus, nicht zuletzt wegen Delias vorwurfsvollen Blicken auf Wattig. Ein kühler Wind war aufgekommen und brachte etwas Erfrischung. Über der Rosstrappe ging der Mond auf.

Eine Folge des Alkoholkonsums war, dass Less nicht sagen konnte, wie seine Provokation den Tag überstanden hatte, ob sie weitere Funken geschlagen oder ob man sich an sie gewöhnt und ihn schließlich nur noch belächelt hatte. Eines aber stand fest: Er konnte nicht mehr zurück. Aus Leichtsinn und Langeweile hatte er begonnen, an einem privaten Mythos zu werkeln, und wollte er das Ganze nicht als Faschingsauftritt abhaken, musste er fortan die Rolle weiterspielen, musste seine Laune zu einer Haltung adeln und bestenfalls irgendwann selbst an die Aufrichtigkeit der Wandlung glauben.

Der Festplatz war jetzt leer bis auf einige stadtbekannte Einzelgänger, die an den vereinsamten Biertischen ausharrten und den letzten Schluck in die Länge zogen. Von der Stadt im Tal ging nichts mehr aus, keine Geräusche, kein Licht, nicht mal nihilistische Inspirationen. Nur ein leichtes Aschearoma wehte aus Richtung der Hütte, wo die Nachtschicht begonnen hatte.

Wattig wechselte in die Gaststube des Klubhauses, um dort weiterzutrinken. Less, der keine Lust mehr auf die Gesellschaft des Alten hatte, schlich sich in die Nähe der Freilichtbühne, wo die *Karibik* mit gelben und roten Lampions lockte. Doch diese Insel barg eine Gefahr. Sie würde binnen Minuten voll sein mit feindlich gesinnten Jugendlichen, die sich auch sofort aufgemacht hatten, nachdem die ersten Takte des Soundchecks erklungen waren – *Run away, turn away*. Aus allen möglichen dunklen Ecken kamen sie geströmt, Bierflaschen in den Händen und Zigaretten, in Jeansanzügen mit *Iron-Maiden*-Aufnähern auf dem Rücken. Es war zum Fürchten.

Aus dem Schatten eines mächtigen Platanenstammes heraus sah Less, dass auch Maik Göhrke und seine Bande in den Lichtkreis der Tanzfläche traten. Ihre Gelassenheit war bedrohlicher denn je. Sie benahmen sich wie Platzhirsche, weil sie wussten, dass sie in wenigen Jahren tatsächlich welche sein würden. Auch die Mädchen standen in kleinen Gruppen herum, tuschelten, kicherten, und mit Bedauern wurde Less klar, dass sie allesamt nicht mehr zu seinem Anzug und der Frisur passten, dass es einfach ein scheußlicher Stilbruch wäre, sich mit einer hautengen Tigerhose oder einem Janis-Joplin-Stirnband einzulassen. Seine Chancen, die ohnehin nicht gut gewesen waren, hatten sich erheblich verschlechtert.

Das Licht begann zu flackern, eine Rückkopplung, ein forsches Pochen aufs Mikro, dann schrie jemand hinein und die Regler wurden hochgezogen: *Get down on it, if you really want it.*

Eine halbe Stunde tanzte niemand. Der Diskjockey gab nicht auf: «Alles klar, Freunde, ihr wollt härteren Stoff. – Könnt ihr springen?»

«Jaah», sagte das Publikum.

Der Diskjockey, die Hand am Ohr, brüllte: «Ich höre nichts: Könnt ihr springen?»

«Jaah», sagte das Publikum lauter, vereinzelte Begeisterungspfiffe flogen durch die Luft. Less wusste, was folgen würde: eine Hand voll Akkorde, von denen nicht klar war, womit man sie erzeugt hatte, Gitarre oder Keyboard, oder eine Melange aus beidem, dazu die kreischende Stimme eines Sängers, der mit Glitzertüchern, Dauerwelle und rosa Hose einen auf harten Mann machte: *Jump!*

Mit einem Mal brodelte die Tanzfläche. Die meisten der jungen Springer hatten es nicht mal mehr geschafft, ihre Bierflaschen abzustellen. Immer wenn der Sänger das Stichwort greinte, hoben sich die Köpfe in einer Welle. Mancher brachte sogar artistische Einlagen, grätschte die Beine im Flug oder täuschte Pirouetten an, andere schraubten sich spiralartig vom Boden und landeten wie zurückgeschraubt in der Ausgangsposition. Wer nicht mehr zu solchen Einlagen fähig war, stand einfach hängenden Kopfes da und schüttelte die Haare im Rhythmus der Musik. Viele hatten kurzerhand zur Luftgitarre gegriffen und fingerten filigran vor ihrem Hosenlatz herum oder erschöpften ihre Kraft in ausholenden, rudernden Armbewegungen. Einige versuchten sich sogar an imaginären Akkorden.

Less wusste, dass er von dieser Horde nichts zu erwarten hatte. Die Jugend war sich einig in ihren Vorlieben, und sie würde auch wie *ein* Mann ihre Abneigungen verteidigen.

Der Diskjockey wirkte zufrieden. Also legte er nach: *It's the final countdown.* Doch erst nach einer Stunde war der musikalische Spuk mit *Judas Priest* zu Ende. Der Diskjockey gönnte sich eine Pause, und die Dorfjugend, erschöpft, aber glücklich, stürmte ins Klubhaus, um sich mit frischem Bier einzudecken.

Less zögerte: Er konnte sich nicht unters Publikum mischen, zu dessen weiblichem Teil es ihn trotz der stilistischen Widersprüche hinzog, andererseits kam er sich etwas lächerlich vor in seinem Versteck und schämte sich obendrein der Furcht, die ihm jetzt wie das Fazit dieses Tages vorkam. Es hatte keinen Zweck. Langsam zog er ab, die Straße hinunter, die er mittags mit Bangen hochgestiegen war, drehte vor dem Haus seiner Großeltern ab, ging am Park vorbei und passierte die evangelische Pfarrkirche, die just in diesem Moment zu dröhnen begann: zehn Schläge. Niemand war mehr unterwegs. Verlegen um ein Ziel, schlug er den Weg ins Bodetal ein. Hier war es noch unwahrscheinlicher, dass ihm irgendwer begegnete.

Der Bach rauschte, die Bäume schwangen im Wind ihre Wipfel, durch die Mondlicht auf den steinigen Weg fiel, der sich zwischen steilen Felswänden schlängelte. Less überdachte seine Lage: Er musste etwas tun, das ihn vorteilhafter erscheinen ließ in seiner Rolle, etwas, das sein ängstliches Versteckspiel zu einer Taktik machte, das sein heutiges Missverständnis mit Delia ebenso berücksichtigte wie die schlechten Aussichten auf andere Mädchen, ja das selbst allen künftigen Niederlagen, blauen Augen, Blessuren die Aussage nahm, indem es sie im Voraus simulierte. Genau: Er musste die Tatsachen einfach *zu seinen Gunsten* interpretieren. Noch während dieser Überlegung hatte er damit begonnen, vielmehr eine tiefere, murmelnde Stimme war es, die ihm bereits einige entlastende Deutungsmöglichkeiten anbot.

Mittlerweile war er weit ins Tal hineingelaufen. Zu seinen Füßen brodelte das wilde Wasser, die Felsen standen nur noch einen Steinwurf auseinander, der Weg wurde mit jedem Schritt schmaler und stieg an. Vereinzelt zogen Wolkenfetzen am sternklaren Nachthimmel auf, flächig zerrissener Auswurf, gespenstisch glimmend vor dem Mond. Dann wieder verlief sich der Pfad in völlige Dunkelheit, die Bäume schlossen sich zu einem wogenden Gewölbe über Less' Kopf. Blind und ohne Grund tastete er sich in die Tiefe des Waldes vor. Es wurde kalt, seltsame Geräusche verstärkten die Stille, ein Knarren, Knacken, Knistern, das ihn feindlich umspann, ein großes Ächzen der Natur, die unter dem barocken Überschwang leiden mochte, den ihr ein morbides Hirn verschafft hatte. Wie Blut nach einem Aderlass rauschte das Wasser mit metallischem Hall über sein Granitbett. Von den Klippen röhrten Tiere in sehnsuchtsvollen Lauten, als seien sie Klangkörper für die verkommenen Seelen der unzähligen Sagen, die dem Dickicht angedichtet worden waren, gehörnt, hauerbewehrt, mit zwölf Enden und herbem Moschusgeruch, aber ohne Hoffnung auf Erlösung, selbst durch ein Jagdkollektiv.

Trotz des Fröstelns, das Less überfiel und das ihn hätte ernüchtern müssen, schoss ihm der Alkohol des Nachmittags erneut in den Kopf, eine warme Welle der Übelkeit, ein saures Drücken in der Kehle, bescherte ihm Taumel und Schwindel, manipulierte an seinen Sinnen herum. Bilder, zu verschwommen, um sie wirklich zu greifen, aber beunruhigend allein im kurzen Erkennen, wirbelten durchs schwarze Geäst, das sich jetzt regte, das sich neigte und unverhohlenes Interesse zeigte, ihn zu umschlingen. Eine zentrifugale Bewegung seines Bewusstseins, ausgelöst von der rebellierenden Peristaltik, projizierte die Sequenzen des Tages auf die totaler werdende Nacht, reihte grimassierende Gesichter neben belanglose Stillleben und verschmolz ihm das Ganze zu einem düsteren Panorama. Eine gegenstandslose Farbschmiererei, von der nicht klar war, ob sie den Wald befleckte oder seine innere Mattscheibe, bis schließlich, nach endlosen Sekunden der Balancewahrung, das Rotieren aufhörte und lediglich einige hellere Flecken in der nachtschwarzen Monochromie zurückblieben. Das Raunen der Natur verdichtete sich nun tatsächlich zu Wörtern, und es erstaunte ihn, dass er sie mit Leichtigkeit zu Sätzen fügen konnte, was er auch getan hätte, wäre da nicht ein seltsames Grauen vor der Aussage gewesen, die sich hinter der scheinbaren Beliebigkeit ihrer Silben tarnte. Das konnte nichts Gutes bedeuten. Less schwankte, die Stimme der Natur trieb ihn ins Dunkle voran, ein lockendes Vibrato, sirenenhaft, gefährlich. Er touchierte harzige Stämme, stolperte mehrmals im Unterholz und bemerkte erst, als ein Wiederfinden unmöglich schien, dass er vom Weg abgekommen war. Durch die vorangegangenen Drehungen war ihm ohnehin der Sinn für Richtungen abhanden gekommen. So stieß das Schwarz der Nacht in die Leere seines betäubten Kopfes und veredelte ihm die Welt für die folgenden Momente zu einem Hohlraum dritter Potenz, in dem man sich erstaunlicherweise spiegeln konnte.

Es war völlig nutzlos, eine Entscheidung zu treffen, *irgendeine*. Also ging er geradeaus, um wenigstens dem Zufall seine Chance zu lassen. Der Bach plätscherte nun von weiter unten, leiser als vorher. Less stieg einen Berg hinauf, nicht lange, danach ging es abwärts, dann lichtete sich der Wald, und er konnte kurzzeitig sehen, ohne mehr zu erkennen als Fichten, Föhren und kindshohen Farn, noch später bildete er sich ein, vor ihm wäre ein Licht, goldgelb und winzig, wie das Ende seines hölzernen Tunnels, doch als er sich darauf konzentrierte, verschwand es sogleich. Er hielt dennoch darauf zu, um anschließend, zerschlagener als zuvor, das zweifelhafte Ergebnis seiner Bemühung zu registrieren: eine Blockhütte, aus deren Fenstern matter Schein auf die angrenzenden Bäume fiel, nicht gerade wahrscheinlich in dieser Gegend. Less reichte es. Er legte sich ins Gebüsch, das Licht des Fensters im Auge, bis es ausging.

E*inmal fassen, tief im Blute fühlen* – Als Less zu sich kam, fand er sich hinter derselben Platane wieder, in deren Schutz er den Beginn der Tanzveranstaltung beobachtet hatte. Anscheinend war die Disko in ihre stille Phase übergegangen, in eine romantische, die bereits ihr Ende ankündigte und den verbliebenen Gästen die Paarbildung nahe legte. Grün funkelten die Scheinwerfer durch die Nacht. Auf der Tanzfläche drehten sich drei, vier Pärchen und taten verliebt, während es aus den Boxen weiterkrächzte: *Dies ist mein und es ist nur durch dich.*

Less' Schläfen pochten. Zwischen ihnen wälzte er die bange Frage nach dem Verlauf des Abends. Er richtete sich auf, befreite seinen Anzug von Staub und Dreck und strauchelte in Richtung Tanzfläche, die ihm am zuverlässigsten erschien in dieser Nacht der Entgleisungen, eine dröhnende Garantie, dass sich die Wirklichkeit nicht so einfach verabschieden ließ. Nicht mal durch Bier. Im Gegenteil, ein Hammer aus heiterem Himmel, meldete sie sich zurück und traf ihn mit voller Wucht aufs Brustbein, sodass ihm der Atem ausging. Wie nach einem zweiten Hammerschlag setzte Sekunden später der Schmerz ein, gleichzeitig regte sich tief in seinem Blute ein Widerstand gegen diese Attacke, deren Heimtücke so perfekt war, dass Less ihre Ursache erst im Moment seines reflexartigen Gegenschlags erkannte. Alles, was da in ihm rumorte, was sich den Tag über zu einer trüben Suppe zusammengebraut hatte, kam nun zum Vorschein und ergoss sich in einem dampfenden, brockendurchsetzten Schwall über Maik Göhrke, der es angesichts von Less' Konstitution nicht für nötig gehalten hatte, zurückzuweichen, wie es der hiesige Schlägerkodex schon aus Respektsgründen geboten, der sich vielmehr aus seinem hockenden Hinterhalt erhoben hatte, um sein Opfer aus der Nähe zu verhöhnen, während er breitbeinig tänzelnd eine abgebrochene Zaunlatte über dem Kopf schwang. Und sich triumphierend nach den Kumpels umsah: sein Fehler. Nicht, dass Less sich mittlerweile gern prügelte, Herr seiner Instinkte aber war er noch weniger. Der unwillkürlichen Mageneruption folgte fast übergangslos ein Fausthieb, nicht sehr präzise, aber dennoch Göhrkes Nase streifend, in der auch sofort ein Äderchen geplatzt sein musste, um Blut freizugeben, und noch ehe Göhrke Less in die Augen sehen konnte, knirschte bereits die Stahlkappe des Arbeitsschuhs in seinem Gedärm.

So jedenfalls musste es Delia vorgekommen sein, als sie in diesem Augenblick mit einem Kasten leerer Flaschen um die Ecke bog. Dabei hatte der Schuh nur Maiks Gürtelnieten getroffen und war an ihnen entlanggeschrammt. Ein metallisches Geräusch, ein kurzes Kreischen, dann gingen die Flaschen zu Boden, und Less fühlte, wie ihn Delia, die das Kräfteverhältnis einigermaßen missdeutete, umklammerte. Offenbar schrieb sie den kurzen taktischen Vorteil, den er zufällig errungen hatte, seinen Muskeln zu. Göhrke kauerte am Boden und hielt sich den Bauch. Er sah ziemlich harmlos aus, was aber auch an Delia liegen mochte, die wie ein Schutzengel hinter Less stand und monoton *aufhören! auseinander!* schrie.

Less gebärdete sich wilder, als es seine Kondition erlaubte, geriet darüber ins Keuchen, und Delia musste die gesamte Kraft ihres mageren Körpers aufwenden, um den vermeintlich Rasenden zu bändigen. Auch auf Maik wirkte die Vorstellung glaubhaft. Er verzog sich zu seinen Kumpels, die nicht gewagt hatten einzuschreiten und jetzt Witze über seine Niederlage rissen, mehr aber noch über die voll gekotzte Lederjacke, den Volltreffer auf die Südstaatenflagge am Revers, den Less gelandet hatte.

Gerade als Less selbst an seine Stärke glauben wollte, ließ ihn Delia los. Die Situation war entspannt. *Still loving you* schmachtete es über den Tanzboden.

«Komm mit», sagte Delia, zog ihn weg, und er glaubte einen gewissen Stolz aus ihrer Stimme zu hören.

«Hast du die Uhrzeit?», fragte Less.

«So gegen zwölf», sagte Delia.

Sie schleppte ihn ins Klubhaus, vorbei an ihrem Vater, der immer noch Bier zapfte, für Wattig, einen der letzten Gäste, aufs

Damenklo, wo sie mit einem feuchten Handtuch sein Gesicht abzureiben begann. Sie konnte also nahtlos in die Mutterrolle wechseln. Less entwand sich ihrer Fürsorge und schickte sie in die Gaststube. Dann riskierte er einen Blick in den Spiegel: Seine Haare hatten sich zu einer filzigen Welle gebogen, im Gesicht trug er Spuren von getrocknetem Sabber, auf der Stirn eine waagerechte Zeichnung von Maiks Nasenblut. Irgendwie kam es ihm vor, als hätte er durch seinen grotesken Sieg Maik ein zweites Mal verraten. Er hielt den Kopf eine halbe Minute unter den Hahn, dann ging er raus. Vor der Toilettentür wartete Delia, wahrscheinlich mit Instruktionen ihres skeptisch blickenden Vaters versorgt.

«Lass uns noch rübergehn», sagte Less, um ihr zuvorzukommen. Er meinte die Disko.

«Ich bring dich zu deinen Großeltern. Für heute hast du genug», sagte Delia im Ton einer Kindergärtnerin.

«Hierher, Junge», lallte Wattig und deutete auf das frische Bier vor sich.

Less sah zu dem Alten, dann zu Delia und sagte: «Also?»

«Es reicht für heute. Ich bring dich nach Hause», sagte Delia, die sich durch seine Angeschlagenheit offenbar zur Frau befördert fühlte, und ging zur Tür. Less allerdings, den noch keine Mannesallüren quälten, setzte sich zu Wattig, als die Tür hinter ihr zuschlug. Wattig grinste ihn breitmäulig an, und schon war das kleine Siegesgefühl dahin.

Gelb wehten die Gardinen ins Innere der Gaststube, die eine Orgie bleicher Farbtöne und stickiger Gerüche war, ein süßliches Zusammentreffen alles Vergilbten, Abgestandenen, nicht mehr Aufzufrischenden, bräunliche Tapeten, graue Tischdecken, die paar bleichen Trinker, eine Atmosphäre mit der Intensität einer Weltanschauung, die abwinkte und die atemberaubend wirkte auf jeden Eintretenden, nach kurzer Gewöhnung aber wie ein Rauschverstärker arbeitete, mit eigenen narkotischen Qualitäten, ein Metafusel aus verdunstetem Alkohol, Körperausscheidungen und dem unauslüftbaren Qualm Tausender Schweinejuwel, eine aussagefreie Tristesse, die ihre komischen Akzente in staubigen Fußballwimpeln und angeschlagenen Porzellannippes fand, in Urkunden von Betriebssportfesten und *Bestes-Kollektiv*-Wettbewerben, in einem gerahmten Porträt des Generalsekretärs schließlich, das ein Spaßvogel zwischen die Schnapsflaschen des Thekenregals gestellt hatte. Es war ein Dunst, den die fünfziger Jahre in die Kleinstädte getrieben und die sechziger, siebziger und frühen achtziger angereichert hatten mit ätzenden Schwebeteilchen und schimmernden Staubfäden, alles Dekaden, die durchstanden waren von schulterzuckenden Gestalten, ein Dunst, der sich nun in ihren Kneipen zu einem zeitlosen Brodem verdichtet hatte.

«Ich geh los», sagte Less.

«Dann geh», sagte Wattig und winkte nach einem frischen Bier.

RADOST

Nichts war wie vorher. Less hatte sich entschieden, und mit seiner neuen Aufmachung hatte er zufällig einen jener hinterhältigen Stile persönlichen Ausdrucks gewählt, die eine neue Weltsicht wie von selbst nach sich zogen.

Nicht von ungefähr wurde ihm die nächsten Jahre eine flüchtige Sequenz zum Leitbild: er selbst, gespiegelt in Pelzels Schaufenster, den Fleischerhaken des Hintergrunds im Kragen. Jedes der häufigen Male, wenn es ihm sein Gedächtnis entrollte wie ein obszönes Poster, kam dieses seltsame Kribbeln im Magen auf, das nach einer außerkörperlichen Deutung verlangte, die er jedoch nicht geben konnte. Er hatte es irgendwann trotzdem versucht und war auf überwachsenen Pfaden in die Regionen pubertärer Weltanschauung geraten, deren trockener, in Schollen gebrochener Boden von einem azurfarbenen Baldachin mit schwarzen Sonnen und traurig triefenden Kumuluswolken überspannt ist. Die Füße im Staub, den Kopf nur wenig darüber, war dies der Ort, die wenigen Begebenheiten, mehr aber noch die leeren Schleifen der Zwischenzeit, zu einem Mosaik der Folgerichtigkeiten zusammenzusetzen. Sein Körper schien während dieser Interpretationsorgien Scharfsinnshormone zu produzieren, die ihm das inspirierende Leitbild so greifbar machten, dass es eine neuerliche Wirklichkeit zu erlangen vermochte, und die er, einmal entdeckt, häufig nutzte, um sich zurückzuziehen, geborgen, bedroht lediglich von jenem orakelnden Symbol, dem Haken.

Wow», schlug es Less eines Junimittags aus dem modrig riechenden Flur der Thälmannstraße 4 entgegen, nachdem er die Tür geöffnet hatte. Das Erstaunen nahm ihm die Sprache, und hätte man ihr Kommen nicht angekündigt, wäre sie unerkannt, aber klopfenden Herzens wieder fortgeschickt worden, in der Erinnerung weiter behütet als die zickige Rotznase nervtötender Familienfeiern in den späten siebziger Jahren: seine Cousine Radost.

Die Tochter seines Onkels Wanja, ein Jahr älter als er, hatte es damals fertig gebracht, Gefühle in ihm zu wecken, die einem sieben- bis zwölfjährigen Jungen noch nicht zukamen, die von Bewunderung – manchmal – bis Hass – häufig – reichten und die weniger von seinem frühreifen Gespür zeugten als von der Qualität ihrer kindlichen Impertinenz. Ihre Mutter war früh desertiert, und so war sie unter der liederlichen, aber umfassenden Obhut ihres Vaters groß geworden, der die Freiheiten seines Berufes als Übersetzer nutzte, um manisch an literarischen Miniaturen zu zimmern. Seine zweite Obsession war es, die Normmaße der Berliner Neubauwohnung hinter Rundbögen aus Gips und Pappmaché zu verbergen, die rationale Kälte der Zimmer mit Streben aus imitiertem Fachwerk zu durchkreuzen. Außerdem sammelte er Kunst, die wie eine kongeniale Umsetzung seiner lyrischen Prosa wirkte, Formate, nicht größer als zehn mal zehn Zentimeter, deren augenfällige Gebrechlichkeit von dicken, dunkel gebeizten Holzrahmen gestützt wurde. Rot- und pausbäckige Gestalten waren darauf, wenn auch nur schwer zu erkennen, in Fischerkneipen, in Nebelschwaden, auf Bänken vor Katen mit Rieddach im Herbst. Er kannte den einen oder anderen aus der Kunstszene, dessen Wochenendgrundstück er gelegentlich nutzen durfte, um dort sein eigenes Talent im Aquarellieren von Dämmerungszuständen zu vollstrecken.

Dorthin hatte er auch die Familie eingeladen, zu Ostern, zu Pfingsten, oder einfach auf einen Nachmittag im Sommer, wo es dann große gegrillte Fleischstücke gab, die mit russischem Wodka heruntergespült wurden. Man saß auf der Veranda, ließ den Blick über See und Nachbardatsche schweifen, während Wanja, der eigentlich Werner hieß, einen schier endlosen Monolog auf die Köpfe von Schwager, Schwester, Neffe und Eltern niedergehen ließ, bewundert allein von der kleinen Radost, die ihn zwar kaum verstehen konnte, wohl aber mitbekam, dass es ihren ungleich älteren Verwandten ebenso ging. Er palaverte von Freiheit und Notwendigkeit, von Tolstoi und Seele, von Slawophilen und Volkstümlern, von Nihilisten und Kubofuturisten, von Meyerhold und Stanislawski, später von Birkenwäldern und vom Beerensammeln, vom Baikal und der Baikal-Amur-Magistrale, die er als Honorarreporter einer Berliner Illustrierten besucht hatte, noch später von kaukasischem Schaschlik und grusinischem Weinbrand, Konservierungsverfahren der polarnahen Küche, Schlagbohrmaschinen und Laubsägeblättern, während er mit bloßen Händen das Fleisch auf dem Rost wendete, in rohe Zwiebeln biss, Wodka trank, Radost den Kopf tätschelte und zwischendurch sogar noch Zeit fand, zu fragen, wie es ihnen denn gehe. Und obwohl Less seinen Onkel gern reden hörte, entschied er sich, für die schweigende Einfalt der Eltern Partei zu ergreifen, und es war nicht der unbekümmerte Wanja, der ihn zu dieser Entscheidung nötigte, es war Radost, die noch den Abschied nutzte, um ihre Überlegenheit über sie, die Provinztölpel, zu zelebrieren, die nur einmal schlapp und ladylike durch die Heckscheibe des abfahrenden Lada-Kombis winkte, während sie selber noch damit beschäftigt waren, den wenigen Platz des alten Wartburg so komfortabel wie möglich auf fünf zu verteilen. Irgendwann hatten seine Eltern diese Familientreffen unterbunden, indem sie Termine vorschützten, die es nicht gab, eine Art, die Überforderung zu parieren, die Less dann doch zu Wanja hinzog, selbst wenn das Radost mit einschloss. Einige Jahre hatte er die beiden nicht gesehen, zum Geburtstag und anderen Feiertagen lediglich Buchpakete erhalten, denen Briefe beigelegt waren, die auch Radost unterschrieben hatte. Eine störrische Schrift, die ihn die dazugehörige Miene ahnen ließ und die ihm den jugendlichen Verschwörerton einigermaßen verderben konnte, den sein Onkel stets aufs Neue für ihn erfand.

Und nun stand sie also vor ihm, die Furie seiner Kindheit, und war dabei, durch pure Anwesenheit sein Erinnerungsvermögen zu korrumpieren. Allerdings sollte das erst ihr zweites Opfer werden, das erste war Delia.

«Lässt du mich rein?», fragte Radost und zwinkerte. Die Verwirrung stand ihm wohl ins Gesicht geschrieben.

«Klar», sagte Less und wies auf die Tür des Zimmers, in dem schon seine Mutter aufgewachsen war und das seit ein paar Wochen er behauste. Sein Umzug zu den Großeltern war ohne Komplikationen vor sich gegangen. Der kürzere Schulweg, die heimische Enge waren schnell gefundene Argumente, die elterliche Wohnung zu verlassen. Less aber war es vor allem darum gegangen, ein Stück von Maik und seinen Freunden wegzukommen, die jetzt, in der warmen Jahreszeit, vor der Kaufhalle des Wohngebiets herumlungerten und Passanten anpöbelten.

«Es hat sich ja einiges getan», sagte Radost und nickte in Richtung seines Knies, um das die Anzughose schlotterte. Sie ließ sich auf seine Couch fallen und grinste ihn an.

Less dachte an Delia, besser gesagt an Delias Reizlosigkeit, die er sich seit der rührenden Fürsorge im Frühjahr auszureden versuchte. Seine Bemühungen hatten bereits erste Erfolge gezeigt, doch nun, die gefällige Radost im Zimmer, wurde ihm klar, dass ein spontanes Geschmacksurteil durchaus befriedigender war als ein erarbeitetes. In seinem Magen strömte es warm, weiter unten begann es zu stechen. Alles, was er an Delia vermisste, besaß Radost, Taille, Hüfte und Busen, weit wichtiger aber: Sie hatte Stil. Einen, der weit entfernt war von der billigen Exotik, die Delia in ihren bunten Westlumpen ausstrahlte, einen, den zu pflegen es eines gewissen Mutes bedurfte, und nicht zuletzt: Radosts Äußeres war kombinierbar mit seiner eigenen Aufmachung.

«Wir würden kein schlechtes Paar abgeben, oder?», sagte Radost, während sie ihn begutachtete. Less bemühte sich, hinter den Worten die Falle zu finden.

«Und? Wie geht's dir so?», fragte er, um Zeit für Originelleres zu schinden.

«Gut, und dir?», sagte Radost.

«Auch gut.»

Das war schon im Ansatz schlecht. Er ließ sich in einen Sessel fallen, ihr gegenüber, und starrte aus dem Fenster. Das Schweigen war peinlich. Radost tat, als interessiere sie sich für die Zimmereinrichtung, wie er beobachtete, als er zum wiederholten Male die geschwungenen Linien ihres Körpers mit den Augen abtastete, immer in der Angst, dabei ertappt zu werden. Wenn sie kurz zu ihm rüberblickte, tat er, als interessiere auch er sich für seine Einrichtung, und ließ die Augen schnell an die Decke schweifen. Sie trug einen engen schwarzen Rock, ein T-Shirt, über dessen verwaschenem Motiv *Joy Division* stand, genau auf dem breiten Grat, den der Stoff zwischen ihren Brüsten spannte. Trotz des warmen Wetters hatte sie eine Lederjacke dabei, an deren Kragenaufschlägen Dutzende Anstecker hingen. Die Frisur glich seiner eigenen, nur standen ihre Haare korrekter in die Höhe und waren einige Zentimeter länger. Das arrogante Blond, das er früher so gefürchtet hatte, war einem satten Schwarz von greller Unnatürlichkeit gewichen. Doch am meisten fesselte ihn der Bereich unterhalb des Rocksaumes, der sich durch ihr Sitzen noch vergrößert hatte. Nie hätte er vermutet, dass ein Knie dermaßen seine Aufmerksamkeit verschlingen könnte. Vielleicht genügte es ja, dass es ein weibliches war. Allerdings hatte er Delias Knie schon oft gesehen, beim Sport. Sie hatten eine Kontur, deren Ausprägung einem Gesicht besser zugekommen wäre, eckige, nichts als funktionierende Gelenke. Die hier dagegen, Radosts, waren rund und elegant zugleich. Durch das grobe Netz ihrer schwarzen Strumpfhose konnte er sogar einige sehr zarte blonde Härchen erkennen, wenn sie gelegentlich in der Sonne funkelten, die durch das Fenster fiel. Er ließ den Blick noch einmal wandern vom Ansatz ihres Oberschenkels, den der verrutschte Rock darbot, bis zu den Waden hinab, deren pralle Geschmeidigkeit klobige Schnürstiefel abrupt beendeten. Dann musste er Radost wieder ins Gesicht sehen, diesmal länger. Alles andere wäre für den Moment zu viel gewesen.

«Wie geht's denn Wanja?», sagte Less.

«Ganz gut. Der sitzt gerade an einem Projekt, das ihn auf Trab hält.»

«Wirklich?»

«Ja», sagte Radost. Sie hatte nicht wirklich ein hübsches Gesicht. Doch ergänzten sich die kleinen Abweichungen, die Less im Vergleich mit seinem so diffusen wie bislang allseits gültigen Ideal feststellte, zu dem ihm ein Dutzend Schnepfen aus Delias Bonbongazetten verschmolzen waren, durchaus zu einer Gesamtharmonie: die etwas zu runde Form, die von den Knien adaptiert schien, die verwischten Züge, von der schillernden Schminke flächig unterstrichen, das leicht abstehende rechte Ohr, das ihr etwas Jungenhaftes gab. Er war sofort bereit, sein fragliches Frauenideal zu verabschieden, als ihm plötzlich klar wurde, dass es nur den Verkauf billiger Musik befördern sollte.

«Was denn für ein Projekt?»

«Keine Ahnung.»

«Ein Buch?»

«Glaube nicht.»

«Was mit Russen?»

«Kann schon sein.» Ihre Einsilbigkeit erschien ihm fast vorsätzlich.

«Erzähl doch mal was!», sagte Radost.

«Was denn?»

«Na wie es hier so läuft, zum Beispiel.»

«Wie *was* läuft?»

«So allgemein eben.»

«Na ja, ganz gut.»

Es lag wohl doch nicht an Radost, die ihn nach einer weiteren Viertelstunde Artikulationsnot am Arm packte, hochzog und wortlos mit sich schleppte. Draußen war es angenehm warm. Noch angenehmer aber war, dass Radost an seiner Seite ging und er sie nicht anschauen musste. Er schickte seinen gereizten Blick einfach den Weg voran, der leer im frühen Sonntagnachmittag döste. Das Kastanienlaub warf leicht bewegte Schatten aufs Pflaster, von Zeit zu Zeit strich ein Luftzug über seine Stirn oder fuhr ihm durch die Haarspitzen. Eine seltsame Zufriedenheit machte sich daran, Less zu überwältigen, etwas Flüchtiges, das eine komische Mischung aus Körperlichkeit und ihrem mutmaßlichen Gegenteil bildete, ein sanftes Betäubungsmittel, das einen kurzfristig aus der Zeit hebeln konnte und das gerade dabei war, bei ihm anzusetzen, als Radost, von Less bereits als ein so zufälliges wie unentbehrliches Requisit in seinem Augenwinkel angesiedelt, höchst prosaisch fragte: «Wo gehen wir eigentlich hin?»

«Geradeaus», sagte Less. Es war der Weg zum Klubhaus, den er jetzt, Radost an der Seite, entlangschritt, in der Hoffnung, einer der Glotzer und Lästerer des Frühjahrs könnte seinen Mittagsschlaf vorzeitig beendet haben und sie daher kommen sehen, ihn und sein auffälliges Accessoire aus der Großstadt, das er letztendlich nur seinem Aufruhr gegen die Kanarienvogelseligkeit dieses Kaffs zu verdanken hatte.

Die flüchtige Laune allerdings war ihm verdorben, ohne dass er erkannt hatte, was genau sie ausmachte. Merkwürdigerweise jedoch war ihr Nachklang intensiver, als es ihr Anklang gewesen war, und hätte er nicht geahnt, dass noch etwas dazwischenliegen musste, hätte selbst dieser kurze, nachträgliche Schauer ein

– ja – absoluter sein können. Doch er kam nicht mehr dazu, seine Gedanken an die Gefräßigkeit nicht greifbarer Probleme zu verfüttern, denn er spürte, wie Radost sich bei ihm einhakte. Er wagte nicht, sie anzusehen, befürchtete aber, dass sie ihn durchaus betrachtete. Also wurde er rot und in dem Bewusstsein, rot geworden zu sein, dunkelrot.

Glücklicherweise waren sie bei den Platanen angelangt, die den Platz vor der Klubgaststätte beschatteten und jetzt ein grünes, sonnendurchbrochenes Dach für den Biergarten bildeten, der auf Ausflügler wartete.

«Süß», sagte Radost, wobei sie das *ü* dehnte, und Less, der gerade abdrehen wollte, merkte, wie ihn ihr Arm leicht in die Richtung der Biergartentische drängte. Widerstand wäre albern gewesen, zumal er bedeutet hätte, den Arm, an dessen stofflose Wärme er sich bereits gewöhnt hatte, früher zu verlieren, als es nun ohnehin geschehen würde. Also gab er dem sanften Druck nach.

Sie setzten sich an einen der Tische und schon war die Situation wieder entstanden: Sie befand sich ihm gegenüber. Glücklicherweise verbarg der Tisch wenigstens die untere Hälfte ihrer Erscheinung. Radost blinzelte in die Sonne und räkelte sich. Alle Formen ihres Oberkörpers rollten in weichen Wellen vor seinen Augen ab, strafften sich dann wieder, um kurz darauf erneut zu erschlaffen. Sie schien minutenlang damit beschäftigt, sich einen Platz in der Mitte dieses Sommertags zu reservieren, versunken in etwas, wenn auch keinesfalls Gedanken. Es war ihm nicht unrecht, sie derart mit sich selbst beschäftigt zu sehen, und doch wusste er, dass dieses Intermezzo nur den Anlauf zu einer weiteren, unangenehmen Gesprächspassage bildete, die er kaum mit derselben Schwerfälligkeit parieren konnte wie eben. Möglicherweise legte sie sich hinter der hübschen Stirn schon die Worte zurecht, die ihn erneut ins Stottern bringen würden. Deshalb begann er ohne Einleitung oder Vorwarnung gegen ihr Gesicht anzureden, das mit dem ersten seiner klangsuchenden Worte aus der Schlaftrunkenheit hochschreckte, um übergangslos einen Ausdruck amüsierten Interesses anzunehmen. Ihm war klar, dass dies mehr der Tatsache seines verbalen Überfalls zu verdanken war als dem Thema, denn mangels anderer Erlebnisse, aber auch wegen seiner aufständischen Rolle darin hielt er die Ereignisse des Frühjahrsfestes höchstens Radosts Aufmerksamkeit für wert.

Erstaunlich, dass sich ein ganzer Abend, einschließlich der betrunkenen Nacht, in drei Minuten zusammenfassen ließ. Die Zeit hatte nicht einmal gereicht, das Schrille seiner Stimme im epischen Fluss untergehen zu lassen, den sie hatte entlangtreiben sollen. Ganz zu schweigen von dem Interesse, das Radost an Figuren wie Maik oder Wattig haben mochte. Delia und ihren Anteil an dem Abend hatte er gar nicht erst erwähnt. Erschöpft wie nach stundenlanger Rede hielt er inne.

Ein sanftes Knirschen hatte sich unter seine letzten Worte gemischt, hatte sie sekundenlang getragen und war nach seinem abrupten Verstummen allein in der Luft verblieben. Es war bloß das Geräusch, mit dem sich breite Autoreifen langsam über Kies bewegen, und doch war alles an ihm Verweis auf das Andere, den hauchzart vibrierenden Grundton, der in diesem – beinahe stillen – Moment das Understatement gezügelter Kraft so sehr übertrieb, dass sein Ausdruck schon einem Kokettieren mit der Impotenz gleichkam. Ganz klar, diese Souveränität war eine importierte.

Dann war das Einrasten der Handbremse zu hören, und dem schweren weißen Wagen, der sie wie ein Tresor geborgen hatte, entstieg eine munter plappernde Schar, ein vierteiliges, kurioses Juwelenensemble, bestehend aus zwei Paaren Ende fünfzig, deren seriöse Gesichtszüge durch die Farben ihrer sportiven Kleidung wie Faschingslarven wirkten, eher noch, als gehörten sie zu wandelnden Exemplaren jener Fotocollagen, in denen ein Charakterkopf auf einen muskulösen Fremdkörper montiert ist.

Zwei Paare also betraten die Szene, deren Bezug zur Realität dieses dösenden Sommernachmittags nur vermittelt herzustellen war, weshalb ihnen eine fünfte Person beigegeben war, deren braves Kleid mit spitzenbesetzter Zierschürze im Vergleich zu den leuchtenden Gelb- und Pastelltönen der Westover, Polohemden, T-Shirts kaum noch deplatziert wirkte: Delia. Alles an ihren Begleitern war gebügelt, frisch, und das gesunde Braun ihrer Gesichter wirkte wie eine Provokation des anämischen Grundgedankens, der selbst an einem strahlenden Tag wie diesem allmächtig die Stadt beherrschte.

Die Gruppe stieg lärmend und gut gelaunt die Treppe hinauf, die vom Parkplatz zur Terrasse führte, und Less schloss messerscharf, dass es sich bei der aufgeputzten Meute um Delias Verwandte aus Böblingen handelte. Er wandte sich ab, um seiner Schulfreundin nicht in die Augen sehen zu müssen, wenn sie den Tisch passierten. Doch umsonst.

Kaum dass er ihre Stimmen in seinem Nacken spürte, den ersten Hauch von Kölnischwasser einsog, der ihnen voranschwebte, hatte er den Blick wie zufällig zu Boden gesenkt und war beinahe erleichtert, als die ersten Beinpaare in den schmalen Bildausschnitt traten. Doch dann bemerkte er, dass das führende stoppte und sich die braunen Mokassins, die es trugen, wenn auch nur leicht und auf den Hacken, in seine Richtung drehten.

«Grüß Gott», zwang ihn ein behäbiger Bass aufzusehen. Less, die Ellbogen auf den Knien, mit den Händen noch Däumchen drehend, sah hoch. Mittlerweile war der Rest der Gruppe aufgeschlossen, stand jetzt neben dem Tisch und wiederholte, bis auf Delia, die etwas abseits stehen geblieben war, den Gruß. Seine Körperhaltung erlaubte Less nur ein wahrscheinlich zu heftiges Nicken als Entgegnung. Es blieb in Höhe einer verspiegelten Brille hängen, die einem der Männer vor der Brust baumelte.

«Fürstliches Wetter, nicht wahr?», hörte er dieselbe Stimme feststellen, gefolgt von einem fröhlichen Lachen, und noch ehe er bejahen konnte, hatten sie sich wieder in Bewegung gesetzt, waren vorbeigegangen und ließen sich nun an einem der benachbarten Tische nieder, von dem alsbald die Laute ihrer prächtigen Stimmung herüberdrangen.

«Kennst du die?», fragte Radost, die sich gut zu unterhalten schien.

«Nee.» Less war erleichtert, dass sie nicht ausdrücklich nach Delia fragte. Die hatte ihn keines Blickes gewürdigt, was ihm zwar recht war, ihn aber dennoch zu einem schuldbewussten Blick in ihre Richtung veranlasste. Doch er sah lediglich das Schlenkern ihrer Schürzenbänder im Türrahmen der Gaststube verschwinden, aus dem sie wenig später mit ihrem Vater zusammen wieder herauskam. Mit großem Hallo wurde Herr Hellmund von seinen Verwandten begrüßt. Less hörte, wie sie Floskeln der Wiedersehensfreude tauschten. Dann fragte Delias Vater, was sie trinken wollten.

«Die Herrschaften nebenan warten schon länger», wies der Wortführer in Less' Richtung, und alle blickten auf sie. Less, dem vereinten Blick großmütigen Verzichts nicht gewachsen, sah Radost ins Gesicht, die mit dem Rücken zu der Gesellschaft saß und schon wieder versunken war.

Herr Hellmund kam herüber und fragte, was sie haben wollten.

«Für mich ein Bier», sagte Less.

«Auch das noch», sagte Radost und blinzelte, «ich nehme einen Martini.»

«Ich auch», sagte Less.

«Also kein Bier», sagte Herr Hellmund.

«Kein Bier», sagte Less.

«Bier trinkt nur der Pöbel», sagte Radost, als Herr Hellmund gegangen war.

«Keine Ahnung», sagte Less. Er hatte nur wenig Lust auf eine Diskussion über Getränke oder ihre Nebenwirkungen. Schließlich hatte er ihr eben noch berichtet, wie ihm der enorme Bierkonsum auf dem Kanarienfest die Orientierung in Zeit und Raum geraubt hatte. Er fürchtete, sie könne darauf zurückkommen und er müsste sich nicht nur für seine Entrückung rechtfertigen, sondern auch noch für das Mittel, mit dem er diese provoziert hatte.

«Du hast ja gemerkt, was dabei rauskommt», sagte Radost.

Less schaute peinlich berührt umher. An Delias Verwandtentisch kümmerte man sich noch immer wortreich umeinander. Aus der Klubhaustür kam Herr Hellmund mit den Martinis.

«Auf uns», sagte Radost und hielt ihm ihr Glas entgegen.

«Prost», sagte Less und ließ es klirren. Das Zeug war angenehm kühl und schmeckte bitter.

«Lass uns noch einen nehmen», sagte Radost und knallte ihr Glas auf den Tisch. Auch sie hatte den Martini in zwei Schlucken ausgetrunken. Less war beeindruckt.

Radost machte keine Anstalten, sich erneut in den dämmrigen Zustand fallen zu lassen. Ihr Blick, an Less vorbei gerichtet, deutete darauf hin, dass sie dem Gespräch am Nachbartisch lauschte, wo gerade die Vorteile Südtiroler Pensionen im Vergleich zu denen des Schwarzwaldes erörtert wurden. Während Radost in das Lauschen vertieft war, vertiefte sich Less in den Anblick der lauschenden Radost.

Etwas daran reizte ihn, vielmehr: Es reizte einen Punkt hinter seiner Stirn, der, wie von winzigen Stromstößen gepiesackt, ebenso winzige Stöße merkwürdiger Energie an den restlichen Körper weitergab, ohne dass diese ausgereicht hätten, auch nur einen Gedanken zu fabrizieren oder, was vielleicht näher gelegen hätte, ein Gefühl. Dabei blieb das, worauf Less reagierte, so unbestimmbar wie die Empfindung, die es hervorrief. Womöglich kam er, *indem* er es nicht fassen konnte, dem Charakter dessen, das ihn reizte, schon sehr nahe.

Sehen konnte er jetzt nur Radost-die-zuhörte. Das war weder

beunruhigend noch, sah man von der schüchternen Zuneigung ab, die ihn seit einer Stunde erfasst hatte, besonders interessant. Er hatte allerdings, und das im Laufe eines kurzen Nachmittags, auch eine Radost erlebt, die spöttisch war und eine Selbstvergessene. Selbst das wäre kaum der Aufmerksamkeit wert gewesen, denn schließlich ging es auch anderen so. Doch hatte Less den Eindruck, dass sich bei Radost tiefergehende Wandlungen vollzogen, um von einem der Zustände in den nächsten zu gelangen, was bedeutete, dass sie jedes Mal weit mehr ausdrückten als eine spontane Befindlichkeit.

Er konnte nur umschreibend versuchen, sich dem zu nähern: der Kern, der bei anderen immer derselbe blieb und nur seine Hülle wechselte, wurde bei Radost zu einem Abbild der Hülle. Kurz ging ihm sogar die Dialektik von Wesen und Erscheinung durch den Kopf, die sie in der Schule in allem Möglichen erkannten, doch ließ er sie rasch wieder fallen, da er keine Lust hatte, den Staubbeutel der Theorie über Radosts vitaler Gestalt auszuleeren.

Während er sich diesen unscharfen Überlegungen hingegeben hatte, war sein Blick langsam von deren Ausgangspunkt, Radosts Gesicht, abgeglitten und, wie er jetzt bemerkte, da Radost sich lautstark räusperte, an Delias knochigem Rücken hängen geblieben, der sich schmerzhaft deutlich unter dem Tapetenmuster ihres Kleides abzeichnete.

«Ich komm zu dir rüber», sagte Radost plötzlich und schwang sich im nächsten Moment auf den Platz neben ihm. Der Schwung war so stark, dass ihr Kopf beinahe in Less' Schoß gefallen wäre, hätte sie sich nicht auf seinem Knie abgestützt, und während sie sich prustend wieder aufrichtete, versuchte er, die angenehme Wärme ihres Haares aufzunehmen, von der er bis eben nichts wusste, geschweige dass er auf die Idee gekommen wäre, diese Wärme könne obendrein einen Duft haben. Ihm war nicht einmal klar, mit welchem der Sinne er diese Mischung aus Sonne, Haarspray, Parfüm und einer weiteren, unbekannten Ingredienz, die unzweifelhaft zu Radost gehörte und die wie ein Emulgator die anderen zu einem Fluidum neuer Qualität vereinigte, aufnehmen sollte. Die Hände zu benutzen wagte er nicht, zumal ihm klar war, dass das, was er anfassen würde, nicht das wäre, was er anfassen wollte. Also versuchte er es mit der Nase und schloss dabei die Augen. All das geschah in den beiden kurzen Augenblicken, in denen ihr Kopf an seinem Gesicht vorbeiglitt, einmal im Fallen, das zweite Mal, als sie sich aufrichtete, doch hatten auch diese Augenblicke einen weitaus längeren Nachhall, ähnlich wie vorhin, als ihm um ein Haar der Sommertag eins mit dem Hammer übergebraten hätte.

«Ganz schön stürmisch, wa?», sagte Radost.

Durch den Stoff seines Hemdes spürte er ihren warmen Arm. Wie zufällig ließ er seine Augen zu der Stelle schweifen, wo sie in Tuchfühlung geraten waren. Die blonden Härchen auf ihrem Arm hatten sich aufgerichtet.

«Ist dir kalt?», sagte Less.

«Nee», sagte Radost und schaute auf ihren Arm, «ich krieg manchmal Gänsehaut, einfach so. – Wer ist denn die Kleine da?» Sie nickte zum Nachbartisch und Less wusste, dass sie Delia meinte.

«Ach, die …»

«Du kennst sie also doch?»

«Na ja, aus der Schule.»

«Sieht ja ziemlich schick aus.»

«Die sehn hier alle so aus.»

«Die da drüben aber nicht», sagte Radost und zeigte zum Eingang des Biergartens. Less erkannte Maik Göhrke, der mit einem Kumpel über den Kies trottete und sich an einem der entfernteren Tische niederließ. Zur Krönung seines Nietenlooks trug er heute ein Stirnband aus Jeansstoff. Radost amüsierte sich prächtig bei seinem Anblick.

«Ich nehme an, diesen Affen kennst du auch nicht.»

«Doch, das ist Göhrke.»

«Den du zusammengeschlagen hast?»

«So halb eben.»

In diesem Moment sah Göhrke zu ihnen rüber. Less schaute schnell Radost an, in der Hoffnung, dass sie etwas zu ihm sagen würde und es von weitem aussähe wie ein Gespräch. Doch Radost sah weiterhin zu Maiks Tisch, lächelte und winkte ihm sogar zu. Als Less wieder hinüberschaute, hatte sich Göhrke abgewandt und unterhielt sich aufmerksam mit seinem Freund, obwohl Radost ihm noch immer winkte.

«Wetten, dass die Bier trinken?», sagte Radost.

«Kann schon sein.»

«Bist du der Einzige hier, der so aussieht?»

«Der *wie* aussieht?»

«Na, so wie du.»

«Glaube schon.»

«Komm doch mal nach Berlin, da gibt's mehr von deiner Sorte. Für 'ne Woche oder so, in den Ferien. Wir können ausgehen und uns ein paar schöne Tage machen, wenn du willst.»

«Gut.»

«Und: Kommst du?»

«Mal sehn.»

«Ich hol dich auch vom Bahnhof ab.»

«Haha.»

Less bemerkte, dass auch Delia Maiks Ankunft nicht entgangen war. Sie rutschte auf ihrem Platz hin und her und nickte nur abwesend zu den Worten ihres Westonkels, der freundlich, aber beharrlich auf sie einredete, wobei er jeden seiner Sätze mit *Mein liebes Kind* begann. Herr Hellmund kam aus der Klubhaustür mit zwei Halblitergläsern Bier, die er ungefragt vor Maik und dessen Freund abstellte.

«Siehste?», sagte Radost und winkte Herrn Hellmund zu. «Nochmal dasselbe.»

«Kommt sofort», sagte Herr Hellmund und ging ins Klubhaus.

Delias Onkel hatte seine Suada der Liebenswürdigkeiten unterbrochen und widmete sich seinem Stück Kuchen, die anderen folgten dem Beispiel, und wenig später hörte man nur noch das Jauchzen, mit dem sie die Unverfälschtheit des Gebäcks lobten. Delia nutzte die Unterbrechung, stand auf und ging gleichfalls ins Klubhaus. Diesmal, fiel Less auf, starrte Radost wie gebannt auf das Schlenkern ihrer Schürzenbänder.

Auf schwankenden Sohlen, als liefe sie über ein Feld roher Eier, kam Delia wenig später wieder aus der Tür, in der Hand ein Tablett balancierend, auf dem zwei Martinigläser standen.

«Die geborene Kellnerin», sagte Radost, «findest du nicht?»

«Delia ist in Ordnung», sagte Less gegen seinen Willen und wurde wieder rot.

«*Delia* heißt sie. Du scheinst sie ja besser zu kennen, als du zugibst, Süßer», sagte Radost.

«Quatsch», sagte Less.

Delia war bis auf fünf Meter an ihren Tisch herangekommen und tat plötzlich, als verschlinge das Tablett ihre gesamte Aufmerksamkeit. Dennoch schwappte Flüssigkeit über die Ränder der Gläser.

«Ich soll euch das bringen», sagte sie im Herantreten kaum hörbar und sah Radost dabei an.

«Danke, Delia», sagte Radost.

Delia schien verwirrt, dass sie ihren Namen kannte, und wagte nun doch einen Seitenblick auf Less, der dies geahnt und vorsorglich begonnen hatte, etwas in seinem Jackett zu suchen.

«Gern geschehen», sagte Delia in einem Ton, als meinte sie es ernst, und schlich zum Tisch ihrer Verwandten zurück.

«Niedlich, die Kleine», sagte Radost, «komm, wir trinken Brüderschaft.»

Im Laufe der nächsten Stunde begann sich der Biergarten zu

füllen. Die dünnblütigen Bewohner der Stadt fanden sich ebenso ein wie großstädtische Touristen mit Wanderschuhen und Stöcken. Dutzende anderer Jugendlicher ließen sich auf den Begrenzungsmauern der Terrasse nieder und hielten Ausschau nach den Unbekannten, die ihr kribbelndes Unwohlsein besänftigen könnten. Die Geräusche des Biergartens verschmolzen zu einem angenehmen Singsang, ein monoton sich forttragender Refrain aus murmelnden Stimmen, gedämpfter Musik, aus Blätterrauschen, Gläserklirren und dem Schaben von Kuchengabeln auf Porzellan, aus gelegentlichen Lachsalven und dem Greinen von Kindern, dem Knirschen von Kies und dem Knattern angelassener Motoren, ein einschläfernder Klang, dessen schrillere Töne die Nachmittagshitze verschluckte, ehe sie laut werden konnten. Es schien, als sei irgendetwas zum Stillstand gekommen, als gäbe es trotz der Geschäftigkeit, die den Ort beherrschte, kein wirkliches Geschehen, als handele es sich bei jeder Aktion um eine weitere der vorausgesetzten schlafwandlerischen Gesten, die diesen Traum einer kollektiven Idylle bewegen mussten, um ihn dauern zu lassen. Es war die Geschäftigkeit der Pause, eine Bandschleife aus atmosphärischem Nichts, die dieser Tag zu dieser Zeit und nur an diesem Ort abspulte, und das Sonderbare war, es wirkte dennoch lebendig, lebendiger jedenfalls als die Zielbesessenheit, die einen schon mit dem Beschluss ergreifen würde, aufzubrechen. Eine Stimmung also entlastete diesen Nachmittag und drückte ihn sanft aus den Zusammenhängen, in denen er sich befinden mochte, hinein in einen luftigen Rausch, den Wetter, Alkohol und Zufall erzeugten, eine Stimmung legerer Apathie, die ansteckte und, gefährlicher noch: die leicht süchtig machen konnte.

Auch Less verlor allmählich seine Verkrampftheit und mit ihr das Interesse an Delia, ihren Verwandten und Maik, sein Interesse für Radost dagegen wurde keusch, beinahe freundschaftlich. Vielleicht war es Resignation, die ihn einstweilen andere Absichten vergessen ließ, vielleicht war es auch nur die fehlende Kraft, die ihn befähigt hätte, seine Grübeleien fortzuführen, um auf diese dann körperlich zu reagieren. Ja, er ließ sich sogar mitziehen von ihr in eine Heiterkeit, zu der er früher nur selten gelangt war und, seit sich sein Weltbild durch Anzug und Manschettenknöpfe modifiziert hatte, gar nicht mehr und die er eben noch allein für Radosts fundamentale Unbeschwertheit reserviert geglaubt hatte. Als Radost bemerkte, dass er sich lockerte bzw. die Manschetten verlor, wie sie sich ausdrückte, feuerte sie ihn an, indem sie sich noch wilder benahm, geradezu rabaukenhaft, während sie gleichzeitig die Dosis weiblicher Koketterie erhöhte, die das Ganze erst ertragbar machte, und das, schien es, ohne jede Berechnung, einfach aus Spaß. Less nahm selbst von den langen braunen Zigaretten, die ihm Radost anbot und die ihm zwar nicht schmeckten, dafür aber angenehm zwischen den Fingern lagen.

Mit Herrn Hellmund waren sie übereingekommen, ihre Getränkewünsche durch Handzeichen zu äußern. Das halbe Dutzend Martinis war nicht ohne Folgen geblieben. Ein angenehmer Schwindel hatte Less befallen und schien nun wie ein Relais zwischen ihm und seiner Motorik zu vermitteln. Er hatte den Eindruck, dass es seine Bewegungen verzögerte und dadurch einfache Handreichungen zu komplexen Bewegungsabläufen machte. So passierte es, dass von zwei aufeinander folgenden Bewegungen sein Kopf lediglich die letzte erfassen konnte, während er die erste als einen flüchtig gewordenen Schatten übergehen musste. Diese übersehenen Bewegungen waren immer die, die auf Radost gerichtet waren. Die anderen dagegen waren jene des Rückzugs, der Entschuldigung, der Reue. Es musste etwas mit unerlaubten Berührungen zu tun haben, mit einer körperlichen Vertrautheit, die ihm nicht zustand. Allerdings reagierte Radost durchaus nicht abweisend, sie fuhr ihm das eine oder andere Mal durch die Haare, tätschelte ihm die Hand oder ließ sich an seine Schulter gleiten.

Je näher der Abend rückte, desto unruhiger wurde Less. Er fragte sich, wie diese Begegnung mit Radost ausklingen würde, und diese Frage erzeugte die Befürchtung, dass er vergessen wäre, sobald sie wieder in Berlin sein würde, bei ihren Freunden, in den Diskotheken und Cafés, von denen sie ihm erzählt hatte, dass sie sich nicht melden, ihn nicht vom Bahnhof abholen, ja leugnen würde, ihn zu kennen, träfen sie einander zufällig in der Hauptstadt, und schlimmer: dass ihm dieses Verhalten das Bild des entspannten Nachmittags für immer verderben könnte. Radost hingegen schien nicht geplagt von solch kleinlichen Ängsten. Sie hatte einen Walkman aus der Lederjacke gefischt, und während sie von ihren musikalischen Vorlieben schwärmte, suchte sie auf den Kassetten nach den passenden Stücken, die sie sich dann Ohr an Ohr, nur die Lautsprecher des Kopfhörers zwischen sich, anhörten, und Less, dem diese unerwartete Nähe wie ein Wunder vorkam, sog schwer benommen Radosts Duft ein, in dem idiotischen Willen, ihn irgendwo in seinem Gedächtnis zu konservieren, um ihn so jederzeit abrufbar zu machen. Der nahende Abschied hatte diesem Duft eine melancholische Note beigemischt.

Als sei es das Selbstverständlichste auf der Welt, ohne Ankündigung, Vorwarnung oder auch nur den Anflug eines Bedauerns, sagte Radost plötzlich: «Ich muss los.»

«Warum?», sagte Less.

«Weil ich verabredet bin», sagte sie und lachte, als habe er einen guten Witz erzählt.

«Mit wem?»

«Mit deinen Eltern und Wanja, zum Essen. Komm doch mit.» Immerhin ein Zeichen, allerdings bezweifelte Less, ob der Vorschlag so gemeint war, wie er ihn gern aufgefasst hätte.

«Mit meinen Eltern?»

«Ja, und mit Wanja.»

«*Musst* du da hin?»

«Ich hab's versprochen. – Wieso, soll ich lieber hier bleiben?»

«Nö», sagte Less.

«Und du kommst nicht mit?»

«Lieber nicht.»

«Na, dann lass uns gehen.»

Herr Hellmund hatte Kerzen auf die Tische gestellt und angezündet, und obwohl erst ein schwacher rötlicher Film das Blau des Himmels überzog, konnte Less sich nur allzu gut vorstellen, wie es hier in ein paar Stunden aussehen würde, wenn es dunkel wäre, wie die Flammen der Leuchter in der lauen Nacht flackerten und Radosts Gesicht erhellten, in dem er mindestens einen weiteren unbekannten Ausdruck entdeckt haben könnte, wenn sie nicht diese überflüssige Verabredung getroffen hätte.

«Ich muss noch zahlen», sagte Less.

«Nee, lass mal gut sein, Wanja hat mir Geld gegeben. Ich soll dir einen schönen Gruß bestellen.»

«Danke.»

Als Herr Hellmund kam, um zu kassieren, hatte sich Less schon mit der Situation abgefunden. Auch Delias mutig gewordene Blicke störten ihn nicht, die sie dreist, aber ohne Erfolg versuchte, in seine Augen zu senken, als er mit Radost am Arm in Richtung Ausgang ging. Lediglich Göhrke, der offensichtlich Schlagseite hatte und dessen Tisch sie passieren mussten, machte ihm Sorgen. Umsonst jedoch, wie sich herausstellte, obgleich ihn Maik aus bösen Augenschlitzen schon von weitem abschoss. Denn als sie in Rufweite des Tisches waren, rief Radost Maik zu, ob bei ihm alles in Ordnung sei, worauf Göhrke, eine Sekunde nach einer Entgegnung ringend, wie schon zuvor ein Gespräch mit seinem Freund simulierte.

Dann liefen sie die Thälmannstraße hinunter, und je leiser die Geräusche des Biergartens wurden, desto mehr stellte sich ein Gefühl der Beklemmung in Less' Brust ein, ein unangenehmer Druck, der bis in die Kehle ging. Gewiss, dieses Gefühl hing ursächlich mit Radosts Ankündigung zusammen, den gemeinsamen Abend zu beenden, doch gebot ihm die Selbstachtung, sich nicht von einer solchen Lappalie beeindrucken zu lassen. Also benötigte er etwas, das diesen primären Ärger aufnehmen konnte, ein Konzept des Verdrusses, das gleichzeitig realitätsnah und -fern sein musste, offen genug, auch Nichtigkeiten wie diese aufzufangen und sie dadurch von derselben zu erlösen.

So erging sich Less in den Andeutungen des Unwohlseins, die er nicht zu Worten erhärten konnte. Etwas wie der Ausstoß aus einer Übereinkunft schwebte ihm vor, aus einer Gemeinschaft vielmehr, in die man geraten war, zufällig, mit der man sich jedoch arrangiert hatte, ohne sich mit den einzelnen Beteiligten arrangiert zu haben, ja, deren situationsbedingte und deshalb fragwürdige Kollegialität dieses zeitweilige Zusammensein erst spannend machte, da sie es jederzeit in einer großen Schlacht enden lassen konnte, etwas wie Die-Ruhe-vor-dem-Sturm-minus-eins. Natürlich meinte Less mit alldem nur Radost, denn parallel zu diesen, wie er hoffte, ernsthafteren Überlegungen wuchsen sich die lächerlichen Befürchtungen des Nachmittags zu einem kompletten Szenario der Demütigung aus, und einige Male war er nahe dran, die reale Radost an seiner Seite für die Dämonin seiner eifersüchtigen Phantasien zu halten und ihre Hand fortzustoßen, die mittlerweile in seiner Armbeuge lag.

Doch es kam nicht mehr dazu, denn mit einem «Mach's gut» auf den Lippen entzog Radost ihre Hand von selbst und ging, ohne sich noch einmal umzusehen, in der jetzt aufkommenden Dunkelheit allein voran, während Less, der perplex stehen geblieben war, merkte, dass er sich vor dem Eingang der Thälmannstraße 4 befand, dem Haus seiner Großeltern.

Es war dieses Bild des Abschieds, das Less im folgenden Jahr jederzeit einbrannte in die unbevölkerte, leere Straßenansicht, wenn er die Steigung hinunterlief, was täglich geschah, das heißt, er brannte das Bild Radosts, samt ihrem lasziven Gang und der über die Schulter geworfenen Lederjacke, jeweils in die Jahres- und Tageszeit ein, in der er die Straßenansicht vor Augen hatte. So geschah es, dass Radost auch im Winter, nur mit kurzem Rock und T-Shirt bekleidet, aus seinem Blick schlenderte, was trotz ihrer provozierend aufrechten Gestalt in ihm ein gewisses Mitleid keimen ließ.

Der Monat nach diesem merkwürdigen Treffen brachte das Ende der zehnjährigen Schulzeit. Den Prüfungen war das Abschiedsfest ihres Jahrgangs gefolgt. Die Stimmung war gelöst, ja fröhlich, denn man war erleichtert, dass man sich von nun an seltener sehen würde. Selbst mit Maik hatte sich Less an diesem Abend vertragen, obwohl beide wussten, dass sie einander in Zukunft durchaus täglich begegnen konnten. Less hatte es aufgegeben, an den Plänen, die man für seine Zukunft entworfen hatte, zu rütteln und sich in einer größeren Stadt einen seltenen Lehrberuf zu suchen. Er hatte ohne Freude, aber auch ohne Widerstreben jene Lösung akzeptiert, die man bereits in der neunten Klasse für ihn am geeignetsten gehalten hatte: eine dreijährige Berufsausbildung in der hiesigen Hütte mit parallel laufendem Abitur, das ihm später die Möglichkeit eines Studiums der Ingenieurswissenschaften offen halten sollte. Auch Maik begann im September eine Lehre in der Hütte, allerdings ohne Abitur. Die Einzige ihrer Klasse, die auf die Erweiterte Oberschule delegiert wurde, war Delia.

Seit dem Juninachmittag im Biergarten hatte sich Less' Verhältnis zur ihr abgekühlt, was hauptsächlich daran lag, dass er sich keine Mühe mehr machte, sie attraktiv zu finden. Delia, die sensibel genug war, die leichte Wandlung seiner Aufmerksamkeit zu bemerken, tat nichts, um ihre fast herzlich gewordene Bekanntschaft des Frühsommers aufzufrischen, und so gestalteten sich ihre gelegentlichen Treffen in der Eisbar *Pinguin* freundlich, aber formal: Delia erzählte allerlei Kleinigkeiten, und Less hörte sie sich höflich an. Bislang hatte sie es vermieden, ihn nach Radost zu fragen, wofür er ihr dankbar war, denn er wollte die beiden unter keinen Umständen in irgendeinen Zusammenhang bringen.

Eine Veränderung ihres Äußeren hatte ihn kurzzeitig erstaunt. Delia hatte sich ihr schulterlanges Haar abgeschnitten und trug nun eine der modisch zerzausten Frisuren, die in den Schaufenstern der Friseursalons auf Fototafeln beworben wurden. Allerdings hielt die Form nur sehr kurz, und alsbald sahen ihre Haare lediglich ungekämmt aus. Des Weiteren hatte sie auf den Rücken ihrer Jeansjacke sternförmig Pailletten genäht, die sich zur Form eines Kometenschweifs ergänzten. Anfangs etwas irritiert, hatte sich Less aber recht bald an diese kleinen modischen Ungeschicklichkeiten gewöhnt und war sogar bereit, in ihnen einen moderaten Versuch Delias zur Rebellion zu sehen.

Dann kamen die Sommerferien. Delia fuhr wie jedes Jahr mit ihren Eltern auf den Darß, wo sie, was Less angesichts ihrer Schüchternheit nie verstanden hatte, auf einem Campingplatz seit Jahren einen Monat lang Freikörperkultur zelebrierten. Auch Wanja neigte zum Nudismus, so wie er allem zugetan war, was er für ursprünglich und unverdorben hielt. Allerdings war sich Less ziemlich sicher, dass Radost dabei nicht mitmachen würde, obwohl er sich ganz gern vorstellte, wie sie dabei aussähe.

Seine Eltern hatten einen Urlaubsplatz am Balaton erhalten, doch da er keine Lust hatte, mit ihnen und ihren Gemeinplätzen zu verreisen, und auch nicht daran dachte, wie Maik und seine Freunde planlos durchs Land zu vagabundieren, blieb er die Ferien über zu Hause.

Zwei Monate waren totzuschlagen, und bereits in der ersten Woche geriet er an die Grenzen seiner Unterhaltbarkeit. Er saß stundenlang in der Küche der Großmutter herum und sah ihr beim Kochen zu, beim Schneiden von Kohl, beim Wickeln von Rouladen, beim Rollen von Nudelteig, nach dem Mittagessen dann beim Spülen des Geschirrs. Er ging mit seinem Großvater los und sie besuchten dessen ehemalige Kollegen im Werk, saßen dann in den Pförtnerlogen herum, tranken Kaffee aus Plastetassen und aßen belegte Brote. Manchmal gingen sie anschließend noch in eine Kneipe, wo sein Großvater ihn ohne viel Mühe zu einem Bier überredete. Den Martini hatte er sich wieder abgewöhnt, da es in den meisten Stampen sowieso keinen gab. Das Rauchen hingegen hatte er beibehalten und betrieb es nun ernsthaft, und da die eleganten Zigaretten Radosts hier nicht zu bekommen waren, hatte er sich der Einfachheit halber für die Stammsorte der Arbeiter entschieden.

In der zweiten Ferienwoche erhielt er ein Päckchen von Radost. Mehr als ein Monat war seit ihrer Begegnung vergangen, und Less hatte sich täglich gesagt, dass er Radost wohl abhaken könne, um am nächsten Morgen erneut auf eine Nachricht von ihr zu hoffen. Stundenlang genoss er die Vorfreude. Er ließ das geschlossene Päckchen einfach auf dem Tisch liegen

Als er es dann doch aufmachte, war die Enttäuschung so groß wie die Erleichterung. Es enthielt zwei Kassetten und einen kurzen, auf kariertem Papier geschriebenen Brief, in dem ihn Radost ohne besondere Anteilnahme grüßte und ihm, sich auf den Nachmittag im Biergarten berufend, mitteilte, dass sie ihm zwei Kassetten schicke mit der Musik, die sie ihm damals vorgespielt habe. Er solle sich ein paar schöne Ferientage machen. Die Einladung nach Berlin hatte sie nicht erneuert.

Less, der sich kaum noch an das Geschepper erinnern konnte, das aus Radosts Walkman gequollen war, nahm sich die nächsten Tage Zeit, das erste Ereignis dieser Ferien ausführlich zu würdigen. Diesem Ereignis musste ein gebührender Rahmen verschafft werden, denn Less war sich sicher, dass es eines der wenigen war, die ihn in diesem Sommer erwarteten. Außerdem hatte ihm Radost dazu verholfen, und schließlich saß er hier allein in dieser Drecksstadt fest, während die ganze Welt, Radost eingeschlossen, ihren Ferienvergnügungen nachging, in der Sonne lag, Menschen traf, sich verliebte, ins Meer spuckte. Selbst ein Idiot wie Maik Göhrke amüsierte sich wahrscheinlich köstlich.

Zunächst verdunkelte er das Fenster seines Zimmers mit den schweren Vorhängen. Doch der Tag ließ sich nicht völlig aus dem Zimmer verbannen. In zackigen Strahlen fiel sein Licht durch diverse Lücken und Spalten und ließ den Staub tanzen. Immerhin war es dunkel genug, dass er nicht mehr erkennen konnte, wo er die Musikbänder abgelegt hatte. Er ging in die Küche, um ein paar Kerzen zu suchen, entdeckte dabei im Mülleimer einen verwelkten Blumenstrauß und im Gewürzregal Thymian und Lorbeer. Außerdem nahm er eine angebrochene Flasche Weißwein aus dem Kühlschrank. In seinem Zimmer stellte er die Kerzen zu beiden Seiten des Rekorders auf, zündete sie an, legte den Strauß davor ab. Er fand die Kassetten, trank einen Schluck Wein, streute die Kräuter in den Aschenbecher. Dann zündete er sie an, um sich von den Düften, wie er es irgendwo gelesen hatte, berauschen zu lassen. Die trockenen Blätter qualmten höllisch und verströmten einen beißenden Gestank. Der Anblick der brennenden Kerzen trieb Less den Schweiß auf die Stirn. Gern hätte er gelüftet, doch schien ihm eine Unterbrechung der Zeremonie zu aufwendig, und schließlich nahm er nicht ohne bittere Freude wahr, dass das Ereignis Züge einer Tortur annahm. Er trank noch ein Glas von dem kühlen Wein, redete sich ein, dass er frieren würde, und drückte die Abspieltaste des Rekorders.

Hätte er damals im Biergarten Radost besser zugehört, sich konzentriert auf ihre Worte und die Musikbeispiele, statt an ihrem Hals zu schnüffeln, wäre das Erschrecken kleiner gewesen, das ihn jetzt durchfuhr, da er den Lautstärkeregler bis zum Anschlag aufgedreht hatte und die ersten Takte gegen die Membranen der Boxen hämmerten: ein heftiger und gezielter Tritt gegen das Trommelfell, den ihm Radost da aus der Ferne versetzte, und Less stellte sich vor, was sie wohl von ihm denken würde, wenn sie ihn hier sähe, mit vom Rauch tränenden Augen, schweißüberströmt und weder wagend, sich die Ohren zuzuhalten, noch das Gerät abzuschalten.

Die Musik war ein wüster Ritt über Gitarrenriffs, deren Rohheit nur von ihrer Monotonie übertroffen wurde. Trommelwirbel strukturierten das Ganze, um sich sofort wieder aufzulösen und in dieselbe rasante Trance zu wechseln, aus der sich die Basslinie nicht befreien konnte, oder um einen der Gesangsparts anzukündigen, in denen irgendwelche Parolen gegrölt wurden, es gab Feedbacks, Beckenscheppern und chorisches Gebrüll.

Er nahm nicht an, dass Radost ihm mit ihrem Geschenk einen Streich spielen wollte, und dennoch steckte eine gewisse Heimtücke dahinter, dieselbe Arroganz, die ihn früher auf Wanjas Gartenpartys in Schach gehalten hatte. Eine Musik, die in Berlin plausibel sein mochte, war es hier noch lange nicht.

Für diesen Nachmittag gab er das Hören auf, lüftete sein Zimmer, warf den improvisierten Radost-Gedenkschrein in den Müll und hielt sich an den Wein. Zu seiner großen Überraschung aber stellte er am nächsten Tag fest, dass die Musik der zweiten Kassette eine völlig andere war. Über breiten Klangteppichen loderte eine sirenenhafte Stimme, klar wie Kristall, und schnitt sich in Less' Vorstellungswelt ein, ohne darin mehr zu hinterlassen als geometrisch kühle Ornamente. Sie schmeichelte dem Ohr, ohne es zu schonen, verlor bisweilen ihre Worte an den Klang, ließ sich von ihm mitschleifen, um sich wieder zu erheben, zu sammeln, schließlich in der härteren Gestalt von Silben zu klären und ihm so die Pointe zu verschaffen. Es war nicht mehr und nicht weniger als Less' erste Begegnung mit der Lyrik, und sie wäre folgenlos geblieben, hätte er sich nicht zufällig in einem Alter befunden, das sich von jedem lyrischen Ausdruck infizieren ließ, so wie ein anderes Alter gern die Windpocken auf sich nahm oder Mumps.

Mehr aber noch als diese Musik beschäftigte Less die Frage,

wie Radost ihm zwei so unterschiedliche Stile offerieren konnte. Er sah jedenfalls keinerlei Berührungspunkte zwischen ihnen, bis er seine Überlegungen zurückholte aus den entfernten Hypothesenterritorien, in denen sie mittlerweile marodierten, und sie um ihren Ausgangspunkt scharte, der auf eine banale Art des Rätsels Lösung bildete: Radost. Sie war das Bindeglied zwischen den Extremen, sie zog nicht nur eine Linie zwischen ihnen, sondern hielt sie auch in der Balance, mehr noch: Sie stiftete den Zusammenhang, mochte er nun für andere nachvollziehbar sein oder nicht. Und mit dieser, wenn er ehrlich war, kaum überraschenden Entdeckung, die eigentlich nur ein weiteres Indiz für ihre so wankende wie totalitäre Lebenshaltung war, musste er auch den unpassenden, geradezu kleinkarierten Vorwurf der Arroganz tilgen. Und: Seine Begeisterung für sie wuchs abermals, und zwar in jenem Maße, in dem er glaubte, ihr durch seine Grübeleien näher gekommen zu sein. Das ermutigte ihn, Radost einen Brief zu schreiben, was die Höflichkeit ohnehin gebot, doch war ihm vermutlich der Ton etwas zu vertraulich geraten, die Ausführungen zu lang, wie er klopfenden Herzens erkannte, als es schon zu spät und der Brief aus seinen Fingern in den Postkasten geglitten war. Ja, geradezu süffisant kam ihm nun das Geschriebene vor, das er im Höhenrausch seiner Annäherung an Radost entworfen und im Vertrauen auf die Kraft der Improvisation nicht noch einmal überlesen hatte. Beflügelt auch von den Lyrismen der zweiten Kassette, hatte er gar eine grundsätzliche Nähe zu ihrem Wesen entdeckt, eine Verwandtschaft der Seelen. Schließlich, es dauerte eine gute Woche, beruhigte er sich damit, dass jemand, der Verständnis für stimmungsvolle Musik hatte, auch welches für deren stimmungstrunkene Hörer haben würde. Wer hobelte, erhielt eben Späne, selbst wenn es sich dabei nur um Süßholz handelte.

Nach dieser kurzen Unterbrechung begab sich Less erneut an die Seite seiner Großeltern und lungerte unmotiviert in ihrer

Nähe herum. Eine schlappe Unzufriedenheit ließ ihn zu den Büchern greifen, zu jenen zunächst, für die er sich jahrelang zu jung geglaubt hatte und bei deren Lektüre er nun merkte, dass sie größtenteils alberne Kindereien enthielten. Daneben gab es Dutzende von Büchern, die ihm Wanja geschenkt hatte, außerdem großformatige Bildbände – Rodtschenko, Tatlin, El Lissitzky –, zum Teil in Russisch, das er sich aber nicht die Mühe machte zu entziffern, obwohl er es gekonnt hätte. Zu diesen, Wanjas Büchern, griff Less nun, um sich die Zeit zu verkürzen.

Endlich war es dann Herbst und der geheime Wunsch des Sommers nach Betätigung kam ihm schon am ersten Unterrichtstag absurd vor. Die warmen, hellen Sonnentage hatten sich immerhin noch im schattigen Zimmer aushalten lassen, lesend, bei kühlen Getränken und ohne mehr Gedanken als an das jeweilige Buch und ab und zu einen feierlichen an Radost. Jetzt aber nahmen ihn wieder die Kleinigkeiten in Beschlag, die Antipathien etwa, die ihm seine Klasse entgegenbrachte, einschließlich des Lehrers. Schon im November berief man eine Sondersitzung der FDJ-Gruppe ein, deren einziges Thema, so lächerlich es klang, er selber, Less, war. Man warf ihm vor, er zersetze das Kollektiv, zeige Desinteresse an allem Möglichen, sei überheblich, doch wahrscheinlich meinte man mit dem Ganzen nur seine Frisur und den Anzug. Im Laufe des Nachmittags überbot sich das vereinigte Kollektiv im Heraufholen von Beispielen, jedem fiel mindestens eine Episode ein, in der Less sich unkollektivistisch verhalten hatte: Er setze sich in der Kantine nicht an ihren Tisch, er lese lieber, statt sich mit ihnen zu unterhalten, er ignoriere sie auf dem Schulweg, ja grüße nicht einmal am Morgen. Ob er was dazu sagen könne, wurde er gefragt und musste verneinen, was als neuerlicher Beweis seiner sittlichen Unreife und Rechtfertigung dieser Sitzung gewertet wurde. Natürlich hatten sie Recht mit dem, was sie sagten, falsch war jedoch der schwelende Vorwurf, er tue dies alles lediglich, um sie zu brüskieren.

Das Einzige, was man ihm nicht vorhalten konnte, waren seine schulischen Leistungen. Sogar in den praktischen Fächern lag er weit über dem Durchschnitt, obwohl er schnell mitbekommen hatte, dass das Hantieren mit Werkzeugen und rostigem Stahl ihm nicht besonders lag, die Trockenübungen an schiefen Blechstücken, das Anreißen, Körnen, Bohren, Entgraten. Längst hatte er es bereut, nicht wie Delia auf die Erweiterte Oberschule gegangen zu sein.

Dann klang der Herbst aus, jeden Abend senkte sich Nebel auf die Straßen und begann sofort zu steigen, kein wirkliches Steigen, ein Simmern, ein Wallen auf kleiner Flamme, das durch ein stetiges Auf und Ab der feuchten Schleier entstand und den Eindruck einer Bewegung erzeugte, die nicht von der Stelle kam. Verdichtet wurde diese wabernde Konsistenz von den Emissionen der Hütte, dem Rauch der verfeuerten Braunkohle, die sich wie ein Deckel auf die Stadt legten, die mehr denn je zwischen den Bergen festzusitzen schien. Schräg fiel feiner Regen in sie hinein, das verwaiste Pflaster glänzte im Licht der Straßenlaternen, die ihre milchigen Kegel in die Dunkelheit stellten. Der Bürgersteig war bedeckt mit modrigem Laub, das die Kastanien abgeworfen hatten, um schwarz, kahl und mit verschwimmenden Wipfeln die Thälmannstraße zu säumen, die nur selten um diese Zeit ein Zweitakter mit wehender Abgasfahne und tastenden Scheinwerfern hinaufächzte.

Wie er alles einigermaßen Freundliche schluckte, schluckte der Winter schließlich auch Radost. Zu Weihnachten war Wanjas obligatorisches Bücherpaket eingetroffen, nebst einem Brief, in dem ihm zwar Radosts Grüße ausgerichtet wurden, doch von seines Onkels Hand aufgeschrieben, was schlimmer war als gar keine Erwähnung ihres Namens.

Der Januar also legte das Leben auf Eis und deckte es später mit einer Schneeschicht zu. Im Frühjahr schmolz das Zeug und sickerte in die Gullys der städtischen Kanalisation. Kurz darauf brach die Zeit des Ungeziefers an, die der lärmenden Kindergruppen und stockbewehrten Wanderer, die Zeit des unkontrollierbaren Niesens: Sommer. Hin und her gerissen zwischen touristischer Wurstbude und Schwerindustrie verharrte die Stadt. Es schien, als wartete sie auf ein Zeichen. Doch wofür? Less war das egal. Ihm hätte schon ein Luftzug genügt.

SAY HELLO ...

Aus Nervosität erschien Less eine Stunde zu früh. Er hatte sich bis vor die Tür der Altbauwohnung gewagt und dann doch nicht den Mut zu klingeln. Es war gegen sechs, um sieben erst begann das, was Wanja *Soiree* nannte. Aus der Wohnung drangen Gläserklappern und Stimmengemurmel, Möbel wurden gerückt. Less beschloss, noch einmal auf die Straße zu gehen und die verbleibende Stunde durch den Berliner Schnee zu laufen.

Eines Augusttages, im Zwielicht der Morgendämmerung, war er einfach in den Zug gestiegen. Schon nach wenigen Kilometern betulicher Fahrt wurde die Sicht frei und es schoben sich die Siedlungen der flacher werdenden Landschaft in den Blick, grässliche Siedlungen, die ihn – doch das mochte am Abschied von ihr liegen – beinahe gnädig über *seine* Stadt denken ließen, trotz der rötlichen Aschepartikel, der Blutarmut, des Hangs zum Untergang. Er hielt den Kopf aus dem Abteilfenster und gönnte sich große Portionen der kühlen Luft, die nach Stalldung roch.

Die Morgenfrische deutete auf einen strahlenden Tag, als Less auf dem Bahnsteig in Wegeleben stand und auf den Anschlusszug wartete. Um ihn herum wimmelte es von merkwürdigen Gestalten, die nicht so richtig zur Jahreszeit passen wollten, Typen, die sich besser in den Herbst zurückgeschert hätten, dem sie entsprungen schienen und in dem sie motivierter herumgestanden hätten. Sie trugen verschossene Kunststoffkleidung, abgewetzte

Aktentaschen unterm Arm oder hatten Einkaufsbeutel ums Handgelenk gewickelt, ein Anblick, der vermutlich nicht viel scheußlicher war als die Ziele, denen ihre gebeugten Gestalten entgegenschnarchten.

Mit lautem Kreischen fuhr der Zug in den Bahnhof ein, und der ganze müde Tross kraxelte in die staubigen Waggons hinauf. Es war einer dieser doppelstöckigen Zubringer, die jeden Tag die Resignation des Umlands in die größeren Städte verfrachteten, über deren Bahnhofsvorplätze hinweg sie sich dann zerstreute, sich epidemisch ausbreitete bis in Werkhallen, Umkleidekabinen, Waschkauen: ein Zug von proletarischen Pilgern, dessen Botschaft *Müdigkeit* hieß, eine Botschaft, die jeder Einzelne wie eine Fußfessel hinter sich herschleifte.

Alle fielen sofort in ein erschöpftes Keuchen, die Augen geschlossen, die Köpfe in die Ecken der Polster gestürzt, die Wangen ans schmierige Glas der Scheiben gepresst. Einige hängten sich die Blousons über die Gesichter. Draußen wurde es allmählich heller, die Landschaft gewann an Geschwindigkeit, und in Less siegte die Unruhe über die Freude, keiner von denen zu sein, deren Körper jetzt schlafsüchtig im Takt der Gleisnahtstellen wippten, denen dünne Speichelfäden aus den Mundwinkeln rannen, die die glimmenden Zigaretten sich zwischen ihren erschlafften Fingern zu Asche verbiegen ließen. Man hätte leicht verzweifeln können an ihrer Verzweiflung.

Nach einem weiteren Zwischenstopp saß er endlich in dem D-Zug, der direkt nach Berlin fuhr. Die Mitreisenden waren jetzt andere, Familien mit Kindern und großen Koffern, lärmende Jungen und Mädchen mit Rucksäcken, an denen Kochgeschirr baumelte, unterwegs an die Ostsee, um dort die Ferien zu verbringen. Aus den offenen Abteiltüren kam Musik, Lachen, Flaschengeklirr. Die Stimmung war ausgelassen und erwartungsvoll. Auch Less ließ sich von ihr anstecken. Er pendelte zwischen seinem Platz und dem Gang, lief zur Mitropa, um sich ein Bier zu holen, dann Zigaretten, rauchte am heruntergezogenen Fenster. Er hielt ohne Grund die Hände in den Fahrtwind, las einige Seiten in seinem Buch und trank schließlich mit einem Soldaten in Filzhose und grauem Hemd Pfefferminzlikör aus der Flasche, während er sich dessen Geschichten von Besäufnissen und amourösen Begebenheiten anhörte. Magdeburg, Brandenburg, Potsdam: Nach jedem Halt wurde Less nervöser. Draußen flimmerte die Luft, die Sonne brannte aus den Wiesen, Wäldern und Äckern einen Geruch, der staubig war und würzig.

In Berlin-Schönefeld stieg er aus und nahm die S-Bahn in die Stadt. Die Waggons ratterten an Wohngebieten vorbei, an Fabrikanlagen und Kleingartenkolonien. Sehr klein und strahlend weiß hoben sich ab und zu vorm blauen Himmel Häuserkomplexe ab, deren Formen so verschachtelt und unlogisch aussahen, dass sie schon zu Westberlin gehören mussten. Darüber hingen Wattewölkchen.

Am Alexanderplatz kaufte er sich eine Currywurst, setzte sich auf den Rand eines Brunnens und beobachtete die Menschen, die über den Platz wimmelten. Kinder planschten im Wasser. Ihr Geplapper und das Rauschen der Fontäne machten Less schläfrig. Kurz bevor er einnickte, riss er seinen Körper hoch, wusch sich Hände und Gesicht, schnappte seinen Koffer und machte sich zu Fuß in Richtung Leipziger Straße auf.

Im elften Stock hielt er inne vor einer mit Holztapete bezogenen Tür. Auf einer lackierten Baumscheibe stand, mit Lötkolben eingebrannt, *Hier wohnen Radost & Wanja*. Dann drehte er sich um und stieg wieder in die zehnte Etage runter, rauchte dort im Flur eine Zigarette und schaute auf die Grünanlagen, die Plattenwege und die Kinder, die unten spielten, bis sich eine der Türen öffnete und ihn ein misstrauischer Blick fortscheuchte.

«Rein mit dir», sagte Wanja und schüttelte ihm die Hand, als hätten sie sich erst gestern verabschiedet, «ich hab schon auf dich gewartet.»

«Der Zug hatte Verspätung», sagte Less.

«Typisch», sagte Wanja und verschwand in seinem Arbeitszimmer.

Less lauschte in die Wohnung hinein, doch er konnte nichts weiter hören als Wanja, der mit Papierstößen raschelte. «Ich muss los», sagte Wanja, «wir sehn uns heute Abend und machen einen drauf, okay?»

«Okay», sagte Less.

«Übrigens», sagte Wanja, «Radost ist verschwunden. – Ha, kuck nicht so, nicht so wie *du* denkst. Offiziell, sozusagen. Du kannst in ihrem Zimmer wohnen. Also mach es dir gemütlich.» Dann schlug die Tür hinter ihm zu.

Less' Puls sank schlagartig. Die Reise hatte also zu keinem Ergebnis geführt. Vorerst.

Schönhauser Ecke Kastanienallee. Die einzige Kreuzung, die je imstande gewesen war, Less zu demütigen. Gott sei Dank.

Es war kurz nach seiner Ankunft in der Stadt gewesen. Nichts Besonderes eigentlich. Er hatte nur einige Sekunden in der Absicht gezögert, die Straße zu überqueren. Über seinem Kopf ratterte die Hochbahn, es stank nach Abgasen, der Schweiß lief ihm von der Stirn auf die Lider und tropfte von dort in die Augen. Sein Hemd klebte ihm am Rücken. Für einen Moment wusste er nicht, welche der drei Straßen, die sich hier schnitten, er nehmen sollte. Eigentlich unwichtig, da er sowieso ziellos unterwegs war. Im kurzen Verharren aber wurde er angerempelt, eine feuchte, dampfende Schulter traf ihn in den Rücken, und er fühlte, wie sich sein Schweiß mit dem fremden mischte. Ein spontaner Ekel nahm ihm die Körperbeherrschung und verstärkte den leichten Stoß dermaßen, dass Less aus der Balance kam und aus dem Zentrum der Menschentraube an ihren Rand geriet. Über den Bordstein tänzelnd, verlor er das Gleichgewicht und stolperte auf die Fahrbahn: Bremsen quietschten, Hupen gingen los. Er fing Blicke auf, die er nicht deuten wollte. Doch das Schlimmste war das Palaver, das sofort einsetzte, ein Wortschlamm, in dem wie Glasscherben einige derbe Worte im Berliner Dialekt mitschwammen. Für eine Sekunde stand die Stadt still – leider hielt sie dabei nicht die Klappe –, und er war ihr Zentrum, ein Fremder, ein Provinzheini mit abstehenden Haaren und schlotternden Klamotten. Sie hätten ihn für einen Sachsen gehalten, hätte er etwas entgegnet auf die undeutlichen Vorwürfe, so wie sie alles für sächsisch hielten, was sie nicht kannten oder nicht mochten oder vom Kapitalismus über sie gebracht worden war oder von der Partei. Je nachdem, wem sie ihre Dummheit verdankten. Das Letzte jedenfalls, das er von dieser großstädtischen Initiation mitnahm, war der Anblick von Daumen und Zeigefinger des ausgebremsten Autofahrers, zu einem *O* geschlossen im heruntergelassenen Fenster eines *Mazda*. Selber Arschloch, hatte Less gedacht. Seitdem war er einer von ihnen, auch wenn *sie* das wahrscheinlich anders sahen.

Immer wenn man sich die Jahreszeit vergegenwärtigte, war es Winter, und man befand sich gerade auf der Straße, und es war dunkel. Schnee, vermischt mit Asche und kleinen Kieseln, lag auf dem Gehweg und verklebte jetzt unter Less' Schuhen zu enormen Fladen.

Aus der Imbissbude unter der Hochbahnbrücke stieg weißer Rauch auf. Trotz der Kälte stand ein Dutzend Menschen an den runden Plastiktischen. Sie bliesen dampfenden Atem auf das dampfende Essen. Ketchup tropfte aus den zusammengepressten Brötchenhälften in den Schnee. Less kaufte sich eine Bratwurst und ein Bier und gesellte sich zu denen, die hier aus unerfindlichen Gründen ihren Heimweg in die Länge zogen. Abendbrot gab es schließlich überall. Komische Gestalten allesamt, kaum Frauen darunter, und hätte man sie mit einem Wort bezeichnen sollen, das trotzdem jeder einzelnen gerecht geworden wäre, hätte dieses Wort *hängend* lauten müssen. Alles hing an ihnen, die Kleidung am Körper, die Haare vom Kopf, die Tränensäcke, die Lebensmittel in den Einkaufsnetzen. Selbst wenn sie die Arme hoben, um vom Brötchen abzubeißen oder einen Schluck Bier zu trinken, hatte es den Anschein, als müssten sie doppelt so stark gegen die Gravitation kämpfen als andere. Mit dreien dieser Hänger stand er schweigend an einem Tisch, als sich von hinten eine Hand auf seine Schulter senkte.

«Hey …», sagte eine Stimme, und Less zuckte zusammen. Ruckartig drehte er sich um und fand sich einem Typen gegenüber, dessen Kopf von einem astreinen Irokesenkamm gekrönt war, mindestens zehn Zentimeter hoch und strahlend gelb, sogar noch im trüben Licht der Imbissbudenbeleuchtung.

«Keine Panik, Alter», sagte der Punk.

«Ja?», sagte Less.

«Kannste mir ’ne Mark leihen?»

«Ich glaube ja», sagte Less und fischte in seiner Manteltasche nach der Münze, um den Typen loszuwerden. Der nahm das Geld, schlenderte zum Verkaufsfenster rüber und kam mit einer Flasche Bier zurück. «Scheißwetter, wa?», sagte er. Er trug nur eine Lederjacke, die ihn kaum vor der Kälte schützen konnte. Die anderen Gäste der Imbissbude waren aus ihrer Trance erwacht und kuckten schräg zu ihnen rüber.

«Von wo kommsten?», sagte der Punk.

«Wieso?», sagte Less.

«Wegen der Sprache. Aus Sachsen?»

Less sagte nichts.

«Mach dir nichts draus», sagte der Punk und trank einen Schluck Bier. Aus der Imbissbude rief jemand *Letzte Runde!*. Unter die Menschen kam plötzlich Bewegung.

«Willste auch noch eins?», fragte der Punk und kuckte zum Fenster der Imbissbude.

«Ich hab noch», sagte Less und hob seine Flasche an.

«Alter, man muss im Voraus denken.»

«Na gut», sagte Less.

«Musste mir aber Geld geben.»

Less kramte wieder in seiner Tasche. Der Punk stellte sich in die Schlange, die sich vor dem Verkaufsfenster gebildet hatte. Irgendwie war es nicht das passende Wetter, um Bier im Freien zu trinken, minus zwei Grad wahrscheinlich. Eine halbe Stunde blieb noch bis zu Wanjas *Soiree.*

«Beck, Alter», sagte er, nachdem er zurückgekommen war, und streckte Less die Hand entgegen.

«*Beck?*», sagte Less.

«Mein Name», sagte Beck. «Und selber?»

«Less», sagte Less.

«Na denn ...», sagte Beck. Sie schlugen ihre Bierflaschen gegeneinander. Die Veranstaltung artete jetzt in ein Kampftrinken aus. Die meisten Gäste hatten gleich mehrere Flaschen Bier gekauft und sie in Reihe vor sich aufgestellt, davor, auch in Reihe, Schluckis mit klarem Schnaps: eine Schachfigurenformation für Säufer.

«Und? Was machste so?», fragte Beck. Es begann zu schneien. Beck klapperte vor sich hin. Die Zigarette zwischen seinen Lippen sah aus wie festgefroren, zumindest qualmte sie nicht mehr.

«Bin bei der Post», sagte Less, «und du?»

«Siehste ja», sagte Beck und fuhr mit den Fingern über die Stacheln auf seinem Kopf.

«Kann man davon leben?», fragte Less.

«Nee», sagte Beck, «eigentlich bin ich Friedhofsgärtner. Wegen der Kohle. Und Gitarrist in ’ner Band.»

Less sah auf die Uhr.

«Musste los?», fragte Beck.

«Ich bin zu ’ner Party eingeladen», sagte Less. *Soiree* sagte er lieber nicht. Vielleicht war es ganz gut, wenn er sich Verstärkung mitnahm, immerhin war es das erste Mal, dass ihn Wanja zu einer dieser Veranstaltungen eingeladen hatte. «Kannst mitkommen, wenn du willst. Essen und Trinken umsonst.»

«Gebongt», sagte Beck und schlug den Kragen seiner Lederjacke hoch. Sie nahmen die angebrochenen Bierflaschen und gingen los, gegen den Wind gestemmt, der aus der Richtung wehte, in die sie jetzt mussten, ein Stück die Schönhauser hoch und dann nach rechts. Es war erst kurz vor sieben, und trotzdem war niemand mehr auf der Straße. Die Fenster der Häuser waren matt erleuchtet, die unteren Drittel zum Teil mit Decken verhängt. Manchmal sah man hinter Eisblumen und beschlagenen Scheiben jemanden hantieren.

Sie bogen in die Seitenstraße ein, wo der Schnee nicht ganz so dicht fiel.

«Ich wohn hier ganz in der Nähe», sagte Beck. «Komm mal vorbei, kriegste dein Geld wieder.»

Man konnte es schon Lärm nennen, was aus der Wohnung nach außen drang. Tiefe Männerstimmen, schrilles Frauenkreischen, Musik und allgemeiner Tumult. An der Klingel stand *G. B. Mahner.*

«Was gibt's?» Auf Less' Läuten war die Tür heftig aufgerissen worden. Ein großer, vollbärtiger Kerl stand im Rahmen, Haare bis über die Ohren, in Jeans und kariertem Flanellhemd, unter dem sich ein mächtiger Schmerbauch wölbte, die Augen leicht glasig, vielleicht um die vierzig. Er hatte, wie Less und Beck, eine Bierflasche in der Hand.

«Äh …», machte Less.

«Gottfried», polterte aus dem Hintergrund Wanjas Stimme, «lass ihn rein, das ist mein Neffe.»

«Na gut», sagte Gottfried, «willkommen.» Eigentlich sah er aus wie Wanja auf Tiermasthormonen, gleiche Kleidung, gleiche Frisur, gleicher Habitus.

«Darf ich vorstellen», sagte Wanja, der herangetreten war, «Gottfried Beh Mahner – mein Neffe.»

Sie wechselten die Bierflaschen in die linke Hand und schüttelten einander die rechte, etwas übertrieben fest der Dicke. Er ließ seine Pranke sprechen, ganz kurz nur, in Schlagworten. Von Männlichkeit, von Freundschaft und vor allem von Konkurrenz, worum immer es gehen würde, Frauen, Bier, Geld, reine Routinesache.

«Legt ab und seht euch um», sagte Wanja. «Ich muss zurück in die Küche. Gleich gibt's Essen.»

Sie warfen ihre Jacken auf den Kleiderhaufen, der im Flur lag, und gingen in das Zimmer, aus dem das größte Getöse drang und ein Geruch, der einem die Schläfen pochen ließ, nach Nelken, Zimt, Muskat, Kardamom, irgendetwas Exotischem, das einem den Kopf sprengte, fast so schlimm wie verbrannter Lorbeer, ein Gestank, der von kleinen, qualmenden Stäbchen ausging, die in Dutzenden Glasvasen steckten. So roch es in der Hölle für die Guten.

«Mann Alter», sagte Beck, «das is 'ne Hippieparty. Hör dir ma' die Musik an.»

«... on a stair-hair-way to heaven – pling, pling, pling», hörte Less. Er hatte keine Ahnung, was das war. Hardrock, weichgespült, oder etwas dieser Art.

Die Partygäste schauten nur kurz auf, als sie ins Zimmer traten, mit der Unaufmerksamkeit der Neugierigen. Um die zwanzig Männer und Frauen standen herum, Zigaretten in den Händen, plauderten in kleinen Gruppen, gackerten über Scherze, fielen sich an die Schultern und um den Hals. Der Raum flackerte im Licht einer Unzahl von Kerzen, selbst auf dem Kachelofen standen welche. Im hinteren Teil war ein langes Büfett aufgebaut, Gläser, Getränke, Geschirr, davor waren Unmengen von Stühlen, Schemeln, Sesseln, Sofas, Campingliegen zu Reihen angeordnet. An den Wänden drängelten sich Zeichnungen, Drucke und Gemälde. Expressionistisch verrenkte Gestalten, feiste Bauern vor Kuhherden, Landschaften mit und ohne Wasser, Stillleben mit *Neuem Deutschland* und verbrannter Kürbiskernpastete.

«Meine Herrn!», sagte Beck.

Das Seltsamste aber war, dass auch hier alles hing, wenngleich anders als an der Imbissbude: Es hing, als *müsste* es hängen. Bei den Frauen die Schultern, die Brüste, die Haare, die Samtkleider bis zu den Fußknöcheln, Holz- und Keramikklunkern an Lederbändern, bei den Männern die Bäuche über die Bünde ihrer Original-*Levi's* oder *Wrangler* und die Bärte. Vielleicht ließ der Große Strippenzieher heute etwas lockerer.

«Silentium: die Suppe!», brüllte plötzlich G. B. Mahner. Das allgemeine Plappern brach abrupt ab. Alle wendeten sich zur Tür, in der Wanja mit einem riesigen, dampfenden Topf stand. Er balancierte ihn zum Büfett, während Mahner fortfuhr: «Zur Feier des Tages hat unser lieber Wanja eine ukrainische Soljanka zubereitet.»

«Mit einer Geheimzutat», fügte Wanja an und rollte die Augen.

Ein Murmeln ging durch die Runde. Einige riefen *Das Rezept, das Rezept!* Andere schnalzten mit der Zunge.

«Ach du Scheiße», sagte Beck.

«Also gut: Man nehme …», hob Wanja an und zählte die Zutaten auf. «Und zu guter Letzt», beendete er nach zwei Minuten seinen Einkaufszettel, «russische *Smjetana.* Bloß keine Kaffeesahne.»

«Und die *Geheim*zutat?», fragte einer mit Bart.

«Wahrscheinlich spuckta zum Schluss rin», sagte Beck.

«Die war schon dabei», sagte Wanja. «Es liegt an euch, herauszufinden, *welche* es war.»

«Also dann», beendete G. B. Mahner das Theater, «guten Appetit!» Die Gäste stürzten sich auf den Topf und begannen zu schmatzen.

Less kuckte Beck an, der die Augen verdrehte. Sie gingen in

die Küche, nahmen sich Bier aus dem Kühlschrank und standen am Fenster rum.

Eigentlich hatte Less insgeheim gehofft, dass er Radost hier treffen würde. Nicht wirklich ge*hofft*, es war mehr einer der Wünsche, die in der Abfolge des Begehrens schon weit hinter der Hoffnung rangierten, ein Wunsch, für den er sich eigentlich schämte und an dessen Erfüllbarkeit er deshalb nicht glaubte, so als könne er dadurch seine Äußerung vergessen machen. Es war die Art Wunsch, die normalerweise Mädchen hatten, Radost zum Beispiel.

Der letzte Winter und das Frühjahr hatten seine Gefühle für sie enorm gezügelt, dann aber, im Juni, fast zum Jahrestag ihres Biergartennachmittags, hatte er einen Brief von ihr erhalten, und das Gezerre war von neuem losgegangen.

«Liebster Cousin», hatte sie geschrieben, «vielen Dank für deinen netten Brief vom letzten Sommer. Du wunderst dich vielleicht, dass ich mich nach so langer Zeit erst bei dir melde. Aber ich hatte viel zu tun die letzten Monate, privat und mit der Arbeit. Ich habe dich aber nicht vergessen und auch den putzigen Nachmittag nicht.» – Sie bezeichnete den Nachmittag tatsächlich als putzig, und Less wusste nicht, ob er das *süüüß* finden sollte. – «Es war jedenfalls ziemlich lustig. Falls du nichts Besseres vorhast, komm doch nach Berlin mich besuchen. Es sind ja gerade Ferien und vielleicht willst du ja woandershin verreisen. Wenn du kommst, würde ich mich sehr freuen. Wir könnten was unternehmen. Den Rest erzähle ich dir in Berlin. Sag bitte Bescheid, wenn du kommst, damit Wanja und ich alles vorbereiten können. Deine Radost.» Nach wenigen Tagen schon hatte er den Brief auswendig gekannt und sich an den holprigen Stil gewöhnt.

«Probleme?», fragte Beck, der ihn schon ein Weilchen beobachtet haben musste.

«Na ja», sagte Less und wollte gerade eine Fährte aus Andeutungen legen, um zu testen, ob er Beck die Geschichte erzählen könne, als Wanja den Kopf zur Tür hereinsteckte und schrie: «Jungs, sichert euch Plätze, gleich geht's los.»

Sie nahmen noch zwei Bier und gingen rüber. Die Zahl der Anwesenden im Zimmer hatte sich fast verdoppelt, was auch die ständige Klingelei an der Tür erklärte. Die meisten hatten bereits Platz genommen, redeten, tranken Rotwein oder glotzten erwartungsvoll in die Runde. Vor dem Auditorium war ein kleines Podium aufgebaut, ein einfacher Stuhl und ein kleiner Tisch mit einer Leselampe.

Sie fanden zwei Plätze in der letzten Reihe, alle anderen waren besetzt. Einige saßen bereits auf dem Boden oder standen an die Wand gelehnt da.

Dann betrat G. B. Mahner das Podium. Er hielt eine Gitarre in der Hand, es wurde still. «Liebe Freunde», sagte Mahner, «unsere literarisch-musikalischen Abende sind zu einer schönen Tradition geworden. Wie ihr seht, steigt die Resonanz von Mal zu Mal, und ich fürchte, dass wir für unser nächstes Treffen ein SED-Kulturhaus anmieten müssen.»

Einige lachten.

«An mir soll es nicht liegen, und *die* würden sicherlich auch ihren Spaß haben. – Liebe Freunde, ich will nicht viele Worte machen.» Er nahm die Gitarre in Anschlag. «Ihr kennt ja mein Motto: *Die Jitarre is meine Braut – und wennse mir eena klaut, wirta verhaut.*» Das Gelächter klang höflich. Offenbar ließ er die Sottise vor jedem Auftritt los.

Er drosch drei Eingangsakkorde und begann dann unverzüglich zu singen:

«Wir standen am Feldrain, im wilden Mohn,
und träumten von Liebe und Revolution
und träumten, wie's wär, wenn wir am Feldrain stünden
aus allen, nur nicht aus praktischen Gründen.

Und tranken den Wein, der zur Hand war, wie immer
und brachen das Brot und genossen den Schimmer
des Taus auf den Blättern, bis die Schergen kamen
und Wein und Brot und den Mohn uns nahmen.

Nur die Liebe, die nahmen die Schergen uns nicht
und Mohn wächst nach, wer wüsste das nicht
und Träume gibt's nächtens, manche wie Blei,
nur mit der Revolution – tja – war's vorbei.»

«Bravo, Gottfried.» Der Applaus war ehrlich gemeint und forsch vorgetragen.

«Ich hau ab, Alter», sagte Beck und gab Less einen Zettel, «meine Adresse. – Hoffentlich is das nich ansteckend.» Er nickte in Richtung Podium. «Mach's jut.» Als die Wohnungstür laut ins Schloss fiel, wurde getuschelt.

«Ich danke euch für den warmen Applaus», sagte Mahner, «als Nächstes darf ich euch einen jungen Freund vorstellen, den noch nicht viele von euch kennen: Nathanael Held. – Nathanael, kommst du bitte!»

Im Publikum erhob sich ein junger Mann und ging sehr aufrecht nach vorn. Er war vielleicht zwanzig, und was Less angenehm auffiel: Er hatte weder Bart noch Bauch, noch trug er eine Nickelbrille. Unter seinem Arm klemmten die Seiten eines Manuskripts. Ganz in Schwarz gekleidet, die Hosen in Schnürstiefeln steckend, das Hemd bis zum obersten Knopf geschlossen, mit einer abgewetzten Lederjoppe und geschorenem Kopf, sah er aus wie Mahners modischer Antagonist. Augenscheinlich fühlte er sich nicht wohl neben G. B., der ihm, in seiner Moderation fortfahrend, den dicken, flanellumhüllten Arm um die Schulter gelegt hatte. Man konnte selbst von weitem sehen, dass Mahner schwitzte. Es war Schweiß, den sein Körper aus Freude abgab, vom Rotwein befördert, Glücksschweiß, den er glaubte, mit

Freunden teilen zu dürfen, ja zu müssen, ein flüssiges Salz ohne Brot.

Nathanael Held warf ihm einen blasierten Blick zu. Mit einer schnellen Drehung versuchte er, sich Mahners Arm zu entwinden, doch der missdeutete die Bewegung und umschloss ihn umso fester.

«Sicherlich denken einige von euch, dass Theorie grau ist, und wahrscheinlich zu Recht», sagte Mahner, «doch es gibt immer Ausnahmen, und ich hoffe, unser junger Freund hier gehört zu diesen Ausnahmen. – Bitte, Nathanael, du hast das Wort.»

Mahner ließ sich ins Publikum zurückfallen. Auf den freien Platz neben Less setzte sich einer, der aussah wie die meisten hier. Er hatte eine große Flasche Korn in der Hand, aus der er einen üppigen Schluck nahm. Als er Less' Blick bemerkte, reichte er ihm die Flasche. Auch Less nahm einen großen Schluck, dann reichte er die Flasche zurück. Im Laufe von Helds Vortrag wurden sie ein eingespieltes Team. Sie wickelten das Trinken ab, ohne einander oder die Flasche ansehen zu müssen.

Nathanael Held setzte sich nicht auf den Stuhl, sondern nahm mit übereinander geschlagenen Beinen auf dem Tisch Platz. Bevor er anfing zu sprechen, zündete er sich ein Zigarillo an.

Nach einigen Zügen begann er: «*Anarchie ist eine Angelegenheit des Herzens*, habe ich meinen Vortrag genannt. Ein Zitat von Erich Mühsam …», und beendete nach einer halben Stunde seinen Vortrag mit einem kalten «Ich danke Ihnen».

Nur einmal hatte er eine kurze Pause gemacht und nach einem Glas Rotwein gegriffen, das ihm aus der ersten Reihe gereicht wurde. Dazu hatte er sich ein frisches Zigarillo angezündet.

Einige applaudierten, doch es war nicht das begeisterte Klatschen, das G. B. Mahners Bänkelgesang gefolgt war.

«Schnösel», sagte Less' Nachbar. Die Schnapsflasche war fast leer.

Nicht, dass Less Nathanael Helds Ansichten über Anarchie

teilte oder dass er überhaupt solche gehabt hätte, vielmehr applaudierte er dessen Kleiderordnung. Allerdings war die Art von Helds Vortrags durchaus beeindruckend gewesen: wie der einzelne Wörter ironisch hervorhob und gleichzeitig ihre Ironisierung ironisierte, wie er Pausen setzte, einige so lang, dass man annahm, er habe den Faden verloren, um dann ein Schlagwort anzubringen, kurz bevor die Situation peinlich zu werden drohte, und auch der Blick, den er ins Publikum warf, jedes Mal wenn er von seinem Manuskript hochsah, ein Blick, der jeden Zweifel am Gesagten zurückwies und im Gegenzug zu einem Manko des Zweifelnden machte.

Wenn alle Anarchisten so aussahen wie Nathanael Held, konnte sich Less vorstellen, auch einer zu werden.

Erneut wurde ihm die Schnapsflasche gereicht, und Less merkte, wie ihm schlagartig übel wurde. Er schloss die Augen, und sofort setzte ein fürchterliches Kreisen ein. G. B. Mahner erhob sich im Publikum und kündigte die nächste Nummer an. Irgendein junger Dichter, dessen Namen Less nicht mitbekam, da er gegen seinen rebellierenden Magen kämpfte. Es half nichts, er musste raus.

Er blieb an Knien hängen, stolperte über Taschen und Zuhörer am Boden. Verschwommen sah er den Dichter, der ihn seinerseits erstaunt vom Podium aus betrachtete. Im Herausschwanken hörte er noch den Titel des ersten Gedichtes: *Stachel im Wellfleisch der Liebe*. O Gott.

Als Less sich ausgekotzt hatte und aus dem Badezimmer kam, war schon der nächste Dichter an der Reihe, ein donnernder Bass, der sehr wütend klang. Less konnte keines der Worte verstehen, war sich nicht einmal sicher, ob es überhaupt Worte waren, die nebenan in den Raum geschleudert wurden. Er ging in die Küche, öffnete das Fenster und hielt den Kopf in die eisige Nachtluft.

Das Ergebnis seines Aufbruchs aus dem Harz war kläglich. Statt Radost getroffen zu haben, wohnte er seit einem halben Jahr in ihrem Zimmer, dessen anfänglicher Duft mittlerweile vom Qualm Hunderter Zigaretten überdeckt war. Die ganze Zeit über hatte er gewartet, anfangs bei jedem Klingeln hochfahrend, später passiv, eigentlich nur, weil er sich an das Warten gewöhnt hatte. Währenddessen las er Bücher aus Wanjas Bibliothek, rauchte, hörte Radio oder saß einfach da und starrte Radosts Plüschtierarmee an. So war der Sommer vorbeigegangen.

An einem Herbsttag fällte Less die Entscheidung zu bleiben. Er hätte schon seit einer Woche in seinem Betrieb zurück sein müssen. Wanja, der ihn des Öfteren darauf ansprach, gab er jedes Mal eine ausweichende Antwort.

Es war noch sehr früh und dünner Regen stand lotrecht zwischen den Häusern. Less setzte sich auf den Bordstein. Die Passanten, die durch das Dunkel der Morgenstunde liefen, warfen ihm verstohlene Blicke zu. Natürlich wirkte er albern, in dieser Jahreszeit auf dem Bordstein, doch er hatte sich vorgestellt, dass eine unwirtliche Situation eine schnelle Entscheidung begünstigen würde. Gemütlichkeit produzierte nur Zweifel und brachte das einmal Beschlossene schnell wieder zu Fall. Die Luft hier unten war klarer, Less' Perspektive die eines größeren Hundes. Gleichförmig zog der Kohlenstaub nach Osten ab, geschoben von konstantem Wind.

Mit einem kurzen Aufleuchten hatte sie eine feine artistische Bewegung gegen den Himmel geführt, war höher gestiegen und plötzlich in rasantem Fall gesunken, wie erschöpft in voller Fahrt, war dann zu Boden gegangen mit klirrendem Geräusch und auf schmaler Kante davongeschlingert, über den Straßenbeton hinweg, Teerfugen überspringend, das nasse Laub, Zweige und Papierfetzen, die ganze herbstliche Sturmbahn nehmend, war endlich dem Blick enteilt und unter einem parkenden Auto verschwunden: die Münze, die Less geworfen hatte. Umsonst jedoch. Er hatte nicht nur versäumt, sie aufzufangen, er hatte sogar vergessen, den beiden Seiten die widerstrebenden Möglichkeiten zuzuordnen: dableiben oder zurückfahren.

Reichlich ergriffen von der Vorstellung, die Zukunft könne durch einen Zufall entschieden werden, hatte er das Aluminium einfach hochschnellen lassen und erst später – die Münze stand bereits in der Luft – versucht, den beiden Seiten ihre Aussagen zuzuschanzen.

Ein vorübergehender Passant schließlich stutzte Less' Sprung unters Auto zu einem Zucken: Das Geld war verloren.

Keine Entscheidung bedeutete den Status quo, nicht ganz, denn er hatte sich bei der Post eine Stelle besorgt, als Brief- und Zeitungsausträger, um Wanja nicht länger auf der Tasche zu liegen. Wanja hatte daraufhin seine Eltern verständigt und ihnen eine Geschichte über die Notwendigkeit jugendlichen Austobens vor dem Lebensernst erzählt oder etwas dieser Art. Seine Eltern, wahrscheinlich einmal mehr den Worten seines Onkels erlegen, konnten ihm dank ihres Einflusses die Lehrstelle in der Hütte reservieren. Allerdings wollte er sich nicht vorstellen, wie sie auf Wanjas Eröffnung reagiert hatten, wahrscheinlich …

Was gibt's denn zu sehen?» Eine etwas heisere und sehr nahe Stimme sprach ihn von hinten an. Es war nicht Radosts Stimme.

Er drehte sich um. Neben ihm stand jemand, recht klein, und strahlte ihn an. Dem Klang der Stimme nach musste es ein Mädchen sein, auch wenn das Gesicht zu einem Jungen gepasst hätte.

«Da draußen, auf dem Hof, meine ich», sagte sie.

«Nichts», sagte Less, der erst jetzt den Frost spürte, dem er seit einigen Minuten ausgesetzt war. Er schloss das Fenster. Die Schwindelgefühle waren weg.

Sie grinste, rückte noch etwas näher und sah ihn an: mit großen Augen, schräg von unten. Auf dem Kopf trug sie eine alte

Wehrmachtsmütze, deren Ohrenklappen unter dem Kinn zusammengebunden waren.

«Und, wie gefällt's dir hier?» Sie nickte in Richtung des Zimmers, wo noch immer Silben gemäht wurden: *Krra-Krra-Krra-wall-wall-halla.*

«Ich bin mit 'nem Kumpel da», sagte Less, «der ist aber schon gegangen.»

«Also bist du jetzt alleine.»

«Mein Onkel ist auch noch da. Der hat die Veranstaltung organisiert», sagte Less.

«Der Dicke mit dem Vollbart?»

«*Einer* von den Dicken mit Vollbart», sagte Less.

Sie schaute Less in die Augen und verkürzte weiter den Abstand zwischen ihnen. Less rückte nicht ab, sondern bog nur den Oberkörper etwas weg.

«Ich bin mit 'nem Bekannten hier. Der hat gerade was vorgelesen.»

«Der Anarchist?»

«Nee, der Dichter: *Stachel im Wellfleisch der Liebe* und *Macao-Mocca*, Robert Schnabel heißt er.»

«Ich war unpässlich, als er vorgelesen hat.»

«Musstest du kotzen?»

«Es lag aber nicht am Wellfleisch», sagte Less.

«Du bist nicht aus Berlin, oder?»

Sie rückte noch ein Stück näher heran. Da er sich nicht weiter wegbiegen konnte, ohne umzufallen, stellte er sich gerade hin. Ihr Kopf lag jetzt fast an seiner Schulter, durch das Hemd spürte er ihren dicken Skianorak. Sie trug eine Hose aus gesteppter Baumwolle, auf die eine Unzahl von Flicken genäht war, aus Leder, Plaste, Samt. Irgendwie sah sie etwas schmutzig aus, nicht schmierig, eher, als setzte sie sich bei jeder Gelegenheit auf den Boden, als schmeiße sie unbekümmert ihre Jacke in Ecken und vergesse später einfach, den Staub abzuklopfen.

Sie sah ihm in die Augen und rieb dabei ihren Kopf an seiner Schulter. Less blickte zur Spüle, in der sich verkrustete Suppenteller stapelten. Er überlegte, ob er seinen Arm um ihre Taille legen sollte, sie nahmen sich sonst merkwürdig aus, in der großen Küche, so eng beieinander stehend, zumindest aber hätte das sein wackliges Stehen etwas stabilisiert. Er verzichtete darauf, um kein Missverständnis aufkommen zu lassen oder einem aufzusitzen.

«Und was machst du, wenn du nicht auf Partys bist?», fragte sie.

«Bücher lesen, Musik hören. Freunde treffen», sagte Less. Letzteres war gelogen.

Man hatte nicht einmal die Löffel von den Tellern genommen, sodass der ganze Stapel nicht nur unordentlich, sondern auch äußerst wacklig wirkte. In den obersten Teller tropfte Wasser aus dem Hahn und hatte die braune Kruste vom Rand gelöst, die jetzt wie Schlick auf der schwach zitternden Oberfläche schwamm.

«Und warum kuckst du immer weg, wenn du was sagst?»

«Mach ich doch gar nicht», sagte Less und sah sie an.

«Doch, gerade eben.»

«Na ja, die Teller da drüben.»

«Ist was mit denen?»

«Eigentlich nicht, bloß ...»

«Schon wieder.»

«Quatsch.»

«Mach ich dich nervös?»

«Ein bisschen schon, ehrlich gesagt.»

«Ach, komm ...», sagte sie und strich ihm leicht über die Wange. Less legte jetzt doch seinen Arm um ihre Taille. Er spürte keinen Widerstand und sah sie zögerlich an: Sie schaute zu ihm hoch und – *ja!* – lächelte.

Von nebenan war stürmischer Beifall zu hören. Kurz darauf die Stimme von G. B. Mahner, die verkündete, man werde jetzt zum ausgelassenen Teil des Abends übergehen, Rotwein und

Bier seien zur Genüge vorhanden. Rumpeln und Scharren folgten seiner Aufforderung.

Als Erster stürmte Wanja in die Küche, zwei Stühle tragend. Er zwinkerte Less zu, als er die Situation erkannte. Less zog seinen Arm zurück. Sie sah kurz zu ihm hoch.

«Setzt euch, Kinder», sagte Wanja, ließ die Stühle fallen und machte keine Anstalten zu gehen.

«Mein Onkel», sagte Less und zeigte auf Wanja, «ich geh mal kurz rüber.» Vorher nahm er sich noch ein Bier aus dem Kühlschrank.

Die Gäste begannen, sich in der Wohnung zu zerstreuen. Es war ziemlich laut, jemand hatte die Musik wieder angestellt: *There must be some way out of here*, Hippiemusik, Beck hatte Recht. Auf dem Flur herrschte mächtiges Gedränge, das hauptsächlich in Richtung Küche schob. Less ging in das Zimmer der Lesung, wo Stuhlreihen, Podium und Büfett abgebaut wurden. Er stellte sich ans Fenster und beobachtete das Treiben. Mahner gab den Brigadier und dirigierte die Helfer.

Less hielt sich noch immer an seiner Bierflasche fest, als Nathanael Held den Raum betrat. Er blieb an der Tür stehen und warf Mahner einen abschätzigen Blick zu. Dann ging er, wieder sehr gerade, zum Fenster und lehnte sich lässig an die Fensterbank, ohne das Geschehen aus den Augen zu lassen. Ab und zu glitt sein Blick über die Bilder an den Wänden, ohne dass sich sein Gesichtsausdruck dabei änderte: leicht zusammengekniffene Augen, drei schmale senkrechte Falten auf der Stirn. Zwischen Daumen und Zeigefinger hielt er ein Zigarillo. Wenn er daran zog, spreizte er den kleinen Finger ab, beim Ausblasen des Rauches winkelte er den Kopf leicht an und spitzte die Lippen. In der anderen Hand hatte er ein Wasserglas mit einer bräunlichen Flüssigkeit, an dem er von Zeit zu Zeit nippte.

Held stand etwa zwei Meter entfernt von Less, der seine Augen nur mit Mühe vom Anarchisten abwenden konnte. Der dagegen schien kein Interesse an Less zu haben. Immer wenn sein Blick eine Runde durch das Zimmer genommen hatte und als Nächstes Less erfasst haben müsste, um den Kreis zu schließen, ließ ihn Held vorher abstürzen, ungefähr vor Less' Schuhspitzen.

Als die Aufräumarbeiten beendet waren, schenkte Mahner eine Runde Schnaps für die Helfer aus, dann verteilte er Gläser und Rotweinflaschen im Zimmer, das sich nun wieder mit Leuten zu füllen begann. Es war nicht mehr ganz das Publikum des Anfangs, das hängende, bärtige. Hinzu gekommen waren Lederjacken, Lederhosen, Lederröcke, Ledermäntel, Domestos-Jeans, Nadelstreifenanzüge, Militärparkas, die bis über die Knie gingen, Klettis, Knobelbecher, Bundeswehrtreter, Bomberjacken, Lodenmäntel, geschorene Köpfe, abstehende Haare, grüne, gelbe, rote, Männerzöpfe, Barette, Käppis. Sogar ein Zylinder war im Gewühl aufgetaucht.

Less' Befürchtung, die Party würde sich auflösen, war also unbegründet gewesen. Im Gegenteil. Die Zimmertemperatur lag bereits deutlich über zwanzig Grad, die Luft war rauchgeschwängert und ließ einem die Augen tränen. Den verbleibenden Sauerstoff verbrannten die Kerzen. Vermehrt hörte man jetzt Glas splittern, es wurden Parolen skandiert und Zitate geschrien. Einige grölten laut zur Musik mit: *Hey Joe, where you're goin' with that gun in your hand*. Das Lachen klang zunehmend hysterisch, es wurde geschwankt und getorkelt.

Routinemäßig schaute Less zu Nathanael Held hinüber und sah erstaunt, dass der *ihn* anstarrte. Held hatte es nicht mehr geschafft wegzukucken. Ein kurzes Zucken des Kopfes hatte seine Absicht zwar verraten, doch noch während des Abwendens musste er erkannt haben, dass Less den Blick bereits eingefangen hatte, und sah ihm nun fest und direkt in die Augen. Seine Stirnfalten waren verschwunden. Held hob schweigend das Glas und prostete Less zu, sehr geschmeidig, sehr langsam, und nahm dann einen kleinen Schluck, ohne seinen Blick aus Less' Augen zu nehmen. Im Absetzen des Glases drehte er seinen Körper ein wenig in Less' Richtung, während er sich mit dem Ellenbogen auf die Fensterbank stützte.

Less merkte, dass er rot wurde, doch im Schutz der schummrigen Beleuchtung blieb es wohl unentdeckt. Mechanisch riss er die Bierflasche hoch, prostete Held zu und nahm einen großen Zug. Dem Blick konnte er allerdings nicht standhalten. Er sah zur Seite, aus dem Fenster, bemerkte aber im Augenwinkel, dass der andere an ihn herantrat.

«Nathanael Held», sagte Held und streckte ihm eine schmale, lange Hand entgegen. Less sah einen Siegelring aufblitzen, sein Manschettenknopf funkelte zurück. Er schlug ein: «Ich bin Less.» Ein kurzer Druck von Nathanaels Hand und dann, ohne losgelassen zu haben, ein etwas längerer. Es war das Gegenteil der kumpelhaften Drohung, die ihm G. B. Mahner vorhin in die Hand gegeben hatte: Distanz, Neugier, Sympathie.

«Einfach *Less*?»

«Einfach Less.»

«Du kannst mich *Held* nennen, nein, nein: ein Scherz.» Er streifte leicht mit der Hand über Less' Arm. «Bist du alleine hier?»

«Sozusagen», sagte Less, der keine Lust hatte, seine Bindungen auf der Party zu erläutern.

«Möchtest du was?», fragte Nathanael. Er schwenkte sein Glas. Etwas von der Flüssigkeit schwappte den Rand hoch und lief ölig wieder zurück. «Kubanischer Rum.»

Less fischte ein Glas vom Boden und hielt es ihm hin: «Interessanter Name: Nathanael.»

«So kann man es auch sagen. Eigentlich mehr einem Spleen meiner Mutter geschuldet.» Er griff in die Innentasche seiner Lederjoppe und zog eine Flasche *Havanna Club* heraus. «Hat mein Vater mitgebracht, von einer Dienstreise.» Er schenkte Less zwei Fingerbreit ein. Sie stießen an. Der Rum brannte im Hals und wollte nicht richtig die Kehle runter. Less fürchtete für einen Moment, sich erneut übergeben zu müssen, schließlich aber legte sich der Alkohol warm und angenehm an seine Magenwand.

Nathanael hielt Less ein silbernes Etui mit Zigarillos hin. «Auch aus Kuba», sagte er.

Sie rauchten schweigend. Der Lärm in der Wohnung hatte jetzt seinen höchsten Pegel erreicht. Jemand wechselte die Kassette: *I see a red door and I want to paint it bla-hack.*

«Um es kurz zu machen», sagte Nathanael, «ich würde dich gern fotografieren.»

«Wozu?», fragte Less.

Nathanael lachte: «Nur so, ein Porträt.»

«Und warum von mir?»

«Interessantes Gesicht: sensibel, intelligent. Und schöne Augen, braune, stimmt's? Und eine lebhafte Mimik. Ich hab dich vorhin beobachtet. Das hat was Frisches, was hier selten ist.» Nathanael deutete in den Raum.

«Ich denke, du bist Anarchist», sagte Less.

«Aber nicht hauptberuflich», sagte Nathanael, «ich fotografiere auch und studiere. Lehrer für Deutsch und Geschichte.»

«Tja», sagte Less.

«Weißt du was, komm mich einfach nächsten Freitag besuchen, sagen wir um acht. Wir können was trinken, uns unterhalten, und dann kannst du dich immer noch entscheiden.» Er holte Füllfederhalter und Notizblock aus seiner Jacke und schrieb seine Adresse auf.

«Kennst du *Nacht über Russland*?», fragte Less, um das Thema zu wechseln, ein Buch aus Wanjas Bibliothek, das er gelesen hatte und für anarchistisch genug hielt, um es jetzt anzubringen.

«Du interessierst dich für anarchistische Literatur?»

«Für Literatur allgemein», sagte Less.

«Schön», sagte Nathanael, «wir sollten uns wirklich treffen.»

«Kennst du Mahner schon lange?», fragte Less.

«Vergiss ihn», sagte Nathanael, «er neigt dazu, die Welt als Wille und Verschwörung zu sehen. So kann er sie besser in seinen Liedern verbraten. Überirdische Mächte im Pakt mit Partei und Staat. – Ich könnte wetten, sein Lieblingswort ist *Schicksal*, nach *Seele* vielleicht und *Herz*. Aber er würde immer behaupten, dass es *Liebe* ist und *Freiheit*. Wenn du mich fragst: ein grauenhafter Stümper, ein Dilettant des Denkens. Und des Musizierens.»

«Aber irgendwie trotzdem nett», sagte Less, «oder?»

«Wie man's nimmt», sagte Nathanael. Er zog den Rum hervor und schenkte nach: «Auf die Literatur!»

«Auf die Literatur!»

Wie zur Bestätigung wankte G. B. Mahner ins Zimmer, drehte die Musik lauter und schrie: «Tanzt, Leute, tanzt!» Dann stellte er sich in die Mitte des Raumes und wippte mit dem Oberkörper auf und ab. Seine Lippen bewegten sich synchron zum Text der Musik: *Come on baby light my fire*, sein Bauch und sein Hintern drückten die Umstehenden zur Seite. Zwei Frauen in langen Batikkleidern gesellten sich dazu und begannen, auf der Stelle zu hüpfen, jeweils auf einem Bein, während das andere angewinkelt in der Luft hing. Sie ruderten mit den Armen, um ihre wackelnden Köpfe wirbelte das gelöste Haar in dicken Wellen.

«Und infantil ist er auch noch», sagte Nathanael. Er kniff die Augen zusammen, und die drei Falten tauchten auf seiner Stirn auf.

Less merkte, dass er wieder betrunkener wurde. Er erinnerte sich an das Mädchen in der Küche.

«Wir sehn uns später noch», sagte er zu Nathanael, der ihn überrascht ansah, aber wortlos an seinem Platz stehen blieb und nur apathisch die Hand hob.

Less kämpfte sich bis zur Küche vor. Hier war es leerer als in den anderen Räumen und weniger laut. Das Deckenlicht war gelöscht worden, stattdessen flackerten jetzt ebenfalls Kerzen.

Sie stand noch an der gleichen Stelle wie vorhin, nicht mehr allein, sondern in einer kleinen Gruppe. Der, der auf die anderen einredete, musste Robert Schnabel sein. Er sah zumindest aus, wie man sich einen Dichter vorstellte: Baskenmütze, Seidenschal, Kordjackett, vielleicht Mitte zwanzig. Er fuchtelte während des Sprechens mit den Händen.

Less nahm sich ein Bier. Ihm fiel auf, dass der Vorrat an Flaschen fast konstant blieb. Sicherlich Wanjas Verdienst. Dann lehnte er sich an den Kühlschrank und ließ den Blick schweifen, als sei ihm egal, was hineingerate. Doch es geriet genau das hinein, was hineingeraten sollte: ihr Blick.

Less grinste sie an, sie winkte und war auch schon unterwegs zu ihm. Robert Schnabel hielt für einen Augenblick in seiner Rede inne und sah ihr hinterher.

«Und», sagte sie, «wie war's nebenan?»

«Da ist die Hölle los», sagte Less. «Und hier?»

«Du kennst Robert nicht. Der hört sich gerne reden.»

«Ist dir nicht warm?», sagte Less. Sie hatte weder ihren Anorak ausgezogen noch die Wehrmachtsmütze abgenommen.

«Geht so», sagte sie.

Schnabel trat an sie heran und sagte: «Irenchen, wir müssen los», und zu Less: «Geht's dir wieder besser? Du sahst nicht gut aus vorhin, als ich zu lesen begonnen habe.»

«Mir war schlecht», sagte Less.

«Von deinem Wellfleisch», sagte Irenchen und grinste.

«Und da hab ich nichts von deinen Gedichten mitbekommen», fuhr Less fort.

«Das tut mir Leid», sagte Schnabel, «vielleicht klappt's ja beim nächsten Mal.»

«Robert, lies ihm doch *jetzt* was vor», sagte Irenchen.

«Würdest du?», fragte Less.

«Bitte!», sagte Irenchen.

Schnabel zögerte, wahrscheinlich, um nochmals aufgefordert zu werden.

«Bitte, lies was vor», sagte Less, obwohl er nur wenig Lust auf Schnabels Lyrik hatte. Aber er wollte die Anwesenheit von Irenchen hinauszögern, die, wie es aussah, demnächst mit dem Dichter verschwinden würde.

«Welches denn?», fragte Schnabel.

«Vielleicht das mit dem Wellfleisch», sagte Less. Schnabel warf ihm einen finsteren Blick zu, aber er konnte nicht mehr zurück. Irenchen hakte sich bei Less unter, lehnte ihren Kopf an seine Schulter und sah den Dichter erwartungsvoll an.

«Nein, ein anderes.» Er holte aus seinem Jackett einen Stapel gefalteter Blätter und sah sie durch. «Wartet mal – ach hier. Ganz neu.» Er räusperte sich und hob dann mit verstellter Stimme an:

«Nausea

Nicht Adler kreisten nächtens, nein, die Gestirne
Um mein Haupt … Doch halt!, alles ist Ganzheit noch:
Raumangst mit Tagesendquadrophonie – im Vollrausch
Schwillt, wenn der Unterkopfknochen – … Nun,
Ekel mein schoss, die einzge Bewegung,
Ins unnennbar' Schwarz, gebündelt gedacht,
Zerriss es den Strahl, redte mein Wahn mir:
Quarz-Qual des Sternscheins im Wachslicht-Geraun',
Und, hieß es, Entsandtes stets schmettert zurück,
Den Plan der Platten zu begatten, wie klein
Ich da gegen den Himmel versank, kein Adler
Würd kreisen nächtens, kein andres hinfort
Mir elliptisch ums Haupt, und anhob
Ein weselnd' Geblasensein.»

«Huh», sagte Irenchen, als er fertig war. Less war leicht befremdet von Robert Schnabels Vortrag. Nie hätte er gedacht, dass ein Gedicht so scheußlich klingen könnte. Ein widerliches Falsett, das im Stakkato über die Silben gebrettert war und Schnabels Halsschlagader daumendick hatte anschwellen lassen. Sein Kopf war während des Vortrags puterrot geworden.

«Und warum hast du deine Stimme verstellt?», fragte Less.

«Tja, mein Guter, um den Unterschied zwischen Kunst und Leben zu verdeutlichen.»

«Bei einem *Gedicht*? Ist doch klar, dass das kein Leben ist.»

«Nicht allen. Außerdem: Wer sagt denn, dass Gedichte kein Leben haben.»

«Niemand, aber warum reitest du dann so auf dem Unterschied rum, zwischen Kunst und Leben, meine ich?»

«Weil es keine *Gefühls*lyrik ist.»

«Sondern?»

«Mehr verstandesmäßig, von der Sprache her kommend.»

«Hat es dann *kein* Leben oder nur weniger?»

«Ein Gedicht hat immer Leben, schon durch die Subjektivität des Dichters. Das lyrische Ich, falls du weißt, was das ist.»

«Und *dein* lyrisches Ich hat 'ne Fistelstimme, oder was?»

«Ach, leck mich doch», sagte Schnabel.

Irenchen amüsierte sich prächtig. Sie kniff Less in die Seite und strahlte ihn an.

«Los, wir gehen», sagte Schnabel und versuchte, sie am Ärmel wegzuziehen.

«Ich bleibe noch da. – Mach's gut, Robert.»

«Dann eben nicht», sagte Schnabel und machte sich grußlos davon.

Less fühlte durch sein Hemd Irenchens warmes Gesicht. Die eine Hand in der Hosentasche vergraben, nestelte er mit der anderen an ihren Mützenbändern. Sie wehrte sich nicht. Er löste die Schleife und zog ihr die Mütze vom Kopf. Sie strich sich zweimal schnell durchs Haar und es stand, wie befreit, in alle Richtungen ab, nicht durch Seife oder Rasiercreme gehalten wie seines, sondern durch eine innere Spannkraft, wie es schien, die hier und dort so groß war, dass sie es zu Locken bog. Es war weder lang noch kurz und es war straßenköterblond. Ihr Gesicht wirkte nun nicht mehr wie das eines Jungen: Sie sah aus wie ... wie ein Engel ... zuckersüß.

Irenchen sah ihn spöttisch an, dann ließ sie sich an seine Brust zurücksinken. *Zurücksinken?* Wegen seiner eigenen Betrunkenheit konnte Less kaum sagen, inwieweit *sie* betrunken war. Etwas komisch kam ihm die Sache schon vor, jedenfalls hatte er inzwischen eine Erektion bekommen und war jetzt bemüht, Irenchen, die an ihm herumfummelte, nichts davon merken zu lassen. Es war ihm peinlich, dass er die Situation durch seine offensive körperliche Reaktion trivialisierte. Also stand er da, den Oberkörper leicht vorgebeugt, und überlegte, was er tun könne. Irgendwann legte er die Arme um ihre Hüften, was nicht nur besser aussah, sondern auch die Möglichkeit bot, Irenchens Körper an der heiklen Stelle vorbeizudirigieren.

Aus dem Nebenzimmer dröhnte *A whiter shade of pa-yay yale*, und Irenchen war gerade dabei, ihn mit der Zunge am Hals zu kitzeln, als Nathanael Held in der Tür erschien. Er musste sich den Rest des Rums allein gegönnt haben, denn er schwankte wie ein Zuckerrohr im Wind. Im ersten Moment wollte sich Less von Irenchen lösen, doch als er sah, dass Nathanael mächtig einen im Tee hatte, ließ er es. Man konnte nicht wissen, ob sich diese Situation nochmal ergab. Der Anarchist wankte auf sie zu und blieb hinter Irenchen stehen. Dann rümpfte er die Nase und lallte: «Komm trotzdem vorbei!» Er klopfte Less auf die Schulter, während er sich an Irenchens Arm festhielt, um nicht hinzufallen. Sie sah sich erschrocken um. Im Hinausgehen stolperte er über die Schwelle und stürzte in den Flur. Jemand half ihm dort wieder auf die Beine, und Less hörte, wie Nathanael *Langhaariges Schwein* schrie und *Pfaffenarsch*. Dann war er verschwunden.

«Du hast vielleicht komische Freunde», sagte Irenchen und

befreite sich aus seiner Umklammerung. Less atmete durch und nahm zwei Bier aus dem Kühlschrank.

«Ist Schnabel dein Freund?», fragte er und reichte Irenchen ein Bier.

«Mehr mein Beschützer. Denkt er jedenfalls. Unsere Eltern sind befreundet. Robert ist manchmal etwas aufdringlich.»

«Wie alt bist du denn?»

«Sechzehn», sagte Irenchen. Sie lachte und gab ihm einen Kuss auf den Mund. Less stellte die Flasche ab und umklammerte Irenchen von neuem. Er knabberte an ihrem Ohr rum und leckte an ihrem Hals. Ihre Haut schmeckte nach Bier, *Havanna Club* und Zigaretten, nach Seife und Salz und ein bisschen nach Kotze. Sie produzierte während seiner Attacke leise, kehlige Laute.

Was im Fernsehen so leicht aussah, stellte sich in Wirklichkeit als elende Plackerei dar. Man musste nicht nur permanent den Speichel auf der Zunge dosieren, sondern auch noch alle möglichen Kopfpartien berücksichtigen, Hals, Nacken, Ohren und die schwer erreichbare Gegend unter dem Kinn. Er fühlte sich irgendwie verpflichtet, die Erwartung, die er geweckt hatte, zu steigern, und dabei kostete es schon unendlich viel Mühe, sie auf dem Eingangsniveau zu halten.

Less trennte sich so sanft wie möglich von Irenchens Hals und sagte: «Musst du nicht nach Hause?»

Sie öffnete die Augen. War das ein *verklärter Blick*? Und vor allem, war *er* daran schuld oder waren es Alkohol und Zigarettenrauch? «Nee», sagte sie, «*du*?» Ihre Stimme klang dunkler.

«Ich wohn bei meinem Onkel. Dem ist es egal, wann ich komme.»

«Ich hab 'ne Wohnung in der Choriner Straße. Von einem Bekannten, der verreist ist. Gleich neben dem Stadtbad.»

«Die Wohnung von meinem Onkel ist in der Leipziger Straße», sagte Less.

«Ach du Scheiße», sagte sie, «bist *du* denn müde?»

«Ein bisschen», sagte Less, was nicht stimmte.

«Du kannst mit zu mir kommen, wenn dich die Kälte nicht stört», sagte Irenchen, «ich hab keine Kohlen mehr.»

«Na gut», sagte er, während sein Herz ein paar Takte zulegte.

«Dann lass uns gehen», sagte Irenchen und zog an seiner Hand.

Die Party klang jetzt sowieso aus. Überall lagen Pärchen auf dem Boden oder standen in den Ecken herum und produzierten nur noch komische Geräusche. Die meisten Kerzen waren erloschen, und aus den Boxen quoll seit einer Weile eine endlose Dümpelei auf dem Klavier, zu der manchmal jemand aufschrie, als sei ihm während des Spiels der Deckel auf die Finger geklappt. Less nahm noch zwei Flaschen Bier aus dem Kühlschrank, für unterwegs, dann ließ er sich fortziehen.

Draußen hatte es aufgehört zu schneien, der Himmel war klar, mondbehängt und sternenlastig, der Schnee reflektierte das Laternenlicht, die Straßen glänzten. Finster und brüchig standen die Häuser am Gehwegrand, lückenlos und hoch. Man konnte nicht viel mehr hören als die eigenen knarzenden Schritte im Pulverschnee. Nur von weiter weg schwappte ein leises Rauschen herüber, das Hallen von Metall, das Summen nächtlicher Fabriken, das Dröhnen der Transitautobahn. Eisenbahnsignale, Huptöne, Westberlin: der Grundton der Stadt. Es war noch kälter geworden.

«Schön, nicht?», flüsterte Irenchen.

Less wusste nicht, was er darauf sagen sollte. Er musste sich zu sehr aufs Geradegehen konzentrieren, als dass ihm etwas Geistreiches einfiel.

Ohne Umschweife setzte sie ihn auf den Gepäckträger ihres klapprigen Rades, das um die Ecke stand. Erstaunlich, dass sie bei diesem Wetter mit dem Fahrrad unterwegs war. Sie sagte: «Halt dich fest!»

Auf der Fahrt dann, die ausgestorbene Schönhauser hinunter, den eisigen Wind im Gesicht, befiel Less ein komisches Gefühl von Versöhnung. Nein, anders: ein Zustand freundlichen Gleichmuts überkam ihn, der einem das Gemüt zu einem Abfalleimer ohne Boden machte, der alles, und sei es noch so hässlich, schlucken und in seiner Tiefe verschwinden lassen würde.

Less griff nach Irenchens Hüften, um nicht hintenüberzufallen. Sie sah sich kurz um, und – tatsächlich: Sie musste etwas Ähnliches fühlen, denn sie hatte einen Ausdruck der Zufriedenheit im Gesicht, eine Zufriedenheit mit dem Augenblick, dem ein Vor- und Nachher nichts bedeutete, selbst wenn seine Gegenwart frostig war. Es war der Augenblick, in dem sich Less in sie verliebte.

Irenchen hauste in einer winzigen Wohnung, im zweiten Hinterhof einer bröseligen Mietskaserne. In der Toreinfahrt, den Durchgängen und Höfen türmten sich Sperrmüll und Schutt, zerbrochenes Geschirr, defekte Kinderwagen, Werkzeugteile, Schrankruinen, aufgeweichte Polster und alle Arten unförmiger Materialballungen, denen schon lange jede Funktion fehlte, Verknotetes, Verschränktes, Verworrenes. Einiges davon hatte der Schnee zu abstrusen Skulpturen geadelt, die im Mondlicht schimmerten. Ein Pfad führte durch den Müll zu ihrem Aufgang: Irenchen wohnte über einer Halde.

Sie stiegen eine schmale Treppe hoch. Von den Wänden schälte sich der Ölanstrich, das Geländer war zersplittert. An ihrer Wohnungstür klebten Kunstpostkarten, Spitzweg, Caspar David Friedrich. Irenchen kramte in den Tiefen ihrer Kleidung nach dem Schlüssel, während Less eine Bierflasche am Geländerpfosten öffnete. Der Kronkorken schepperte gegen die Wand.

Sie zog ihn an der Hand durch die Wohnung, die aus einer Küche, einem winzigen Klo und einem Zimmer mit trapezförmigem Grundriss bestand, dessen schmale Seite das einzige große Fenster des Raumes bildete. Draußen konnte man einen Seitenflügel des Stadtbades erkennen. Im Dunkeln wirkte es wie ein Bunker, davor standen zwei dürre Birken. An den Wänden des Zimmers klebte Raufasertapete, in der Ecke stand ein kalter Kachelofen, am Fenster ein Schreibtisch, über dem mit Stecknadeln ein Poster befestigt war: *Schokoladenmädchen*. Es gab ein Wandregal mit wenigen Büchern, zwei abgeschabte Sessel, einen Kassettenrekorder. Das Beeindruckendste aber war ein großes Hochbett, getragen von einer Konstruktion aus Querbalken und Pfosten, zu dem eine steile Treppe führte. Der gesamte Fußboden war mit abgetretenen Bastmatten ausgelegt, bei deren Anblick es einen juckte.

Irenchen zündete Kerzen an und löschte das Deckenlicht, was das Zimmer zumindest wärmer aussehen ließ. Beim Atmen bildete sich Dampf vor dem Mund. Less sah auf die Uhr: Es war kurz vor vier. Seine Kleider lagen klamm am Körper, an Hinsetzen war nicht zu denken. Da er nicht wusste, was er tun sollte, blieb er stehen und nuckelte an der Bierflasche.

«So schlimm?», sagte Irenchen.

«Na ja», sagte Less.

«Da oben ist es wärmer.» Sie nickte in Richtung Bett. Dann kletterte sie die Treppe hoch. Less hörte, wie sie oben mit den Kleidern raschelte, die kurz darauf zu Boden segelten. Er ließ sich nun doch in den Sessel fallen.

«Willst du da festfrieren?», fragte Irenchen. Sie hatte sich über die Brüstung gebeugt und kuckte ihn belustigt an. Less sah ihre nackten Schultern. Er streifte Schuhe, Mantel, Jackett ab und machte sich langsam auf den Weg nach oben, ja, er trödelte seinem Abenteuer entgegen, als wäre es dadurch noch zu verhindern gewesen.

Irenchen stützte sich auf den Ellenbogen und sah ihn an. Less erkannte sofort, dass es nur eine Decke gab. Er legte sich neben sie auf den Rücken, die Arme an die Seiten gepresst, starrte an die Decke und zitterte. Einige Minuten vergingen, dann sprang

Irenchen plötzlich auf, die Decke über den Kopf gezogen, wirbelte durch die Luft und landete bäuchlings auf Less, der sich nicht mehr hatte wegrollen können, und – *wow!* – im nächsten Moment spürte er durch sein Hemd ihre Brüste, er spürte ihren Bauch und durch die Socken ihre kalten Füße. Sie legte den Kopf an seinen Hals und atmete. Ein warmer Hauch strich über sein Ohr.

Less wünschte, er hätte sich vollständig seiner Kleidung entledigt. Nun war es zu spät. Er konnte nicht einfach die Hose ausziehen, ohne fordernd zu wirken. Irenchen stützte sich auf beide Arme und sah ihn an. Less sah zur Seite, es war ihm unangenehm. Er wollte sich jetzt nicht vorstellen, was in ihrem Gesicht vorging. Aber Irenchen zwang ihn, sie anzusehen, indem sie seinen Kopf in ihre Richtung bog, und Less sah erleichtert: Freundlichkeit.

Dann schoss ihm dieses freundliche Gesicht entgegen. Irenchen versuchte, ihre Zunge zwischen seine Lippen zu klemmen. Eine Weile leistete er Widerstand, dem er eine spielerische Tarnung gab, schließlich kapitulierte er doch. Vielleicht etwas zu plötzlich, denn ihre Zunge schnellte ruckartig in seinen Mund hinein, so tief, dass Less erst das Gefühl hatte zu ersticken und gleich darauf würgen musste. Er konnte den Reflex gerade noch unterdrücken, schluckte ein paar Mal und hoffte, dass sie nichts gemerkt hatte. Diese nasse, dicke Zunge war ihm suspekt. Aber sie gehörte zu Irenchen, und also musste er auch sie mögen.

Irenchen hatte ihm mittlerweile die restlichen Kleider vom Körper gezerrt. Er ließ sich ihre Küsserei gefallen, tat sogar, als beteilige er sich daran, konzentrierte sich aber auf das, was ihm in die Hände geriet.

Ihr Körper war von einer Zartheit, die er angesichts der unförmigen Skikleidung nicht erwartet hatte, trotzdem war sie nicht mager, ihre Zartheit war kompakt. Less ließ seine Hand die Wirbelsäule entlangwandern, umkreiste jeden einzelnen Wirbel mit den Fingern, im Nacken beginnend, wo er sehr weiche Härchen ertastete, bis hinunter zum Steiß, in dessen Nähe er zwei Grübchen fand. Dann untersuchte er die Flanken, die in schönem Schwung ihren Körper abrundeten – er fuhr die Linie gleich mehrere Male ab –, die Hüften, die etwas breiter waren als seine, die Arme, die Handgelenke, die er mit Daumen und Zeigefinger umschließen konnte, die Finger, die ihm lang vorkamen.

Einige Stellen ließ er aus, um sie in einer zweiten Tour auszukundschaften. Auch Irenchen werkelte mit ihren Händen an ihm herum, und Less war gespannt, welche Stellen sie auslassen würde.

Etwas einfallslos ließ er seine Hände die gleiche Route nehmen, verweilte eine Weile in Nierenhöhe, um dann in einer Blitzaktion, am Steiß vorbei, weiter nach unten vorzudringen. Ihr Hintern lag in seinen Händen, als wäre er für sie erschaffen worden, noch weiter dann, wo er endlich ertastete, was ihm die schematischen Darstellungen diverser Bücher nie plastisch gemacht hatten, und auch jetzt, da er so dicht dran war, gelang es ihm nicht, sich über das ein Bild zu machen, worüber er zig Male gelesen hatte, meist in Romanen, wo es Grotte und Spalte hieß und noch unter einem Dutzend anderer dämlicher Bezeichnungen firmierte. Er fuhr vorsichtig mit den Fingern darüber, es war warm und feucht und fühlte sich weich an.

Auch Irenchens Hände hatten keine Stelle ausgelassen, und Less fragte sich, was als Nächstes passieren würde, als ein heftiger Ruck durch ihren Körper ging, so, als hätten ihre Muskeln Feierabend gemacht. Ihre Augen waren geschlossen, sie atmete regelmäßig, den Kopf auf seine Brust gelegt.

Less war ebenfalls müde, und er musste aufs Klo. Aber ihm war nicht mehr kalt. Und vor allem: Seine Hände ruhten auf etwas wirklich Schönem.

WAVE GOODBYE

Die Einfachheit der Frauen war erschlagend. Wenn Less am Morgen den kleinen Raum der Filiale betrat, herrschte stets gute Laune, als existierten Wind, Kälte und Dunkelheit nicht, als seien das nur die frühen Bestandteile eines undurchsichtigen, aber insgesamt weisen Planes, dessen Gültigkeit sie nicht anzuzweifeln hatten. Sie besaßen die großartige Gabe, die Gegenwart nicht ernst zu nehmen und statt ihrer eine ungewisse Zukunft, die sie manchmal nur einige Wochen im Voraus ansiedelten, für die Wirklichkeit zu halten. Im Winter war das der Frühling. In der Hitze des Hochsommers wahrscheinlich ein vorhergesagtes Tief.

Die drei Frauen kamen lange vor Arbeitsbeginn. Immer schon war der Ofen gefeuert, der Kaffee durch die Maschine gelaufen, der Frühstückstisch gedeckt. Sie unterhielten sich, lasen Zeitung, rauchten. Ihren Gesprächen entnahm er, dass sie zu Hause bereits mit Mann und Kindern gefrühstückt hatten, eine Pflicht, für die sie sich mit der gemeinsamen Stunde vor der Arbeit entschädigten. Less fütterten sie nebenbei mit durch. Als er noch neu war, hatten sie ihm von ihren Stullen und dem selbst gebackenen Kuchen abgegeben. Mittlerweile brachten sie immer eine Extraportion für ihn mit.

Less sagte nicht viel, dafür genoss er umso mehr, was die Frauen sagten, über das Einkaufen, die Familien, besonders über das Leben im Allgemeinen, *an sich*, wie sie es dann nannten. Sie hatten eine einmalige Art, sich über etwas lustig zu machen, einen Sarkasmus, dem lakonische Pointen die Schärfe nahmen, über Politik, über Nachbarn, über irgendwelche Dinge, die es nicht zu kaufen gab. Der Berliner Dialekt klang bei ihnen ungefährlich, ja gutmütig.

Irgendwann sagte eine der Frauen, dann wolln wa mal, und sie standen auf und bereiteten ihre Taschen vor. Post und Zeitungen wurden vom Hauptpostamt an die Filialen geliefert. Sie ordneten sie dann in der Reihenfolge, in der sie die Strecke absolvierten, die fünf, sechs Straßen hoch und runter, die eine Tour ausmachten. Es gab Listen, auf denen verzeichnet war, welcher Haushalt welche Tageszeitung bekam, *Berliner Zeitung*, *Neues Deutschland*, *Junge Welt*. Nach einer Woche kannte Less die Liste auswendig. An manchen Tagen waren die Taschen doppelt so schwer, dann waren die Periodika auszutragen, *Magazin*, *Eulenspiegel*, *Für Dich*, von denen Less hin und wieder ein Exemplar einbehielt. Aber er nahm es nie zweimal von demselben Abonnenten.

Insgesamt vier große Taschen musste er auf seinem Fahrrad unterbringen, das er dann übellaunig und schwer um Balance bemüht durch die dunklen Straßen schob. Der Weg kam ihm jeden Morgen endlos vor. Seit dem Abend der Party aber war er gelassener, nachsichtiger, weniger konzentriert auf die Arbeit, die ohnehin mehr von einem guten Gedächtnis profitierte als von der permanenten Vergewisserung ihrer Tücken.

Er verkürzte sich die Zeit bis zum Ende der Schichten mit Erinnerungen an die Party, an Beck, an Nathanael, hauptsächlich jedoch an Irenchen und den folgenden Tag, den sie zusammen verbracht hatten.

Am Morgen war Less mit schwerem Schädel aufgewacht. Irenchen klebte an seinem Rücken und hielt ihn umschlungen. Er wagte nicht, sich zu rühren, er wollte sie weder wecken noch den Schmerz in seinem Kopf, an dessen stechende Präsenz über dem linken Ohr er sich gerade gewöhnte, an eine andere Stelle verlagern. Durch das Fenster fiel graues Licht ins Zimmer, ein fahler Schein, der sowohl früher Morgen als auch später Nachmittag bedeuten konnte. Etwa eine Stunde lang versuchte er, wieder einzuschlafen, doch fiel er nur gelegentlich in ein kurzes Dämmern. Vom Stillhalten tat ihm bald der Rest des Körpers weh. Irgendwann regte sich auch Irenchen und fuhr ihm mit schlaftrunkener Hand über den Rücken. Less tat, als schliefe er noch, aber er war beruhigt. Mit dieser Geste nahm sie ihm den Verdacht, der kurz nach dem Erwachen in ihm aufgekommen war, dass ihr Zusammentreffen nur ein alkoholbedingtes Missverständnis war.

Später stand er bibbernd im verschneiten Hof, ein Beil in der Hand, das er in der Besteckschublade der Küchenanrichte gefunden hatte, und hackte auf den Müll ein. Immer wenn er zuschlug, flatterte der Hemdsärmel um sein Gelenk. Einer der Manschettenknöpfe war in den Tiefen von Irenchens Bett verschwunden. Aber das kümmerte ihn jetzt wenig. Es war erst gegen zwölf Uhr, und Less war mit dem festen Vorsatz in den Hof gestiegen, etwas Brennbares zu finden, um den Kachelofen anzuheizen. Er hatte keine Ahnung, wie sich der Tag weiter gestalten würde. Da aber Irenchen keine Anstalten machte, ihn loszuwerden, konnte es nicht schaden, etwas Wärme in ihr Zimmer zu bringen.

Auf dem Hof war es gespenstisch still. Nichts rührte sich, hinter keinem der Fenster zeigte sich jemand, die Gardinen hingen bewegungslos und schmutzstarrend hinter den Scheiben, die nicht beschlagen waren. Es gab keine Schuhabdrücke im Schnee, seine eigenen ausgenommen.

Mit lautem Echo hallten die Schläge, wenn er versehentlich auf ein Metallteil traf. Ein paar Hand voll Splitter hatte er erst zusammengeklaubt. Er schnappte sich eine verrottende Kommode, stellte sie schräg an die Hofmauer und trat mehrere Male dagegen. Es machte einen Höllenlärm, aber die Ausbeute konnte sich sehen lassen. Less zerkleinerte die Trümmer mit dem Beil und ging nach oben. Aus der Küche hörte er Irenchen mit Geschirr hantieren. Er schmiss das Zeug vor dem Ofen ab und machte sich auf den Weg in den Keller, wo er einige Bündel Altpapier fand.

Während dieser Verrichtungen wurde ihm klar, dass ihm die Begriffe, in denen er dachte – oder fühlte? –, die Begriffe jedenfalls, mit denen er sich abgab, langsam ins Süßliche abdrifteten. Es hatte sich am späten Abend schon angedeutet und in der Nacht fortgesetzt. Allerdings konnte es da noch als Begleiterscheinung der Sauferei abgetan werden, als eine ihrer dialektischen Seiten.

Jetzt aber, nüchtern, da er wusste, dass Irenchen in der Küche etwas wie ein Frühstück vorbereitete, er sich selbst auch – wenn man so wollte – um das gemeinsame Wohl kümmerte, jetzt war dieses Bedürfnis nach milderen Worten, nach weicheren Klängen und schwimmenden Bedeutungen größer denn je. Als steckte hinter der Rohheit der Begriffe, die eindeutig waren, die sich streng auf eine Sache konzentrierten und damit eine benachbarte, ähnliche, gar gleiche ausschlossen, ja die manchmal einen Teil ihrer eigenen Bedeutung zur Hölle schickten, um als schlanker, nackter Kern Härte auszustrahlen, als steckte hinter diesen Begriffen … als steckte dahinter – ja, was eigentlich?

Noch während er das Gerümpel auf dem Hof bearbeitete, hatten ihn diese hässlichen, unbrauchbaren Dinge, deren letzten Zusammenhalt er dabei war zu beenden – nein: Es war natürlich keine Gnade, um die sie ihn baten –, hatten sie eine – na ja – Zuversicht ausgestrahlt, die aufgrund ihrer Stellung in der Welt absurd anmutete, eine Schönheit – auch nicht –, es war ein Zuckerguss aus Empfindungen, der ihren porösen, korrodierenden, geborstenen Oberflächen die gesunde Glattheit des Neuen zurückgab, eine Glasur, die sämtliche Schrunden und Verletzungen kaschierte und die Less' Augen auf diese ganze Erbärmlichkeit aufgetragen hatten, ehe sie sehen konnten.

Sollte man diesen Eindruck kitschig nennen oder sollte man

gar keine Bezeichnung suchen und ihn lassen, wie er war, irgendwie namenlos. War er aber namenlos ohne Bedeutung? Und: Handelte es sich überhaupt um einen Eindruck? Oder um einen Abdruck, einen Ausdruck womöglich? Doch worin, wovon? Ihm war schon klar, womit dieses – das Wort war nichts sagend genug, um zu passen – Gefühl zusammenhing, doch Liebe zu sagen und sie dann auch noch als Ursache zu nehmen hieß, sich widerstandslos für die kitschige Variante zu entscheiden.

Aber eigentlich war es egal. Der Tag ließ sich gut an. Er saß mit Irenchen in der Küche, sie tranken Tee aus unförmigen, grünen Tassen mit aquamarinfarbener Ziselierung. Der Backofen des Gasherdes spendete Wärme, an der Fensterscheibe bildete sich Kondenswasser. Im Nebenzimmer brannte das Feuer im Ofen, und Less ging alle zehn Minuten rüber, um zu sehen, ob es schon wärmer geworden war. Er legte jedes Mal einen Stoß alter Zeitungen nach und stocherte mit dem Schürhaken in der Glut.

Sie aßen Schwarzbrot von einem Silbertablett, Mehrfruchtmarmelade, die Irenchen in ein verschnörkeltes Sahnekännchen umgefüllt hatte und die sie mit einem silbernen Teelöffel auf die spröden Scheiben strichen. Aus dem Rekorder kam die Musik von einer ihrer Kassetten: *Sunday Morning – Watch out the World's behind you.*

Sie unterhielten sich in vorsichtigen Sätzen. Von außen musste es scheinen, als bestehe der hauptsächliche Sinn ihrer Unterhaltung darin, den anderen nicht zu verletzen. Und das war nicht ganz falsch. Less ging durchaus das eine oder andere Mal eine ironische Bemerkung durch den Kopf, nachdem Irenchen etwas gesagt hatte. Doch er hielt sie nicht nur zurück, sondern spürte obendrein eine gewisse Scham über diese stillen Formulierungen. Es war die Sorge um etwas sehr Wichtiges, das er keinesfalls einem spontanen rhetorischen Stich opfern wollte. Er konnte nicht wegen einer Floskel etwas aufs Spiel setzen, das so neu war, dass er noch nicht mal eine Bezeichnung dafür wusste.

Das Gespräch war zurückhaltend, von Neugier am Laufen gehalten, unterbrochen von langen Pausen, in denen sie sich ansahen oder gegen das Fenster schauten oder ihre Hände ineinander verschränkten. Irenchen erzählte von ihren Eltern – die Mutter war irgendwas am Theater, der Vater Naturwissenschaftler an irgendeinem Institut –, von Robert Schnabel, dessen Eltern auch irgendwas am Theater waren, von der Wohnung hier, die sie nur vorübergehend bewohnte, wo sie so hinging abends, welche Klubs brauchbar waren und welche die FDJ voll unter Kontrolle hatte, dass sie auf der Erweiterten Oberschule sei, dass sie da Schwierigkeiten habe wegen ihres Aussehens und ihrer Ansichten, dass sie manchmal das Gefühl habe, alles sei zu eng, dass sie Leute mit Phantasie gut finde, dass sie gern verreise, dass sie in der *Jungen Gemeinde* sei, dass sie ihn süß finde.

Es war ein ganz anderes *süß* als das von Radost, nicht gedehnt, sondern sich fließend in die Rede einordnend. Es klang ernst gemeint.

Less erzählte ihr von Radost, die ihm gerade wieder in den Sinn gekommen war, dass sie seine Cousine sei, die Tochter seines Onkels Wanja, von dem, der die Party mit organisiert hatte, der mit Bart, von seinen Eltern, Ingenieuren, Kleinbürgern, von seinen Großeltern, bei denen er zuletzt gewohnt habe, von seiner Lehre in der Hütte, von der scheußlichen Landschaft, in der er groß geworden war, den Bergen, den Selbstmorden, den rachitischen Bewohnern, von den Touristen, von Maik und Delia, von Musik und Büchern, von seiner Fahrt nach Berlin – aber nicht von ihrem Grund –, von seiner Arbeit bei der Post, dass er die Party gestern großartig fand und – na ja … dass er sie auch süß finde.

Auch das war ehrlich gemeint, wenngleich es den Kern seines Gefühls für sie nicht ganz traf.

Sie unterließen es beide, mit zu viel Anteilnahme von ihren Freunden zu erzählen, von den Dingen, mit denen sie häufig zu tun hatten und nicht nur aus schönem Zufall, eine verbindliche Freundlichkeit, die ihre Unterhaltung bestimmte, bis Irenchen plötzlich sagte – sie saß mittlerweile auf seinem Schoß, hatte die Arme um seinen Hals gelegt, sah ihm in die Augen, durch die Wolle ihres Pullovers spürte er ihre Brust –, bis sie sagte – Less hatte vorher von der Ödnis eines Kleinstadtwinters gesprochen, von den Menschen, die wie Zombies durch die dunklen Straßen geisterten und doch irgendwie gut durchs Leben kamen, zufrieden mit dem, was sie hatten, Arbeit, Familie, Hobby –, bis Irenchen plötzlich sagte: «Wenn die allgemeine Vergeblichkeit groß ist, hält sich die persönliche Verzweiflung in Grenzen.»

Sonderbar: In diesem Moment war er der Mann und Irenchen die Frau, klassisch und komisch. Er verspürte das dringende Bedürfnis, Irenchen zu beschützen, wie sie so dasaß und ihn ansah und diesmal nicht lachte, konnte aber nicht genau ausmachen, wovor, vor diesem Satz vielleicht, der in seiner Knappheit wie eine Sentenz war, zu viel für eine verliebte Plauderei am Nachmittag. Die Wörter klangen gefährlich und hallten Less im Kopf. Nach und nach fügten sich die Klänge zu einer Aussage, und Less schauderte, nicht so sehr vor der Aussage selber, sondern davor, dass sie von Irenchen gekommen war. Etwas passte da nicht, ihr Alter, ihre Kleidung, ihr gesamter Habitus schlossen eine solche Aussage eigentlich aus.

Sicherlich, hätte sie das Gleiche umschreibend gesagt, wäre Less nichts aufgefallen, versteckt hinter Bildern erlebter Situationen, aber der Grad der Abstraktion machte ihn stutzig. Er bedeutete, dass sie sich schon oft damit befasst haben musste, dass sie die Bilder auf ihre Essenz geprüft hatte, um sie dann in dieser knappen Formel aufzulösen. Und Less fragte sich, warum sie dies getan hatte. Er konnte keine greifbare Bedrohung ausmachen, die ganze Welt als ihr feindlich gesinnt zu nehmen war lächerlich: eine zu starke Gegnerin, und doch musste Irenchen beschützt werden. Ähnlich sah es wohl Robert Schnabel.

Die Dramaturgie des sonntäglichen Dahintreibens war im Eimer. Less sagte, er müsse mal Zigaretten holen gehen.

Die Straßen waren leer, es begann zu dämmern. Er fand eine Eckkneipe mit dem typischen Aroma aus schalem Bier, kaltem Rauch und ungewaschenen Männern, kaufte Zigaretten und nahm noch zwei Flaschen Cabernet mit.

Als er zurückkam, saß Irenchen noch immer in der Küche und blickte in die Kerzenflamme. Ihre Augen flackerten im Licht.

Das Zimmer war jetzt warm. Sie gingen rüber, setzten sich in die Sessel, tranken den Rotwein und hörten Musik. Nur noch ab und zu tauschten sie Worte aus, so wie man jemandem einen kleinen Gegenstand aufhebt und reicht, den er auf der Straße verloren hat. Less versuchte, die vergehende Zeit am Pegel der Weinflaschen abzulesen, das schien ihm das Verlässlichste. Draußen war es längst dunkel. Manchmal stand er auf und verfeuerte noch etwas von dem Papier oder er drehte die Kassette um, oder schenkte Wein nach, oder zündete sich eine neue Zigarette an. Meist sah er in Irenchens Richtung, leicht an ihren Augen vorbei.

Sie saß im Sessel, die Beine angezogen und mit den Armen umschlungen, den Kopf auf die Knie gelegt, und beobachtete ihn, wenn er sich bewegte. Sehr langsam drehte sie ihren Kopf dabei, katzenhaft. Eine merkwürdige Stimmung lag jetzt über ihrem Zusammensein, ja, das musste es sein, was Less' Lieblingswort bezeichnete: Schwermut.

Später sagte Irenchen, sie müsse gehen. Less stand auf und zog seinen Mantel an. Nachher erst, sagte sie, und Less setzte sich wieder hin, behielt den Mantel aber an.

Irenchen sagte: «Dein Manschettenknopf ...»

Less sagte: «Egal. Beim nächsten Mal.»

Ohne dass er die Uhrzeit herausbekommen hätte, saßen sie dann in der Straßenbahn, er auf einem Einzelplatz, Irenchen auf dem Außensitz der benachbarten Doppelbank, zwischen ihnen zog sich der mit Gummimatten belegte Gang, auf denen Haufen dreckigen Schnees schmolzen und in braunen Lachen die Rillen füllten. Die Bahn quietschte und schepperte, wenn sie sich in eine Kurve legte. Less malte mit dem Finger Fratzen auf die beschlagene Scheibe und wischte sie wieder weg.

Sie hatten ihre Adressen nicht ausgetauscht. Irenchen behauptete, zwei wie sie würden sich auch in der größten Stadt durch Zufall treffen, was dann aber gar kein Zufall sei. Less hatte nicht darauf bestanden, weil ihm die romantische Verschwörung gefiel, die ihre Worte andeuteten, auch weil er es als Kompliment auffasste, dass sie ihn dadurch mit sich selbst in einen weiteren Zusammenhang brachte, einen jenseits der Worte und Gesten, einen spirituellen, sozusagen.

Er tat, als schaue er aus dem Fenster, beobachtete aber Irenchens Spiegelung in der Scheibe. Er sah, wie sie aufstand. Er drehte den Kopf zu ihr hin und schaute ihr in die Augen. Sie beugte sich zu ihm herunter und gab ihm einen kurzen Kuss. Die Bahn hielt. Irenchen hatte etwas Mühe, die Tür aufzuziehen. Die Klingel schellte, die Signallampe leuchtete auf. Mit einem Rucken zog die Bahn an. Er wusste nicht einmal ihren Nachnamen.

Am folgenden Montag nahm Less eine von Wanjas penibel gepflegten Grünpflanzen mit zur Arbeit und überreichte sie den Frauen, als Dank für das Essen. Sie sahen ihn gerührt an. Zum ersten Mal blieb er auch die Stunde nach Feierabend da, trank ein Glas Kirschlikör mit ihnen und hörte sich dieselben Reden an, die es auch in der Frühe gab. Nur der Ton war etwas sanfter.

Zufällig kam die schwangere Kollegin vorbei, die er vertrat, und Less stellte überrascht fest, dass sie ungefähr im gleichen Alter waren. Sie trug eine rosa Rüschenbluse, dicke gesteppte Polyesterstiefel, aus deren Schäften einige Zentimeter synthetischen Fells quollen, zwei Waden in rosafarbener Wolle umspielend. Ihr Bauch wölbte sich unter einem Umstandskleid aus Jeansstoff, dem diverse Gummizüge zu einer Andeutung von Form verhalfen. Eine dichte Dauerwelle, die aussah wie ein fusselnder Helm, klebte auf ihrem Kopf, in die Stirn hingen ihr einige blondierte Strähnen. Sie hatte reichlich türkisfarbenen Lidschatten aufgetragen, das Rouge zog ihre Wangenknochen in die Breite. Sie war nicht hübsch, eines dieser Gesichter, die in der Kaufhalle an der Kasse saßen oder im Führerstand einer Straßenbahn oder im Zug die Fahrkarten kontrollierten, eine Spur Grobschlächtigkeit in den Zügen, die nicht in der Physiognomie selber lag, sondern eher wie eine Reaktion auf irgendetwas Äußeres wirkte. Sie war nicht einmal hässlich, was den Umgang mit ihr wahrscheinlich erleichtert hätte, sie war lediglich schwanger, und das auf eine grelle Art.

Less hätte nie gedacht, dass eine Frau, die dermaßen aussah, noch so jung sein konnte. Sie hieß Monika, war mit einem Schwall von Worten auf den blassvioletten Lippen in den Raum gestürzt, hatte Less mit sicherem Blick als Fremden, als Eindringling, abgeschossen – er nippte gerade leicht geniert an seinem Glas – und wohl noch im selben Augenblick beschlossen, ihn zu ignorieren.

Nicht, dass er an ihrer Aufmerksamkeit interessiert gewesen wäre, weiß Gott nicht, doch wirkte ihr Desinteresse an seiner Person so demonstrativ, ja aggressiv, dass sich mehr dahinter verbergen musste als die normale Gleichgültigkeit derer, die sich im Alltag nicht begegnen.

Sie erzählte von ihrer Schwangerschaft, von ihrem Mann, vom Haushalt: nur Probleme. Sie hofften auf eine Neubauwohnung, mehr nicht. Junge oder Mädchen: egal. Jenes Gemüse gab es nicht, diese Zigarettensorte nicht, aber Tomaten-Ketchup, eine ganze Kiste ergattert neulich, kein Gewürz-Ketchup, das richtige. Eine Freundin arbeitete am Fleischstand in der Kaufhalle und machte ihnen zum Wochenende immer ein Paket zurecht, Kochschinken und Filet. Einmal im Monat die Haare, mobile Trockenhaube etc. Eine Suada der Mängel, des Mangels, der Mangeln. Überall durchgezogen und ausgepresst. Scheiße, das.

Alles drehte sich ums Fressen, um Wohnungseinrichtung, Autoanmeldung, Schwiegereltern, die den Würgegriff probten, Nachbarn mit aufgerissenen Stereoanlagen, Ersatzteile, Handwerker und begann wieder von vorn. Nicht der Anflug einer Idee, nicht einmal die Spur von etwas, das man nicht anfassen konnte, in den Mund stecken, ins Gesicht schmieren oder verhökern. Nicht der kleinste Versuch, sich eine Patina von Bedeutung auf den ganzen Krempel zu halluzinieren, wenn es sie schon nicht gab. Nein: Der Krempel stand für sich, und er war wahr, und das Pathos, das ihn beschwor, klang ernst und zum Teil sogar tragisch.

Less verstand ja, dass ältere Leute so denken mochten. Vielleicht verlor man einfach den Faden aus den Händen, der zu Ideen führte, wenn von ihm jahrelang kein Widerstand ausging, nicht mal ein leichtes Ziehen, und griff dann eben nach dem Nächstmöglichen, den Einkaufsbeuteln. Allerdings hatte er die anderen Kolleginnen nie mit dieser Begeisterung von ihren Leiden am Alltag berichten hören. Aber in Monikas Alter?

Und das musste es sein, was sie gemerkt hatte, als sie vorhin zur Tür hereingestürmt war, in einem kurzen Seitenblick, der ihr über Frisur, Anzug, Schuhe seinen Charakter skizziert hatte, ein untrüglicher Instinkt, der ihr sagte, dass Less so von ihr denken würde, wie er gerade dachte.

Mit der Nichtbeachtung bestrafte sie ihn für ihre Probleme, vielmehr für die Banalität ihrer Probleme, von der sein Anblick sie auf verschlungenem Weg wohl etwas hatte ahnen lassen. In ihren Augen war er wahrscheinlich ein arrogantes Schwein, weil er sich aus Sorgen dieser Art nichts machte, aus den Sorgen der einfachen Menschen mit einem gesunden Menschenverstand, wie sie es genannt haben würde, weil er ein Modegeck war, der zwar arbeitete, aber nicht unmäßig darunter litt, weil er nur für das Geld arbeitete und nicht wegen … wegen … na, wegen der Menschen, mit denen er dabei zu tun hatte, der Gesellschaft oder sonst was.

Vielleicht war ja dieses unnötige Mehr an Motivation zur Arbeit *ihr* Idealismus. Jedenfalls war es ihre persönliche Art des Klassenkampfes, den sie jetzt gegen Less ausfocht, der Trotz eines Menschen, der sich glücklich wähnte in seinen Umständen, so lange jedenfalls, bis jemand kam, dem diese Art von Glück schnuppe war. Doch möglicherweise waren das ebensolche Unterstellungen wie die, dass sie obendrein Prügel von ihrem Alten bezog. Aber gepasst hätten sie.

Einmal, im vorletzten Sommer, war Less mit einem Mädchen spazieren gegangen, Hand in Hand am rauschenden Bach entlang, zu Füßen der Felsen. Sie war mit einer Reisegruppe aus einem Kaff im Bezirk Potsdam gekommen, die in der Jugendherberge wohnte. Sie hatten sich in der Eisdiele *Pinguin* kennen gelernt, sich zwei Tage dort getroffen und waren am dritten und mit unklarem Ziel in die Natur gelatscht. Sie kam ihm etwas komisch vor, sagte seltsame Dinge, die nicht oft den Anschluss an seine Sätze fanden, aber sie sah ganz passabel aus, besser jedenfalls als die einheimischen Mädchen in ihren gelbweiß gestreiften Nickis. Und aus Langeweile fragte Less sie mitten im Wald, was sie so tue, und ohne zu zögern und diesmal korrekt antwortete sie, dass sie Fleischerin sei, nein, sie hatte gesagt: Facharbeiter für Fleischverarbeitung oder für Fleisch- und Wursterzeugung, und Less hatte sich mehr erschrocken darüber, als dass er lachen musste, und fühlte sich mit einem Mal unwohl an ihren Wurstfingern, und er stellte sich vor, was sie den Tag über so machte und anfasste und wie sie sich mit den Kollegen auf dem Schlachthof unterhielt, über die Bregen hinweg, das Gekröse, durch schwabbelnde Vorhänge aus nackten Kadavern, die von der Decke hingen, und die glotzenden Augen in den Wannen, wie die, die sie in der sechsten Klasse seziert hatten, und er sagte, er kenne eine schöne Abkürzung, und brachte sie auf diesem Weg zu ihrer Herberge zurück, vor der die anderen Metzger auf Bänken in der Nachmittagssonne saßen und Bier tranken und flirteten und taten, als könnten sie keiner Fliege was zuleide tun.

Es war einfach nicht gegangen. Wie jetzt auch nicht, da Monika ihre Abneigung mit bewundernswerter Ausdauer zelebrierte. Less kippte den restlichen Likör hinunter, stand auf und sagte mitten in ihre Rede hinein – von wegen Kinderwagen und Stramplern und Wickeltisch und dass das alles verdammt kompliziert sei –, dass er abhaue. Jetzt blickte sie doch zu ihm hin, und er lächelte ihr aus purer Gemeinheit zu, und sie sah ihn weiter an, ohne Regung, ihm schien aber, dass sich ihre feindlichen Augenfalten ein wenig glätteten, und die Frauen sagten *Tschüss!* und *Bis morgen!*, und er ging, ohne die Tür ins Schloss zu schmeißen oder auch nur eine Emotion zu haben, die nach solch einem Ausdruck verlangt hätte.

Manchmal schien es Less, als wohnten er und Wanja in einem Elfenbeinturm, freilich in einem grauen aus Betonfertigteilen, zusammen mit Hunderten anderer Leute, in einem lockeren Ensemble von Elfenbeintürmen. Wenn man aus dem Fenster sah, auf den winterlichen Brei der Leipziger Straße, auf die Autos, die zwischen ihren Abgasfahnen trieben, auf die wimmelnden Menschen der Bürgersteige, die Hälfte mit Sicherheit aus der Provinz und in dem unbedingten Willen gekommen, einzukaufen, die Läden *leer* zu kaufen, um den ungerechten Konsumvorteil, den die Hauptstadt aufgrund staatlicher Direktiven hatte, persönlich auszugleichen, das zweistöckige *Delikat*, in dem es asiatische Spezialitäten gab und Instantlimonade aus dem Westen in blau bedruckten Aluminiumtüten und *Trinkfix* in zylindrischen Dosen mit rotem Deckel und holländischen Kaffee, das *Exquisit* mit den zickigen Verkäuferinnen und den überspannten Klamotten, das Sporthaus mit Regalen voller Trikots im Weinrot des *BFC Dynamo*: Wenn man von oben aus dem Fenster schaute, hatte man nie den Eindruck dazuzugehören. Man sah lediglich dieses unscharfe Grau sich ballen und auseinander ziehen, sich in Intervallen über die Straße wälzen, nur zuweilen mit Punkten hellerer Farben gespickt, die ihm die Richtung zu weisen schienen.

Irgendwann wurde es dunkler und die Lichter gingen an, und man merkte, wie sich das Treiben beschleunigte und dass die Menschen jetzt das Ende des Tages ahnten und seine Kälte spürten und sich gegen den Wind stemmten, obwohl der schon die ganze Zeit geweht hatte, dass sie mit einem Mal auch der feine Regen störte, den sie nun im Licht der Laternen sehen konnten. Gegen halb sechs rollte eine letzte große Welle von Menschen durch die Straße, Arbeiter, Angestellte, all die Werktätigen, die nach Feierabend und vor Ladenschluss noch etwas besorgen wollten, Lippenstifte, Ziegenlederhandschuhe, roten Krimsekt zum Anstoßen, Bier und Schnaps, um sich zu besaufen. Und wenn man das Fenster wieder schloss oder die Balkontür und in die Stille der Wohnung zurücktrat, die nur vom stoischen Ticken einer Kuckucksuhr aus dem Antiquitätenladen zerhackt wurde, hatte man noch immer das schöne Gefühl, dass einen all das nichts anging.

Wanja und Less führten das nachlässige Leben eines Junggesellenhaushalts. Sie kommunizierten meist mittels eines Notizblockes auf dem Küchentisch, der die krakeligen Angaben zu ihrem jeweiligen Aufenthaltsort und zur Absicht ihres Tuns enthielt. Sie ernährten sich von Spaghetti mit Tomatensoße aus dem Glas, wurmartige Nudelaufquellungen, die man, so schnell es ging, durch den Schlund in den Magen rutschen ließ, von Fischsoljanka aus der Büchse und Tütensuppen, die sie mit Zwiebelringen und Wurststücken anreicherten. Das benutzte Geschirr stellten sie einfach in der Spüle ab, und sie entwickelten im Lauf der Zeit einen beinahe sportlichen Ehrgeiz im Nichtabwaschen, im Warten darauf, dass der andere die Nerven verliere und angeekelt zur Bürste greife.

Ohne es abgesprochen zu haben, geriet allein das sonntägliche Mittagessen zu einem gemeinsamen Ritual. Wanja stand gegen zehn Uhr auf und begann, in der Küche herumzuwirtschaften. Irgendwann gegen zwölf gesellte sich Less zu ihm, brühte sich einen Kaffee, rauchte die erste Zigarette und sah seinem Onkel bei den Handreichungen zu, mit denen der aus einem Haufen unansehnlicher Rohprodukte das Essen bereitete.

Gegen eins fragte Wanja meist, ob er einen Aperitif wolle, und Less wollte immer und Wanja schenkte ein. Für Less mischte er Gin Tonic, sich selber goss er Wodka aus der Gefriertruhe in ein eisgekühltes Glas.

Dann saßen sie auf der bemalten Bauernbank, die Wanja in irgendeiner mecklenburgischen Scheune aufgetrieben und restauriert hatte, zwischen Paneelen aus naturbelassenem, lasiertem Holz, unter einer Deckenabhängung aus dem gleichen lasierten Holz, und starrten auf den Backofen oder auf die Töpfe, aus denen Dampf aufstieg, und nahmen noch einige Aperitifs, und Wanja erzählte Geschichten, vorzugsweise solche, die seine Vergangenheit, seine Kindheit und Jugend, in ein interessantes Licht rücken sollten.

Auf diese Weise lernte Less die Eckdaten von Wanjas Biographie kennen, jene zwei Hand voll Ereignisse, die ihn zu dem gemacht hatten, was er nun war: ein bärtiger Übersetzer, mehr aber noch ein russophiler Aquarellierer mit Teilzeittochter, ein gutmütiger Schmalspurpoet, der seit einem halben Jahr seinen Neffen beherbergte, ohne auch nur einmal nach Gründen gefragt zu haben.

Zusammen mit Mutter und jüngerer Schwester, Less' Mutter, war er schon im Alter von fünf auf der Flucht gewesen. Äcker, Wege, Straßen, Bahnhöfe, überfüllte Züge, dann die Städte, erst kleine, später die größeren. Er hatte eine Glatze vom Typhus, im

Kinderwagen lag neben dem Baby eine Schachtel, in der die wenigen bewegbaren Habseligkeiten lagen, die einige Generationen von Landarbeitern zusammengetragen hatten, matte Schmuckstücke, die sie unterwegs gegen Kartoffeln und Milch eintauschten. Als sie schließlich in der Stadt am Harzhang ankamen, war die Schachtel leer, und sie konnten von vorn beginnen.

Er war ein guter Schüler und eifriger Ministrant – den Katholizismus hatten sie als Einziges aus dem Osten rübergerettet –, bis ihn die FDJ überzeugte, dass Religion Opium für das Volk sei. Der Kirchenaustritt war seine Rebellion gegen die Eltern, der Eintritt in die FDJ glich einem Sakrileg. In der Hütte lernte er Schweißer, in der Freizeit war er Jugendfunktionär. Achtundfünfzig ließ er sich überzeugen, dass es eine gute volkswirtschaftliche Idee wäre, die Große Friedländer Wiese trockenzulegen, *Jugendobjekt Melioration*. Tagsüber standen sie im Dreck, abends hielten sie Versammlungen ab, auf denen sie die Wichtigkeit ihrer Arbeit beschworen. Manchmal brannte ein Lagerfeuer, im Wind wehten blaue Wimpel. Sie besangen den Klassenstandpunkt zur Gitarre, und auch der Klassenfeind bekam ordentlich sein Fett weg. Außerdem gab es Mädchen.

Wenig später wurde er von der Hütte an die ABF delegiert, Arbeiter-und-Bauern-Fakultät, eine Einrichtung, die es seit neunundvierzig gab und die es Kindern, die den revolutionären Klassen entstammten, ermöglichte, das Abitur zu machen, um anschließend zu studieren. Doch die Arbeiterklasse in Gestalt seiner Eltern misstraute dem Umstand, dass sich einer der Ihren über sie erheben und etwas Besseres werden wollte. Ihr Sträuben dagegen war Klassenkampf, wie sie ihn verstanden. Er ließ sich davon nicht beirren, trat in die Partei ein und studierte nach der Armeezeit Slawistik in Berlin.

Und in Berlin lernte er die künftige Mutter seiner Tochter kennen, eine Kommilitonin von der pädagogischen Fakultät. Wilde Tage begannen, unordentliche Tage, die er nicht für möglich gehalten hatte, einfach nicht hineinpassend in sein Leben, das eine Abfolge von Schritten war, die seiner persönlichen Emanzipation dienten, und das getragen war von einer großen Woge der Loyalität jenen gegenüber, die ihm diese Emanzipation ermöglichten.

In dieser Zeit begann er, sich Wanja zu nennen. Sie waren eine lockere Gruppe von zwanzig bis dreißig Freunden, eigentlich mehr eine Horde von Bekannten, in der jeder vier bis fünf Freunde besaß. Einige studierten, einige waren Künstler, schrieben Gedichte, fotografierten, malten oder bastelten sich aus Ton ihr eigenes Geschirr. Aber das spielte keine große Rolle auf den zügellosen Festen, die sie wöchentlich veranstalteten. Dort gab es Musik, Wein, Bier und Schnaps, selbst gebackenes Schwarzbrot, von dem sie, die Laibe an die Brust gepresst, dicke Scheiben schnitten, es gab Schweineschmalz mit Grieben und Salzgurken. Manchmal sogar Frauen, die mit nackter Brust und Seidentüchern in den wedelnden Händen Elfenreigen tanzten. Sie versuchten damals, so archaisch wie möglich zu leben, ließen sich die Haare lang wachsen und Bärte stehen, trugen Jeansanzüge, die Frauen lange, weich fallende Kleider aus bunten Stoffen und Stirnbänder.

Die Männer tauschten untereinander die Freundinnen und besprachen später deren Qualitäten. Im Sommer fuhren sie zusammen an die Ostsee, wo jemand eine Kate besaß mit windschiefem Rieddach, sie standen spät auf, sie feierten jede Nacht bis zum Morgengrauen und gingen nackt baden. Sie feierten sogar Sonnenwende und entwarfen zu diesem Anlass ein eigenes heidnisches Ritual, eine körperbetonte Choreographie mit einem Hauch Pornographie.

In dieser Atmosphäre wurde Radost gezeugt. Nach der Geburt ihrer Tochter bezogen sie zu dritt zwei Zimmer einer Altbauwohnung im Prenzlauer Berg, zur Untermiete. Küche und Klo mussten sie sich mit ihrer Vermieterin teilen, einer Witwe, die keine Gelegenheit ausließ, sich an ihren halbstarken Manieren zu stören.

So weit, so gut. Nicht, dass Wanja an Liebe geglaubt hätte – deren Freiheit, wahlweise: deren Tod, hatten sie schließlich so oft proklamiert, dass ihr niemand mehr irgendeine Verbindlichkeit unterstellte –, aber etwas wie Verantwortung oder zumindest sentimentale Blutsbande hatte Wanja schon von Radosts Mutter erwartet. Pustekuchen: Sie fuhr mit Freunden in den Urlaub – Radost war drei –, und das nächste Zeichen, das er von ihr erhielt, trat in Gestalt von zwei Männern auf – wie üblich: Synthetiktrenchcoat, mehr gelb als beige –, die Wanja fragten, ob er sie kenne und von ihren Fluchtplänen gewusst habe. Sie war in Bulgarien über die jugoslawische Grenze getürmt, wie und mit wessen Hilfe auch immer, und Wanja ahnte, dass ihre Flucht mehr mit ihm und Radost zusammenhing, als dass sie politische Gründe hatte. Wahrscheinlicher noch, dass es eine Schnapsidee des Moments war, ausgeheckt in sengender Mittagssonne, nach zu viel vormittäglichem Rotwein und einem Anflug von Langeweile im Schatten eines Aprikosenbaumes. Zumindest war ihm von den Gesprächen, die sie geführt hatten, ihr ständiges Gefasel über Spontaneität in Erinnerung geblieben. Das über Phantasie und Freiheit hatte er gar nicht ernst genommen, da es diese Gemeinplätze waren, die im Zusammenspiel mit Frisur und Kleidung und der sporadischen Kenntnis gewisser Bücher und Platten erst die Eintrittskarte zu ihrer Gruppe bildeten. Im Übrigen war Radosts Mutter eine der barbusigen Elfentänzerinnen gewesen.

Erstaunlicherweise – er hatte irgendwelche Erpressungen vermutet à la: Sie sagen uns, was der und der treibt, und wir überlegen uns, Ihnen zu glauben – verlangten die Trenchcoatmänner nichts weiter von ihm, nachdem er ihre Frage verneint hatte. Sehen Sie sich vor, sagten sie und verschwanden mit wehenden Mantelschößen.

Dafür trat der Ah-Peh-Oh-Sekretär, Abteilungs-Partei-Organisation, des Übersetzungsinstitutes, an dem er mittlerweile arbeitete, Zeitschriftentexte übersetzte, Vorträge von sowjetischen Gastrednern und Bedienungsanleitungen für Industriemaschinen, auf ihn zu und bemängelte – mit dem scharfen Unterton väterlichen Verständnisses für gewisse Regelabweichungen des Schutzbefohlenen – zunächst seine äußere Erscheinung, um dann zu jenen Dingen zu wechseln, die ihm so zu Ohren gekommen seien, und schließlich die weitere Entwicklung der sozialistischen Gesellschaft anzuführen, die von *jedem alles* verlange. Ohne ausgesprochen worden zu sein, war die Drohung deutlich.

Später wurde ihm als allein erziehendem Vater die Wohnung in der Leipziger Straße zugeteilt. Er hatte etwas nachgeholfen auf dem Wohnungsamt, die gutartige Tour, Päckchen *Mocca-Fix*, etwas Geld für die Kaffeekasse. Radost wuchs zu einem kräftigen Mädchen heran, das leichte Schulprobleme bekommen sollte. Noch später wurde er aus der Partei ausgeschlossen, wegen Renitenz im Zusammenhang mit der Ausbürgerung gewisser antisozialistischer Elemente. Er verließ das Institut und schlug sich seitdem freiberuflich durch. Zu einer Anerkennung durch den Schriftstellerverband hatte es bisher nicht gereicht. Die zwei schmalen Bändchen, beide mit Illustrationen im naiven Stil bestückt, einmal lyrische Prosa in Appetithappengröße, zum anderen eine Sammlung erzählerischer Gedichte, hatten die Aufnahmekommission wohl nicht weiter beeindruckt.

Die Feste wurden nun nicht mehr gefeiert, wie sie fielen. Ohnehin hatte sich ihre Clique innerhalb weniger Jahre aufgelöst: Ein Drittel war im Westen, andere waren aufs Land gezogen, wo sie in großfamilienartigen Verbänden lebten und dachten, Erlösung durch das Handwerk zu finden, im Korbflechten, Töpfern, Klöppeln. Sie glaubten bedingungslos an das Gute im Menschen, einen möglichen Samen, der in jedem lag und der nur aufgehen musste und dazu die entsprechende Umgebung benötigte: Düngung, Sonne, frische Luft. Und natürlich Beschwörungsformeln.

Zwei oder drei hatten Selbstmord begangen, und der verbliebene Rest verlor die Lust, sich auf den leiser werdenden Partys wie der verbliebene Rest fühlen zu müssen.

Eigentlich war Wanja nur noch mit G. B. Mahner richtig befreundet. Die beiden hatten sich einen neuen Kreis aufgebaut, lockerer, jünger, mit literarischem Anspruch, der sich nun in unregelmäßigen Abständen in Mahners Wohnung traf.

Geblieben war ihm aus der wilden Zeit, neben Radost natürlich, die deprimierende Ahnung, dass es auch anders laufen könnte, als es lief: das Leben, eine Ahnung, die sich aus Erinnerungen an ausgeflippte Tage, an einige Bücher und Songs speiste und sich nicht totschlagen ließ. Rebellion – in Grenzen –, Widerstand durch Ignoranz, besoffen unter freiem Himmel schlafen. Sie hatten Jack Kerouac gelesen, William S. Burroughs, Ginsberg und Richard Brautigan, hatten Neil Young gehört, Jimi Hendrix und Janis Joplin, alles irgendwie besorgt von zweiter Hand, und es war nicht mehr nachzuvollziehen, ob ihnen die Lektüren und Lieder die damalige Lebensart erfunden oder ob sie diese nur bestätigt hatten. Aber das spielte sowieso keine Rolle mehr.

So rekonstruierte sich Less Wanjas Leben, der in seiner detailversessenen Art, die Dinge zu erzählen, gern den Zusammenhang zwischen den Ereignissen, die Linie, die sie verband, zugunsten von Weinsorten, Gewürzmischungen, Temperaturen und Windstärken vernachlässigte und der jetzt gerade dabei war, in einem Topf mit Borschtsch zu rühren, und abschließend sagte: «Jede Generation braucht eben ihren Bob Dylan.»

Less wusste nicht, was er darauf entgegnen sollte. Er sah das anders. Halbwegs ironisch sagte er: «Und welcher war deiner?»

Wanja stutzte, überlegte dann aber doch und sagte: «Du hast Recht, meiner hieß Elvis Presley.»

Sie aßen die violette Rübensuppe, auf die Wanja Dill und einen Löffel *Smjetana* gegeben hatte.

Abgesehen vom Wodka war ihm diese Art der sauren Sahne zum Sinnbild russischer Lebensweise geworden. Er bezog sie aus dem Lebensmittelgeschäft einer sowjetischen Garnison vor den Toren Berlins, aus dem Hauptquartier der GSSD. Less hatte ihn einmal dorthin begleitet. Sie waren zwei Stunden durch Wälder gefahren. Der Lebensmittelladen lag im zivilen Teil der Garnison, nein, es war eigentlich keine Garnison mehr, es war eine kleine Stadt, die durch die Fernverkehrsstraße vom Kasernenkomplex abgetrennt war. Sie stellten das Auto am Straßenrand ab und betraten diese Stadt, in der die Offiziere und ihre Familien wohnten, Lehrer, Kindergärtnerinnen, Verkäuferinnen, Ärzte. Es gab ein Kulturhaus, ein Kaufhaus, Denkmäler, Schaukästen, Plakate mit dem Kinoprogramm, Blumenbeete, geweißte Bordsteine und den südlichen Charme leichter Vernachlässigung. Von den Dächern der Villen herunter schwangen Teile der Regenrinnen, die warme gelbe Farbe löste sich in großen Stücken, die Eingangstüren der grauen Wohnblöcke hingen in den Angeln, einige Fenster waren mit Zeitungen zugeklebt.

Es war nicht verboten, in die Stadt zu kommen, aber unüblich. Less fühlte sich etwas deplatziert, und zum ersten Mal seit langem wünschte er sich, unauffälliger auszusehen. Sie mussten ein komisches Paar abgeben, der massive Wanja, ein Rübezahl in Jeansanzug, und er, die Vertreter der westlichen Dekadenz zweier Generationen, sozusagen. Wanja schien das nicht zu stören. Im Gegenteil, er blühte auf angesichts der kyrillischen Lettern, der Kinder, die in Schuluniformen vor den Häusern spielten und herumschrien, die Mädchen in braunen Kleidern mit weißen Schürzen und Schleifen im Haar, die Jungs in blauen Anzügen und mit verschmierten Gesichtern, und merkte vor Freude nicht, wie sie von allen Seiten angestarrt wurden, nicht feindlich, eher wie exotische Tiere im Zoo, wobei das Bild nicht stimmte, denn schließlich waren sie beide ja die Zoobesucher.

Im *Magasin* war es leer. Wanja ging zielstrebig zwischen den Regalen umher und packte den Einkaufskorb voll: grusinischen Weinbrand, Konfekt, Sahne. Beim Bezahlen scherzte er mit der

Verkäuferin auf Russisch. Angeblich konnte man hier manchmal sogar Radeberger Exportbier kaufen, wenn man als Ausgleich eine bestimmte Menge braun gewordener Äpfel mitnahm. Less erstand zwei Päckchen *Bjelomorkanal*, die Zigaretten der einfachen Russen, wie Wanja sagte. Anstelle des Filters hatten sie eine Papphülse, und die Kunst bestand darin, die Hülse so zu falten, dass man nicht ständig die Lippen voll brauner Soße hatte. Das gelang manchmal, wichtiger aber war, dass man diese Papirossy schräg aus dem Mundwinkel hängen lassen konnte, wie der asoziale Wolf aus dem Trickfilm, der den kommunistischen Hasen jagte: *Nu sajez pagady!* Diese Zigaretten sahen einfach großartig aus, auch wenn sie wie Kamelscheiße schmeckten.

Less war froh, als sie endlich zum Auto zurückgingen. Dann aber bemerkte er ein Mädchen, siebzehn vielleicht wie er, das ihnen auf dem Gehweg entgegenkam, eine Einkaufstasche in der Hand, und ihn ansah. Ihr Blick war interessiert. Sie hatte ein Wollkleid an und ein Tuch mit gestickten Blumen um den Hals, das Haar war zum Pferdeschwanz geknotet. Als sie auf gleicher Höhe waren, wendete Less den Kopf ab. Nach fünf Metern sah er sich nach ihr um und erkannte, dass auch sie sich nach ihm umsah. Ihre Blicke trafen sich, und Less, ohne die Hand gehoben zu haben oder zu lächeln, drehte den Kopf wieder geradeaus. Komisch: ein trauriger Moment, ein sehr trauriger sogar.

Allmählich mach ich mir Sorgen um Radost», sagte Wanja jetzt und brach ein Stück Brot in die Suppe.

«Wieso?»

«Sie hat sich nicht gemeldet, seit zwei Wochen schon.»

«Ruf *du* sie doch mal an.»

«Da gibt's kein Telefon.»

Drei Wochen waren nunmehr vergangen, seit Less Irenchen getroffen hatte. Sie waren in Vorfreude auf das Wiedersehen verstrichen, die sich aber schleichend in die Furcht verwandelt hatte, den richtigen Zeitpunkt bereits verpasst zu haben. Ohne es zuzugeben, hatte Less gehofft, Irenchens orakelnder Satz, zwei wie sie würden sich in der größten Stadt wieder finden, möge in Erfüllung gehen.

Er lief die Oderberger runter, überquerte die Kastanienallee, kam am Stadtbad vorbei und bog in die Choriner ein. Der zweite Hof lag noch so still da, wie er ihn in Erinnerung hatte, lautlos fast, obwohl es Nachmittag eines Arbeitstages war. Allerdings hatte sich das Gerümpel verändert, nicht nur des fehlenden Schnees wegen. Less fiel auf, dass er mit seinem Arbeitsanfall die natürliche Ordnung durcheinander gebracht hatte, mit der er abgeworfen worden war. Erst jetzt sah der Müll aus wie Müll, hatte scharfe Kanten, hellere Wunden im grauen, verwitterten Holz.

Die Küchenanrichte war noch da, der Tisch. Im Waschbecken stand benutztes Geschirr. Im Nebenzimmer jedoch fehlte das Bett, diese einmalige Schlafstatt mit Treppenaufgang. Nur die Löcher, die die Bolzen in der Wand hinterlassen hatten, und zwei eingedrückte Stellen in den Bastmatten überzeugten Less, dass er nicht in der falschen Wohnung war, wie er kurzzeitig glaubte, hoffte zu glauben. Auch der Kassettenrekorder war verschwunden, die Bücher aus dem Regal und das *Schokoldadenmädchen.*

Voller Erwartung hatte Less geklingelt, dann geklopft und schon nach wenigen Sekunden gewusst, dass sie nicht zu Hause war, und deshalb heftiger geklopft, und unter der Wucht seiner Faust war die Tür schließlich aufgegangen, knarrend, in Zeitlupe, wie im Film die Tür zu einem Tatort aufgeht. Doch Irenchen war nicht nur nicht da, sie war weg.

Es war zum Kotzen.

Mitte der folgenden Woche brach Less während seiner Tour der Lenker des Postrades ab. Der ganze Scheiß fiel in den Schlamm, samt den Parolen, der Übererfüllung obskurer Pläne, den blau behemdeten Jugendbanden, der *Kuriosen Welt* und dem Fernsehprogramm, nicht zu vergessen die briefmarkengroßen Nacktfotos von Unterstufenlehrerinnen hinten auf dem *Eulenspiegel,* schwarzweiß, vor Klettergerüsten oder im Rübenacker. Die Gerichtsvorladungen, Scheidungsdrohungen, Grüße aus dem Winterurlaub und joviale Mitleidsbekundungen aus dem Westen und was die Leute sonst noch das Porto für wert hielten, all das brach aus der hinteren Tasche hervor, gesunkene Bergansichten, rosafarbene Umschläge mit süßlichem Parfümduft, die plötzlich aussahen, als habe sich der Absender den Arsch damit gewischt, amtliche Postkarten und Mahnungen und Musterungsbescheide. Less, gelähmt und überrascht vom Geschehen, den Lenker in der Hand, konnte dem rasant stürzenden Rad nicht ausweichen und bekam dessen Rest ans Knie gedonnert, die Wucht des Falls verstärkt durch jene Zeitungen, die in den Seitentaschen verblieben waren und die es nun auch heftig zu Boden drängte.

Im Affekt trat er ein-, zweimal auf den Schlamassel ein, was aber weder seinem lädierten Knie noch der umgestürzten Fuhre gut tat. Geschweige, dass seine Wut dadurch geringer wurde. Außerdem war er am Malheur nicht unschuldig, er hatte das Rad in den letzten Tagen arg misshandelt, es an Häuserwände geknallt, es hinter sich hergeschleift, ihm Tritte versetzt. Nach dem Ende der Touren war er wie angesengt über Bordsteinkanten gefahren, sodass er die Felgen unterm Hintern spüren konnte, und die Reifen hatte er auch nicht aufgepumpt. Er hatte der Morschheit des Gestänges eigentlich nur zum Durchbruch verholfen.

Passanten blieben stehen und gaben Kommentare ab, die Hände in die Seiten gestützt, mitleidsvolle, tadelnde, ermahnende, aufmunternde. Andere liefen vorbei und schüttelten den Kopf. Ein Mädchen mit langen glatten Haaren und Hirschbeutel um die Schulter ging in die Hocke und half ihm beim Aufsammeln. Die Fransen ihrer Tasche titschten in den Schlamm. Sie wusste nicht, wo sie das dreckige Papier hintun sollte, und sah ihn fragend und mit triefenden Händen an. Less lehnte das tote Fahrrad an eine Mauer, riss ihr das Zeug aus der Hand, warf es in eine Seitentasche und sagte, dass sie gehen könne. Er war jetzt nicht empfänglich für Liebenswürdigkeit und Hilfsbereitschaft und für Mädchen erst recht nicht. Er begann, den ganzen Mist einzusammeln, weil die Umstehenden etwas in dieser Art von ihm zu verlangen schienen. Komisch. Er kam sich in diesem Moment vor wie ein Vertreter des Staates, obwohl er nicht einmal die obligatorische Postuniform trug.

Als die Leute sahen, dass er bereit war, seine Pflicht zu tun, zerstreuten sie sich. Less stopfte Zeitungen und Post in die Plastetaschen, das besonders dreckige Zeug sortierte er gleich auf der Straße aus, Briefe, deren Adressen mit Tinte geschrieben waren und die er beim besten Willen nicht mehr entziffern konnte. Er warf es auf dem nächstgelegenen Hof in eine Aschetonne, ein Exemplar aus seiner Heimatstadt, schöne runde Zylinder, wenn sie neu waren, die in ganzen Batterien auf dem Werksgelände standen, mit einem angenieteten, geschwungenen Griff auf dem Deckel und eingeprägtem Löwenkopf. Jeder Industriebetrieb war angehalten, neben seiner üblichen Produktion auch Konsumgüter herzustellen, und das war eben der Beitrag seines Betriebes, der Eisenhütte, des Stahl- und Walzwerks, zur Versorgung der Bevölkerung: Mülltonnen. Typisch.

Diese Tonne hier war versifft und überstäubt mit rötlicher Asche, und gefrorene Rotze hing in Zapfen vom Rand herunter. Er streute noch etwas von dem unausweichlichen Hofmüll über seine Unglücksfracht und schlich zurück auf die Straße. Der Rest des Arbeitstages war eine Qual und an seinem Ende, gegen siebzehn Uhr, wusste er nicht, was ihm mehr zugesetzt hatte, das demolierte Fahrrad, mit dem er, um Balance bemüht wie ein Seiltänzer, durch die Straßen geschlingert war, die unsortierte, glitschige Post oder seine Knieschmerzen.

Am nächsten Morgen rief er die Frauen in der Filiale an und sagte ihnen, er habe einen Unfall gehabt, sie brauchten sich nur mal das Rad hinten in der Ecke ankucken. Die Frauen hatten es schon gesehen und wünschten ihm gute Besserung und sagten, sie würden sich heute seine Tour teilen und für den nächsten Tag eine Vertretung vom Hauptpostamt anfordern.

Less wurde für zwei Wochen krankgeschrieben. Er hatte in der Poliklinik mit solcher Inbrunst von seinen Schmerzen gesprochen, dass es die junge Ärztin nicht fertig gebracht hatte, ihn nur für einen Tag freizustellen. Seine Prellung kam ihm danach vor wie ein Bruch, doch wirklich geprellt hatte er sich eine andere Stelle, schwer zu sagen, wo genau sie lag oder welchem Organ sie anhing, irgendwo zwischen Kopf und Leiste jedenfalls.

Less blieb zwei Tage im Bett und labte sich an seinem Elend. Am dritten ging es seinem Bein so gut, dass er vergeblich nach einem übrig gebliebenen Anzeichen von Schmerz fahndete. Gegen Abend ging er auf die Straße, ziellos, nur um etwas Luft zu schnappen. Erstaunlicherweise endete sein Spaziergang erneut vor Irenchens Tür. Er hatte das Schloss beim letzten Mal derart präpariert, dass es aussah, als sei die Tür geschlossen, doch konnte man sie von außen leicht aufdrücken. Er klingelte, obwohl er vom Hof aus gesehen hatte, dass kein Licht brannte. Er betrat die dunkle Wohnung: Niemand war da, es schien auch niemand da gewesen zu sein seit seinem letzten Besuch. Less präparierte die Tür abermals. Dann lief er die Schönhauser hoch, auf dem Mittelstreifen entlang, unter den Gleisen der Hochbahn. Jedes Mal wenn einer der U-Bahn-Züge über seinem Kopf ratterte, freute er sich. Den Grund dafür hätte er nicht nennen können.

Der Weg führte zu G. B. Mahners Wohnung. Less wusste nicht, warum er ihn eingeschlagen hatte, aber er musste ihn eingeschlagen haben, denn er endete eben vor der Tür des Barden. Da er schon mal da war, drückte er die Klingel.

«Ach du bist es», sagte Mahner und streckte ihm die Hand hin. Diesmal war ihr Druck schon etwas zurückhaltender.

«Ich will nicht lange stören», sagte Less.

«Komm rein», sagte Mahner freundlich und geleitete ihn in die Küche. Ach ja, diese Küche, die Fensterbank, der Kühlschrank. Schlagartig fiel Less ein, was er Mahner fragen konnte, vielleicht war er wirklich deswegen zu ihm gegangen. Der Weg hatte ihm nicht nur das Ziel vorgegeben, sondern auch den Grund nachgereicht.

«Können Sie mir die Adresse von Robert Schnabel geben, dem Dichter?»

«Du!», sagte Mahner.

«Was?»

«Kannst *du* mir.»

«Ach so. Und, kannst du?»

«Was willst du denn von ihm?»

«Wir haben uns auf der Soiree über seine Gedichte unterhalten. Er wollte mir noch was zeigen. Aber dann ist er plötzlich los und hat vergessen, mir seine Adresse dazulassen.»

«Aha», sagte Mahner und zog aus der Brusttasche seines Flanellhemdes ein Notizbuch. Er riss ein Blatt heraus, notierte die Adresse und gab es Less.

«Danke. Das war's schon. Ich geh dann mal wieder.»

«Warte noch», sagte Mahner, rückte mit seinem Stuhl näher und legte Less den Arm um die Schultern.

«Neulich auf der Soiree, da hattest du doch jemanden dabei. So einen Punker, stimmt's?»

«Stimmt.»

«Wie heißt er denn?»

«Wieso?»

«Weißt du, ich ziehe es vor, die Leute zu kennen, die zu unsren Veranstaltungen kommen. Zu unser aller Sicherheit.» Er hatte die Stimme allmählich leiser werden lassen, sodass die letzten

Worte etwas Drohendes und gleichzeitig Verschwörerisches bekamen.

«Sie wollen doch nicht sagen, dass Sie alle kannten, die neulich da waren.»

«*Du!* – Schön wär's. Leider nicht. Die Sache gerät gegen Ende meist aus dem Ruder. Jeder bringt irgendwen mit, der wieder irgendjemand anderen mitbringt. Es wird dann unüberschaubar, das reinste Chaos.»

«Hhmm.»

«Stell ihn mir doch mal vor», sagte Mahner, «den Punker, meine ich», und nahm den Arm von Less' Schulter.

«Mal sehn.» Less stand auf.

«Grüß Wanja von mir», schrie Mahner ihm im Treppenhaus noch hinterher.

Am folgenden Abend, nachdem er einen Stadtplan konsultiert und festgestellt hatte, dass Robert Schnabel ganz in der Nähe von G. B. Mahners Haus wohnte, machte er sich auf den Weg dorthin. Ihm war nicht ganz wohl bei dem Gedanken, den Dichter um etwas bitten zu müssen, und wenn es nur eine Auskunft war. Auf der Party hatten sie sich nicht gerade freundlich getrennt, und außerdem war Schnabel ein Konkurrent im Ringen um Irenchens Gunst oder auch nur, wenn es darum ging, sie zu beschützen.

Solche und ähnliche Skrupel ließen Less den Schritt verlangsamen, und kurz bevor er Schnabels Quartier erreicht hatte, in eine Eckkneipe abschweifen. Es war nicht seine Art, allein in eine Stampe zu gehen, aber er brauchte dringend eine Pause, mehr noch, eine Stärkung.

Er schlüpfte durch den Windfang aus Filz und trat in die Gaststube. Die Tische waren mäßig besetzt, die Trinker sahen kurz auf, kümmerten sich aber nicht weiter um ihn. Er ging zum nächstgelegenen, klopfte mit den Fingerknöcheln auf die Platte und setzte sich zu einem älteren Mann, der mit schlaffer Hand seine Begrüßung erwiderte. Kurz darauf brachte der Wirt, ohne dass Less es bestellt hatte, ein großes Bier. Er nahm noch einen Schnaps dazu und beobachtete sein Gegenüber am Tisch: dem Augenschein nach um die sechzig, wahrscheinlich aber jünger, grobes Jackett, darunter einen Dederonpullover mit Kragen und kurzer Knopfleiste, Tränensäcke, glasige Augen, buschige Brauen, eine dicke, grobporige Nase, Koteletten, das graue Haar mit Wasser zurückgekämmt. Man konnte die Furchen noch sehen, die die Kammzinken durch seine Frisur gezogen hatten. Der Mann sah mit steinerner Ausdauer sein Bierglas an. Nur wenn er einen Schluck nahm, hob sich sein Blick dem Glas entgegen, das eine Hand mit dicken, gelben Fingern und kurzen Nägeln dem Mund entgegenlotste. Less prostete ihm zu. Der Mann versuchte zu lächeln. Die nächste Runde bestellte er für den Alten mit. Diesmal prostete der ihm zu, das Lächeln gelang. Sie nahmen den *Blauen Würger* auf ex und spülten mit Bier nach.

«Ich bin Werner», sagte der Mann.

«Freut mich», sagte Less, «ich bin Less.» Dann sagte er noch: «Mein Onkel heißt auch Werner», was der Alte mit einem wohlwollenden Nicken kommentierte. Dann schwiegen sie sich in gegenseitiger Sympathie an und prosteten einander von Zeit zu Zeit zu. Less mochte den Alten irgendwie, die stoische Art, in der er hier mit einem Fremden trank. Mit derselben Gelassenheit erledigte er wahrscheinlich seine Arbeit in irgendeiner Fabrik oder ließ seine Frau wegrennen, falls er verheiratet war. Die nächste Runde ging auf Werner.

Die Atmosphäre der Kneipe, das Plätschern der dünnen Gespräche von den Nebentischen, seine Bekanntschaft mit Werner nahmen für eine geraume Weile Less' Konzentration in Anspruch. Als ihm wieder bewusst wurde, warum er eigentlich hier saß, trank er sein Bier aus und sagte: «Ich muss los.»

«Machs jut, Jungchen», sagte Werner.

Robert Schnabel öffnete ihm die Tür. Less trat, ohne auf eine Aufforderung zu warten, in den Korridor, sodass Schnabel ihm schnell ausweichen musste. Er schien erschrocken.

Während der paar Schritte zwischen Kneipe und Schnabels Wohnung hatte Less das nachgeholt, was er beim Bier vergessen hatte: seinen Antipathien gegen den Dichter ein kriegerisches Gewand umzuhängen. So kam es, dass er einigermaßen erzürnt vor dessen Tür angelangt war. Aber Schnabel, ein Buch in der Hand, gewann schnell wieder Fassung. Wahrscheinlich hatte er das Buch – Hölderlin, Gedichte – erst nach dem Läuten gegriffen, um beschäftigt auszusehen oder intellektuell, wie ein Dichter eben. Denn seine Kleidung ließ heute zu wünschen übrig, die braune Trainingshose mit rotgelben Streifen an den Seiten, der selbst gestrickte Pullover, die karierten Pantoffeln.

Da er Less nicht mehr hereinbitten konnte, sagte er: «Hinten links bitte, mach es dir bequem und fühl dich wie zu Hause.» Es sollte ironisch klingen.

In Schnabels Zimmer herrschte eine brüllende Hitze, man konnte das Glühen des Kachelofens im Gesicht spüren, sobald man zur Tür hereinkam. Less trat augenblicklich der Schweiß auf die Stirn. Schnabel schloss die Tür hinter sich. Less war jetzt eingesperrt mit Feind und feindlicher Hitze. Den Mantel wollte er nicht ausziehen, Schnabel sollte nicht den Eindruck bekommen, dass er vorhatte, länger zu verweilen, als es das Stellen einer simplen Frage erforderte. Wie allerdings beginnen?

«Und», fragte Schnabel, «womit kann ich dienen?» Er hatte sich mit verschränkten Armen vor seinem Schreibtisch postiert, auf dem eine Reiseschreibmaschine stand und ein Glas mit dampfendem Tee, in dem eine Scheibe Zitrone schwamm. Er kochte sich also allen Ernstes Zitronentee, wenn er allein war, diese Memme. Ein Blatt Papier war in die Maschine gespannt, auf dem Boden lagen aufgeschlagene Bücher.

«Eine Frage nur», sagte Less, «dann bist du mich wieder los.»

«Ja?», sagte Schnabel und nahm einen Schluck Tee. «Wo kommst du eigentlich her? – Aus Sachsen?»

Less bemühte sich, den Hohn der Worte zu überhören, und sagte: «Weißt du, wo Irenchen ist?»

«Ach Irenchen, unstet wie der Wind.»

«Weißt du, wo sie ist?» Less stand an die Wand gelehnt da. Das Hemd klebte ihm am Rücken, er knöpfte seinen Mantel auf.

«Leg doch ab und setz dich!», sagte Schnabel.

«Weißt du es?»

«Euer Glück war ziemlich kurz.» Schnabel grinste.

«Du Arsch», sagte Less, «wo ist sie?»

Der Dichter stand auf und trat einen Schritt auf ihn zu. Er verschränkte die Arme vor der Brust und musterte ihn.

«Kannst du mir verraten, warum ich dir das sagen sollte?»

«Weißt du es?»

«Was ist schon Wissen?», sagte Schnabel. Es waren die gleichen Trainingshosen, in denen die Männer jeden Sonntag vor dem Neubaublock ihre Autos gewaschen hatten, Männer, die mit Eimern voll Seifenwasser gegen zehn auf dem Parkplatz erschienen, die ihre Autos einseiften, wie man Kleinkinder einseift, und sie Stunden später mit einem frischen Wasserstrahl abspritzten, diese orangen Schläuche, meterlang, die sich vom Haus bis zum Parkplatz zogen. NVA-Trainingshosen. Und im Winter Ein-Strich-kein-Strich-Jacken dazu. Und Pudelmützen.

Less merkte, wie ihm die Kopfhaut schwitzte, er hätte nach der ersten Runde mit Werner gehen sollen. Auch seine Hände schwitzten, und Schweiß kroch an den Manschetten vorbei über sein Handgelenk und lief in den Handteller. Diese Männer waren unglaublich, die Bierbäuche, die feisten Gesichter, von Koteletten gerahmt, der Dialekt, wenn sie etwas zu ihren Frauen hochschrien, die aus den Küchenfenstern zurückschrien, Lockenwickler in den Haaren und Kittelschürzen umgebunden. Oder runterkamen, um Wäsche auf den Trockenplatz zu hängen. Dieser Dialekt, diese Stimmen, dieses Totenweiß der Gesichter. Und deren Kinder erst, mit denen man sich stundenlang hatte prügeln müssen, für nichts.

Seine Füße schwitzten in den Arbeitsschuhen, eine Schweißperle lief ihm an der Schläfe herunter, sie rollte herab und blieb auf Wangenhöhe hängen. Die Stelle begann zu jucken.

Er fuhr sich mit dem Handrücken über die Stirn, der Handrücken war nass. Less sah zum Ofen, er sah zu Schnabel. Er wischte sich mit der Handfläche über die Stirn, er sah zum Ofen, er presste die Hand zusammen, aber die Faust fand keinen Halt, als presse man ein Stück Speck, es troff durch die Finger, er sah zum Ofen, dann holte er mit der schweißnassen Hand aus, kurz, aus dem Schultergelenk, in die Richtung, in der Schnabel stand.

Voll auf die Zwölf, er traf ihn voll auf die Zwölf. Der Dichter wankte und ging zu Boden. Mit einer halben Drehung landete er auf seiner grinsenden Fresse. Und blieb liegen. Less wischte sich die Hände am Mantel ab, er trocknete sich die Stirn mit dem Mantelschoß. Dann trat er Schnabel in die Seite, zweimal, zack, zack. Kaum ein Geräusch, kein Wimmern. Ein leichtes Winden nur unter Trainingshose und Strickpullover.

Endlich rappelte sich Schnabel auf, er schwankte, er fuhr sich übers Gesicht, er blutete aus unbekannter Quelle. Less schlug nochmal zu, er traf nur halb. Der Dichter war zurückgewichen. Less wischte sich über die Stirn, der Schweiß sickerte weiter hervor. Scheiße, jetzt hatte er auch noch Schnabels Blut an der Stirn.

Der Dichter sah ihn ungläubig an. Musste er sich entschuldigen? Less warf ihm einen abschließenden Blick zu, dann ging er. Die Sache war gründlich vergeigt, Irenchen konnte er wohl vergessen. Schnabels lädierte Fresse war nur ein schwacher Trost.

Werner saß noch immer am Tisch, in der gleichen Haltung. «Jungchen, Jungchen», sagte er, als Less sich zu ihm setzte. Er schüttelte tadelnd den Kopf.

«Ich weiß», sagte Less und gab dem Wirt ein Zeichen.

rowohlt
BERLIN

Berlin, am 30. November 2001

Liebe Kolleginnen und Kollegen,

wie kommt eine Revolution zustande? Seit Thomas Brussig wissen wir, wer die Mauer wirklich zu Fall brachte, doch wer waren die Hintermänner? Die Mitstreiter? Die Wegbereiter?

Möglicherweise waren es jene «Jungen Talente», von denen in diesem bemerkenswerten Debüt die Rede ist: Träumer, die sich in den letzten Jahren der DDR auf vielfältige, doch immer friedliche Weise der allgegenwärtigen Staatsmacht verweigern.

Die Welt, in der sich diese heimlichen Helden nicht ganz gefahrlos bewegen, wirkt so vertraut wie fremd. So entfalten Poesie und Popsongs in diesem Kosmos eine ganz andere Sprengkraft als im Westen, wo die Sehnsucht nach weit reichenden Umstürzen bloße Geste bleibt. Und die von Jugendlichen auf beiden Seiten der Mauer propagierte Protesthaltung trägt im Osten tatsächlich dazu bei, das System in seinen Grundfesten zu erschüttern.

Von dieser kleinen, großen Revolution, die unser aller Leben nachhaltig verändert hat, erzählt André Kubiczek in seinem ersten Roman. Und natürlich von den Revolutionären selbst, die vor lauter Alltags- und Liebesverstrickungen den historischen Wendepunkt gar nicht nahen sehen.

Viel Vergnügen bei der Lektüre wünscht Ihnen Ihre

Siv Bublitz

Dr. Siv Bublitz
Verlagsleiterin

O NACHT

Es roch nach Schweißfuß, nach Pisse und ungewaschenen Klamotten. Die Jungen standen in Unterwäsche da, all die Dorftölpel und Schleimbeutel und Panikrocker seines Jahrgangs. Less war ihnen nie so nahe gewesen wie jetzt, da sie warteten, aufgerufen zu werden. Vorhin im Umkleideraum hatte er Maik Göhrke gesehen, der schon durch den Raum durch war. Göhrke hatte getan, als ob er ihn nicht kenne. Zum Glück. Mittlerweile waren die Namen mit «L» an der Reihe. Er musste der Nächste sein. Die Tür öffnete sich einen Spaltbreit, und eine männliche Stimme rief seinen Namen. Less ging unsicheren Schrittes in den Raum, obwohl er weit weniger zu befürchten hatte als die anderen. Er hatte das Ergebnis der Voruntersuchung dabei, ein Attest, das hier nur bestätigt werden musste: Herzklappenfehler. Als man ihm den Befund mitgeteilt hatte, war ihm nicht klar gewesen, ob er sich freuen sollte oder nicht.

Er musste einen Sehtest machen, einen Hörtest, sein Lungenvolumen wurde gemessen, Größe und Gewicht. Im nächsten Raum wurden seine Reflexe überprüft, er musste seine Unterhose ausziehen und sich vorbeugen, der Arzt im weißen Kittel zog an seiner Vorhaut und wog mit der Hand seine Eier. An den Wänden hingen Poster von glücklichen Soldaten mit blanken Kalaschnikows in grünen Wäldern. Das Ganze dauerte eine Dreiviertelstunde. Danach durfte er zurück in den Umkleideraum und sich anziehen.

Dann mussten sie wieder warten. Im letzten Raum saßen drei Offiziere hinter einem Tisch, starrten ihn an, als sei er ein Drückeberger, und verkündeten das Ergebnis: dienstuntauglich. *Ha!*

Am Nachmittag traf er sich mit Delia im Eiscafé *Pinguin*. Sie sah immer noch so trostlos langweilig aus, aber sie war jetzt auf einem neuen Trip: Sie interessierte sich für Literatur. Less horchte auf, als sie ihm das sagte. Und er hörte weg, nachdem sie erzählt hatte, was sie so las, und sich nun schwärmerisch in Einzelheiten erging. Erlebnisberichte von krebskranken Frauen, Erlebnisberichte von Homosexuellen, Reportagen über kritische Funktionäre, kritische Liebesgedichte, kritische Balladen, die poetisch waren und sich reimten. Sie hörte Liedermacher, die auch in der Kreisstadt auftraten. Dauernd sagte Delia *zwischen den Zeilen*, und Less wusste, dass sie das als Kompliment meinte.

Die ganze schrottige Gegenwart *zwischen* die Zeilen verbannt und der Rest nur der palavernde Rahmen. Er sagte es Delia genau so, und sie sah ihn erstaunt an und fragte ihn, ob er wirklich so ignorant sei oder bloß so tue, und Less sagte, er sei wirklich so ignorant, wie er tue, manchmal tue er aber auch nur so, als sei er wirklich so ignorant, wie er tue. Aber was er wirklich hasse, sei diese pseudopolitische Herz-Schmerz-Kacke, diese beschissene Umbruchprosa, die sich Lyrik nenne und von der Produktion handele und vom Haushalt und vom Kinderkriegen und von Gefühlen von Frauen aus der Produktion gegenüber Männern aus der Produktion. Und dann der ganze Naturscheiß, in den man die Kritik mit Mistgabeln reinschaufelte und die dann doch nur *zwischen* den Zeilen landete. Und dieser Reportagenquark und die Leidensgeschichten von X und Y. Und deren Tagebücher und die Liedermacher erst, diese Heulsusen mit langen Haaren und Vollbart. Diese Klampfenheinis mit ihrem Lagerfeuerdreck und der Hirschbeutelromantik und der sanften Kritik zwischen den poetischen Zeilen. Und Akkordeon und Blockflöte und Dudelsack. Dann doch lieber gleich auf dem Kamm blasen.

Delia sah ihn erschrocken an, und Less tat es augenblicklich Leid, dass er seine Antipathien nicht besser verpackt hatte, denn Delia war und blieb die Einzige in diesem Scheißnest, mit der man sich über etwas anderes als Udo Lindenberg oder Saufen unterhalten konnte. Und er fragte sie, wie es in der Schule so gehe, und sie sagte gut und dass sie bald nach Berlin fahre zu einer Aufnahmeprüfung an der Humboldt-Universität, Germanistik, und Less sagte, dass sie ihn dann besuchen kommen solle.

Delia sagte, er habe sich verändert, seit er in Berlin wohne, er sei nicht mehr er selber, und Less sagte, ich ist ein Anderer, und Delia fragte, wie er das meine, und er sagte, ach nur so, weil er keine Lust hatte, ihr zu erklären, wie das der Andere mal gemeint hatte.

Am nächsten Tag fuhr er zurück. Es war ein dunkler Frühlingstag mit verhangenem Himmel und Nieselregen. Aber: Die Berge schienen flacher geworden zu sein, wie er feststellte, als er sich aus dem Abteilfenster lehnte, um Delia zuzuwinken, die ihn zum Zug gebracht hatte. Ein jammervolles Bild, wie sie in ihrer Silbermetallic-Windjacke so dastand und kleiner wurde.

Noch in derselben Woche, in der Robert Schnabel Bekanntschaft mit seiner Poetik der Faust schließen durfte, war Less zu Nathanael Held gegangen. Er war sich nicht sicher, ob ihn der Anarchist noch sehen wollte, da er wegen des Tumults um Irenchen ihre Verabredung hatte sausen lassen. Doch das Bedürfnis nach einem Verbündeten war stärker als die Furcht vor einer Zurückweisung. Wahrscheinlich würde ihm Schnabel das blutige Gesicht nicht ohne weiteres durchgehen lassen. Klar war der ein Schreibtischtäter, doch gerade weil er von ihm keine Schläge bekäme, beschlich Less das Gefühl einer unheimlichen Gefahr, einer, die größer war als ein Auflauern in dunkler Toreinfahrt und hinterhältiger, einer, der er mit Sicherheit demnächst ausgesetzt sein würde.

Schnabel würde sich subtilerer Mittel bedienen, der eleganten Tricks der Geheimdienste etwa: Beobachtung, Isolierung, Zersetzung. Er würde Less' Schwächen herausbekommen und sie gegen ihn ausspielen. Er würde jedenfalls genug Personal auftreiben können, um seine perfiden Pläne umzusetzen: Dichterkollegen, Freunde, Bewunderer seiner Lyrik, Fans seines artistischen Falsetts, G. B. Mahner, vielleicht sogar Wanja.

Less begann bereits, mögliche Varianten von Schnabels Vendetta zu träumen. So konnte es passieren, dass ein Heer von Romanciers, Essayisten, Novellisten, Lyrikern in die Ruhe seines Schlafes eindrang, mit Schreibmaschinen bewaffnet, die sie über den Charakterköpfen schwangen – einige zielten mit spitzen Bleistiften nach seinem Kopf –, angeführt von Robert Schnabel, einem Racheengel mit zermanschtem Gesicht, aus dem blutige Stückchen auf Strickpullover und Trainingshose tropften, zäh wie Käse aus den Brötchenhälften einer Grilletta. Im Hintergrund wurde geschrien: *Meine Feder ins Waffenverzeichnis!* und – warum auch immer – *Tod der Bourgeoisie!* Das Ganze endete meist in einem unbeschreiblichen Tohuwabohu, in dem Less nichts weiter zu tun hatte, als vor der aufgebrachten Masse zu flüchten, die ihm mal mehr, mal weniger dicht auf den Fersen war und dem Less' halb schlafender Wille, der mit zunehmender Müdigkeit seiner Traumfüße stärker wurde, irgendwann ein abruptes Ende setzte.

Nathanael Helds Wohnungstür war schwarz gestrichen, ein glänzender Lack, in dem man sich spiegeln konnte und der die Harmonie des renovierten Treppenhauses einigermaßen durcheinander brachte. Diese Tür sah aus wie eine aufgegebene Wunde.

«Ah, Less», sagte der Anarchist, «nur acht Wochen zu spät.» Auch der Korridor war mit schwarzer Lackfarbe gestrichen.

«Tut mir Leid», sagte Less und streckte ihm eine Flasche Wein entgegen. Es war Samstagabend, gegen sechs, und er hatte keine

Hoffnung, dass diese Woche noch einen guten Abschluss finden könnte.

Nathanael kam mit zwei Gläsern Rum aus der Küche, sie stießen an und er begann einen Monolog, dessen lockere Ernsthaftigkeit unverzüglich Less' Aufmerksamkeit gewann, obgleich er nicht allen Ausführungen des Anarchisten folgen konnte, den Gedankensprüngen und Assoziationen, über deren Zustandekommen Nathanael es nicht für nötig hielt, Auskunft zu geben, Metaphern, die er einzig zu gebrauchen schien, da es nicht üblich war, sie in den Zusammenhängen zu gebrauchen, in denen er sie verwendete, abgewandelte Redensarten, idiomatische Wendungen, die er durch winzige Veränderungen so modellierte, dass sie plötzlich paradox klangen, ganz zu schweigen von all den Formen rhetorischer Maskierung, deren Gebrauch Less schon an dem Abend bei G. B. Mahner bewundert hatte.

Es war ein Sprechen, das sich selbst genügte, da es sich selbst gefiel. Die Bezüge, die Fakten, die eindeutigen Bezeichnungen, Namen, Titel bildeten lediglich das Fundament, auf dem Nathanael das bizarre Gebäude seines Sprechens errichtete, ein Gebäude, das mit zunehmender Höhe und unsicherer werdender Statik seinen Architekten in einen wahnwitzigen Rausch des Weiterbauens zu treiben schien.

Für den Zuhörer allerdings waren diese wenigen konkreten Punkte seiner Rede die einzigen Stellen, auf die er sich in einer eventuellen Replik beziehen konnte. Sie suggerierten ihm gerade jenes Maß des Verstehens, das sein Interesse an den querschlagenden Wortsalven wach halten konnte, die Nathanael nach einem solchen kurzen Marsch durch die Niederungen von Aussage und Bedeutung mit getragen tiefer Stimme wieder abfeuerte.

Ohne es zu wollen, schweiften Less' Gedanken von Nathanaels Rede zu dessen Kleidung ab. Beides bedingte einander, das eine gab dem anderen die Sicherheit, so auftreten zu können:

charmant, egoistisch, blasiert, mit dieser souveränen Gelassenheit. Der Anarchist trug eine dunkelblaue Hose aus grobem Wollstoff, gerade geschnitten und lässig auf den Hüften sitzend. Sie ging ihm bis zu den Knöcheln, ihr leichter Schlag umspielte seine Schnürstiefel. Überhaupt sah er heute aus wie ein Matrose: der blauweiß gestreifte Pullover, dessen Rundkragen mit einer Schere erweitert worden war, sodass man den Schlüsselbeinknochen sehen konnte. Der Pullover lag eng am Körper, der muskulöser war, als Less erwartet hatte, sein breiter Ledergürtel wurde von einem goldenen Koppelschloss der sowjetischen Schwarzmeerflotte gekrönt.

Nathanael sagte gerade: «… einen surrealistischen Lebenshaushalt, dessen Etat …»

Das waren die Worte, die als vorläufig letzte Less' angeschlagene Aufmerksamkeit kaperten, bevor er die Ohren auf Durchzug stellte und die Stimme des Anarchisten seine auditiven Sensoren massieren ließ. Er spürte alsbald seinen Körper auf der Couch sitzen, er merkte, dass dieser Körper bekleidet war, dass ihm Haare aus dem Kinn wuchsen, und machte ein halbes Dutzend anderer merkwürdiger Entdeckungen, die ihm im Moment, in dem er ihrer gewahr wurde, wie Erkenntnisse vorkamen, verachtet ob ihrer Banalität, die sie ausschloss aus den Reihen jener Dinge, Vorgänge und Zusammenhänge, die sich durch irgendeinen doppelten Boden, eine Falltür, einen Haken auszeichneten, ja, diese Millionen ordinärer Sachverhalte eben, die nie auf ein nachhaltiges Interesse stoßen würden. Einfach Mitleid erregend.

Das Glas in seiner Hand wurde warm, verlor seine industriell vorgegebene Form zugunsten einer, die sich aus der Form des Umschließenden ergab. Es floss in der Hand, wie das Getränk, das in ihm selber mit leichter Oberflächenkräuselung stand, floss, schwamm.

Less blinzelte in das grüne Licht – wie nannte man diese monströse Art der Glaskittung: Tiffany? –, er blinzelte Nathanael Held an, der hingebungsvoll auf seinem Wellen schlagenden Wörtermeer dahinsegelte.

Ein Orkan, erzeugt vielleicht vom Flügelschlag eines zarten Flugtieres, eines Falters oder Kolibris, nein: einer Fledermaus, mit Tonmodulatoren an Bord ihres Säugetierkörpers, die Morsezeichen simulierten und abstrahlten – die Hälfte frei erfunden, ein Kauderwelsch aus Zeichen und Zeichenhaftem mit dem einzigen Sinn zu verwirren –, Chiffren des kreatürlichen Unwohlseins und des Widerstands in die aufnahmewillige Luft schickten, in der sich bereits die unsichtbaren Artikulationsnöte humaner Ideologien und Gegenideologien Schlachten auf allen Kanälen und Frequenzen lieferten, unsichtbare Waffen und Gegenwaffen und Antigegenwaffen, ein Störsender der Animalischen Internationale, ein Fiepen, ein Pfeifen, auf elektronische Weise zur Luftbewegung verstärkt, aufgeblasen durch Laserstrahlen, Magnetfelder in der Stratosphäre, Agenten an der Kumulusfront, SDI-Killersatelliten mit diabolischen Parabolspiegeln, silbern treibend vor der grandiosen Schwärze des Alls und alles bündelnd und zurückwerfend, was sich ihnen näherte und sie traf, irgendetwas, das Energie …

Etwas in jedem Fall wehte durch Less' Körper. Wo aber war es eingetreten und welche Bahnen nahm es? Dabei hätte es eher fließen sollen, wo doch alles floss. Aber es wehte, wie zum Trotz. Und welche narkotischen Qualitäten waren ihm eigen, oder hatte ihm der Große Anästhesist nur eine Ladung astrales Morphium verpasst, das seinen Kreislauf jetzt lahm legte und ihm einen Herzkasper bescherte? Ach ja: Die Herzklappenineffizienz, die Insuffizienz seines Triebwerks – vielleicht war es das, fiel Less wieder ein, lediglich das, was ihm das Glas in der Hand schmelzen ließ. Das und eine Überdosis *Havanna Club*.

Nathanaels Rede, von der Less' Gehör die Bedeutung abhobelte wie mit feinkörnigem Schmirgelpapier, war nur noch

Klang, weniger noch: Sie bestand lediglich aus den Farben ihrer Vokale: Schwarz, Weiß, Rot, Grün und Blau.

Dann hörte er Nathanael sagen: *Dilettanten des Wunders*, und die Wörter gewannen nur Gestalt, weil sie von viel weiter weg kamen, ja, er musste aufgestanden und in die Küche gegangen sein, ohne dass Less dies mitbekommen hatte.

Er riss die Augen auf und fixierte den Anarchisten, der mit aufgefüllten Gläsern wieder zur Tür hereinkam und abrupt seinen Monolog unterbrach.

«Geht's dir nicht gut?», fragte Nathanael. Er war also zurück vom Parnass der Rhetoriker. Schade eigentlich.

Nathanael kniete sich auf den Boden und legte ihm die Hand aufs Knie, als habe sie heilende Kräfte. Less roch einen Hauch Rasierwasser, herb, männlich, dezent. Und dieser Geruch in Verbindung mit der Nonchalance seiner Besorgnis ließ Less den Kern von Nathanaels Haltung erkennen: Er war jemand, der sich immer auf die Seite derer schlug, die die besseren Argumente hatten, nein, anders, auf die Seite derer, denen *er* die besseren Argumente liefern konnte, zumindest die geistreicheren, und das allein, weil die Gegenseite noch blasser, noch abgeschmackter, noch dümmer daherkam. Eine Haltung jenseits von Standpunkten. Revolution um der Revolution willen, L'art pour l'art.

Die Hand des Anarchisten besänftigte rasch das absurde Unwetter in ihm.

«Komm mit», sagte Nathanael, «ich zeig dir was.» Less ließ sich hochziehen und fand sich wenig später an die grobe, putzlose Ziegelmauer eines Schornsteins gelehnt wieder, auf dem Dach von Nathanaels Haus, zwischen Fernsehantennen und Wäscheleinen, eine ebene, geteerte Fläche, von der diverse Leitern zu anderen höher und tiefer gelegenen Dächern führten.

Die Dämmerung war bereits fortgeschritten, der Himmel klar und tiefblau, durchsetzt mit hartkantigen, rötlichen Streifen, ein milder Frühlingsabend. Im Osten konnte man Andeutungen von Sternbildern sehen.

Nathanael stand einige Meter von Less entfernt in der Nähe des Dachrandes, breitbeinig, die Hände in die Hüften gestemmt, und starrte auf einen Punkt am helleren westlichen Horizont, wo die letzten Reste des Tageslichtes gerade versanken. Hätte nur noch gefehlt, dass er die rechte Hand an die Stirn gelegt hätte, wie der Ausrufer eines Schoners auf der Suche nach Land, die Pose eines Sehers.

Dann kam er zurück und lehnte sich neben Less an den Schornstein. Aus seiner Joppe zog er die Rumflasche und zwei Gläser. Sie tranken und rauchten, während es von Minute zu Minute dunkler wurde. Von hier oben sah man, wie die Nacht auf die Stadt kroch, ein böser Schatten, der sich auf andere böse Schatten senkte.

Er merkte, wie ihm der Anarchist die Hand auf die Schulter legte, eine Berührung, die ihm unangenehm war, da er ihren Antrieb nicht kannte. Er hegte lediglich einen Verdacht, andererseits fühlte er sich durchaus geschmeichelt.

«Und was wolltest du mir zeigen?», fragte Less, bemüht, das Vertrauliche der Situation zu beenden.

«Machst du Witze?», sagte Nathanael und holte mit dem Arm in Richtung Horizont aus, eine langsame Halbkreisbewegung, die alles ein- und ausschloss. «Dahinten liegt Westberlin.»

«Na und?»

«Na und?»

«Kennst du Robert Schnabel?», fragte Less.

«Dieser Kerl mit der Stimme eines Feuermelders?»

«Genau.»

«Nur flüchtig, von Partys. Ehrlich gesagt, lege ich keinen Wert auf seine Bekanntschaft. – Außerdem ist er hässlich. Wieso?»

Less erzählte ihm, wie er Schnabel zusammengeschlagen hatte und dass er seitdem auf dessen Rache warte.

«Und du hast ihn wirklich zusammengeschlagen? Ohne Grund? Das kannst du mir nicht erzählen. So besoffen warst du bestimmt nicht.»

«Es gab da eine Meinungsverschiedenheit.»

«Worüber?», fragte Nathanael.

«Über eine Person.»

«Eine Person? Was für eine *Person*?»

«Ein Mädchen.»

«Was du nicht sagst.»

Das klang zu geringschätzig, als dass Less es überhören sollte. «Bist du schwul?», fragte er und versuchte, die Geringschätzung zurückzureichen.

«Ich bin Anarchist», sagte Nathanael kühl.

Sie schwiegen.

«Wenn Blech als Trompete erwacht, ist es nicht seine Schuld», sagte Less.

«Das war wohl nichts», sagte Nathanael.

Diesmal schwiegen sie länger. Die Kuppel der Dunkelheit war fast geschlossen, ein schmaler grauer Strich über Westberlin die letzte Verbindung zum vergangenen Tag.

Nathanael hielt ihm die Flasche hin. Less schenkte sich nach. Langsam wurde es kalt.

«Ist es die Kleine von der Party?», sagte Nathanael.

«Kannst du dich noch erinnern?»

«Mein Kopf hat ausgezeichnet funktioniert, bloß in den Knien war ich weich.»

«Ja. Sie heißt Irene.»

«Erzähl», sagte Nathanael resigniert, und Less begann, die ganze Begebenheit zu schildern, eine Mischung aus Beichte, Beschwörung und Gebet. Trotz des nicht gerade diskreten Desinteresses des Anarchisten war er froh, die Sache mit jemandem teilen zu können, obwohl seine Rede weit davon entfernt war, auch nur ein Körnchen des Esprits mit sich zu führen, den

Nathanael aus dem Nichts in sein Sprechen wirken konnte wie Goldfäden in ein ohnehin kostbares Tuch.

«Und *hast* du sie?», fragte Nathanael, als Less fertig war.

«Wie?»

«Gefickt», sagte Nathanael, und Less zuckte zusammen ob dieser Reaktion, die sein sorgfältig einstudierter Vortrag bei dem Anarchisten hervorrief. «Keinen hochgekriegt, oder was?»

«Lass mal gut sein», sagte Less, zum ersten Mal in die Position des Überlegenen gedrängt, eine durchaus unangenehme Position im Moment.

«Tut mir Leid wegen vorhin», sagte Nathanael, als sie wieder im Zimmer saßen und Rum tranken wie die Weltmeister, jeder aus seinen speziellen Gründen, wie es schien, «soll ich mal mit diesem Armleuchter reden, diesem Schnabel? Ich kann ihn fragen, wo Irene ist.»

«Schon gut, du musst dir keinen abbrechen», sagte Less.

«Ich tu es gern. Ich hab dann aber was gut.» Er versuchte, locker zu wirken. «Sagen wir: ein paar Fotos.»

«Nackt?»

«Nur wenn du drauf bestehst.»

Hast du schon mal so eine Scheiße gehört?», fragte Nathanael und las aus dem *Neuen Deutschland* vor: «‹Würden Sie, wenn Ihr Nachbar seine Wohnung neu tapeziert, sich verpflichtet fühlen, Ihre Wohnung ebenfalls neu zu tapezieren?›»

«Hat er doch Recht», sagte Less.

«Ist es nicht unglaublich», beharrte Nathanael und schwang die Zeitung durch die Luft, die den Tapetenartikel enthielt.

«Nun lass uns mal zu was anderem kommen», sagte Less, «wir müssen noch einen Plan entwerfen.»

«Dazu brauchen wir nun wirklich keinen Plan: Ich gehe hoch zu Schnabel und quetsche ihn aus, während du unten wartest, und wenn die Sache erledigt ist, gehen wir einen trinken.»

«Aber wenn ...»

«*Was?* – Wenn uns der Schlappschwanz mit einem Obstmesser auflauert? Wenn er uns mit Teebeuteln bewirft?»

«Der ist nicht so plump, der scharrt Leute um sich und verbreitet Stimmungen. Schnabel mag zwar hässlich sein und schwach ...»

«Dumm ist er auch noch.»

Die Vögel zwitscherten und randalierten in den knospenden Bäumen, als sie den Weg hin zu Schnabels Dichterklause schlenderten, ein Lärm, den Less nicht mehr wahrgenommen hatte, seit er dem Harz entflohen war, und der ihm plötzlich wie eine Fanfare in den Ohren klang – Attacke! –, ein etwas zerfahrenes, polyphones Signal zum Aufbruch in eine nächste Jahreszeit unbekannten Inhalts. Ja, auch die Tage waren, von Less unbemerkt, länger geworden, und jetzt gegen sieben stand die Sonne zwar schon tief, aber sie wärmte sie immerhin noch symbolisch und zog die Welt zu einem langen, unscharfen Schatten auseinander. Nathanael und er schwammen, sozusagen, die Straße entlang, und die Passanten, die ihnen in Grau und Pink entgegenkamen oder sie überholten, schwammen um sie herum wie die Teile eines zersprengten Schwarms ungenießbarer exotischer Fische.

Less hatte es nicht besonders eilig, bei Robert Schnabel anzukommen, hauptsächlich, um den Schimmer Optimismus, den Nathanaels Offerte in die Angelegenheit mit Irenchen gebracht hatte, so lange wie möglich auszukosten.

Außerdem machte es einfach Spaß, an der Seite des hochnäsigen Nathanael hochnäsig durch die Stadt zu spazieren, bei dieser Temperatur, diesem Lichtstand, ideal für wettersensible Neoromantiker, und in jedem aufgefangenen, erwiderten und alsdann gebrochenen Blick eines misstrauischen Bürgers die Begründung für dieses hochnäsige Flanieren zu finden, obwohl die Straßen zum Flanieren denkbar ungeeignet waren.

Sie liefen an Tante-Emma-Läden vorbei und Schusterwerkstätten in Souterrains und Glasereien und Klempnerbuden und Spirituosenläden, am unvermeidlichen Sperrmüll, der in Haufen um die Bäume am Straßenrand gruppiert war, an gefährlich aussehenden Jugendlichen, die *Club-Cola* trinkend und *Karo* rauchend vor Kaufhallen um ihre *Simson*-Mopeds lungerten, mit Jeansjacken behängt und Stickern von Heavy-Metal-Bands und Fußballschals von *Eisern Union*, an Eckkneipen, aus deren offenen Türen Lachen schwappte und Wortgefechte, manchmal nur Schweigen und Gläserklirren, durch Nebenstraßen, auf denen Kinder spielten und alte Leute an Stöcken sich unterhielten, durch Hauptstraßen mit Tramgleisen im Kopfsteinpflaster und dem knatternden Verkehr all der PS-schwachen RGW-Automobile darauf. Viel zu schnell standen sie irgendwann doch vor der Einfahrt zu Schnabels Haus, und Nathanael sagte, dass er jetzt hochgehen und den Dichter in die Mangel nehmen würde, Less solle hier auf ihn warten, und Less sagte, er würde lieber da vorne warten, in der Kneipe, da an der Ecke, falls irgendeiner aus Schnabels Clan den Dichter besuchen käme, ihn hier sähe und sich dann seinen Teil dabei denken würde. Nathanael solle ihn dann dort abholen, und Nathanael sagte, während er zur Ecke blickte, dass das nicht ganz seine Preisklasse sei, aber was sollte es, und dann noch, schon die ersten Schritte auf dem Weg zu Schnabels Wohnung, *Bis gleich,* wobei er Less aufmunternd zuwinkte.

Less trottete, jetzt die Sonne im Rücken, zur Kneipe, sein Schatten ihm voran. Auch dort hatte man die Tür aufgelassen, wahrscheinlich in der seltsamen Absicht, etwas von der Freundlichkeit des Frühlingsabends in die verstunkenen Räume des Saufens und Saufenlassens zu holen, aller Voraussicht nach mit ähnlichem Erfolg, wie er den Schildbürgern beschert war, als sie das Tageslicht in Eimern etc.

Es half nichts, das hier würde immer gleich bleiben, und manchmal hatte es auch sein Gutes, wie jetzt, da sich Less zu Werner setzen konnte, der ihn wieder erkannte und zur Begrüßung mit den Fingerknöcheln auf den Tisch pochte. Sie kommunizierten auf die gleiche Art wie neulich, nur dass Less' Gedanken heute nicht im Raum schweiften, über die verwegenen Gesichter, die Ergebnisse kaum verwegener Lebensläufe waren, sondern dass er sie bei sich behielt und über das Feld der Möglichkeiten grasen ließ, das sich ihm, da er den Anarchisten in Schnabels überheizter Bude wusste, mit einem Mal doch noch eröffnet hatte.

Die Zeit verstrich langsam. Draußen war die Dämmerung schon vorbei und die Straße lag im Zwielicht.

Einmal nur hatte Werner bislang etwas gesagt und für diese Worte eine halbe Stunde seinen Körper zurechtgerückt – leicht vorgebeugt in Less' Richtung, Schultern hochgezogen, Hände verschränkt –, ein Rucken und Zucken um Millimeter, das Less das Schlimmste hatte befürchten lassen, bis aus den Tiefen von Werners ungeölter, verkratzter Kehle hinein in ihr Schweigen dieser Satz höchster Weisheit und Resignation gedrungen war: *So ist das* – ohne Ausrufezeichen, ohne Betonung –, worauf Less nichts Besseres einfiel als: *So ist das mit dem Licht, mal brennt's und mal brennt's nicht.* Doch abermals waren sie sich ein Stück näher gekommen und besiegelten dieses neue Stadium ihrer mehr als friedlichen Koexistenz mit einem Klaren.

Es war kurz vor neun, und allmählich wunderte sich Less, wo der Anarchist blieb.

Da! Nein, es war natürlich nicht Nathanael, der draußen vorbeilief und in der laschen Nacht einen phosphoreszierenden Farbschweif hinterließ, es war der andere, den Less in Berlin kannte, es war Beck, mit orangen Haaren und einem großen A im Kreis auf dem Rücken seiner Lederjacke.

Less stürzte vom Tisch auf, aus der Tür hinaus und lief dem Punk hinterher, der sich flüchtig umdrehte und dann seinen Schritt enorm beschleunigte. Less legte noch einen Zahn zu, und als er ihn endlich eingeholt hatte, griff er ihm im Laufen auf die

Schulter. Beck blieb wie angewurzelt stehen, zuckte zusammen und duckte sich im Umwenden.

«Mann, Alter», sagte Beck und schnappte nach Luft, «ich dachte, die Bullen sind hinter mir her.»

«Keine Panik», sagte Less, «ich wollte dich bloß zum Bier einladen.»

Sie gingen die Straße zurück, doch als sie vor der Kneipe ankamen und Less hineingehen wollte, blieb Beck stehen und ließ die Schultern hängen.

«Ich werd da nich bedient», sagte Beck.

«Wieso?»

«Keine Ahnung, schätze, wegen meinem Outfit.»

«Los, komm», sagte Less, «ich kenn da drin welche.»

«In dieser Spelunke?»

«Die sind in Ordnung.»

Schließlich siegte Becks Durst, und sie betraten den Gastraum. Der Wirt sah ungläubig über den Tresen rüber, die wenigen Gespräche verstummten abrupt, als seien die Sprechenden froh, endlich einen Grund gefunden zu haben, den Mund zu halten.

«Das ist Beck», sagte Less zu Werner.

«Werner», sagte Werner.

«Beck», sagte Beck. Sie vollzogen das Klopfritual.

Der Wirt kam an den Tisch und sagte zu Beck: «Du krichst hier nüscht.»

Beck sagte: «Warum denn nich?»

Der Wirt sagte: «Kiek dir doch ma an.»

Beck sagte: «Kucken Sie sich doch mal an.»

Less sagte: «Ist doch kein Grund, ihm kein Bier zu geben.»

Der Wirt sagte: «Für mich schon. Solche wie den sollte man an die Wand stellen.»

Beck sagte: «Alter Fascho.»

Der Wirt sagte: «Ick verpass dir gleich 'n Satz heiße Ohr'n.»

Beck sagte: «Wie die Bullen.»

Der Wirt sagte: «Pass bloß uff, watte sagst.»

Werner sagte: «Mach schon, bring dem Jungen sein Bier.»

Der Wirt sagte: «Na jut, aber nur ausnahmsweise», und ging zum Zapfhahn zurück.

Beck sagte: «Danke», und Werner: «Schon gut.»

Dann tranken sie das hart erkämpfte Bier, und Beck fragte Less, wie es ihm so gehe, was er so mache und warum er nicht mal vorbeigekommen sei. Less gab die üblichen Antworten, machte darüber hinaus Andeutungen in Richtung Irenchen und Radost, erwähnte nebenbei auch Robert Schnabel samt dessen paramilitärisch organisierter Poetenmischpoke, die es mit Sicherheit auf ihn abgesehen habe.

«Du spinnst», sagte Beck, «das is doch Quark.»

«Du kennst Robert Schnabel nicht.»

«Trotzdem.»

«Dann frag doch ihn», sagte Less und zeigte zur Tür, durch die eben der Anarchist hereintrat, während die drei senkrechten Falten auf seiner Stirn Kontur annahmen. Es war jetzt kurz vor zehn. Er hatte sich also zwei Stunden bei Schnabel aufgehalten, und Less konnte sich keinen Reim darauf machen, was er dort so lange getrieben hatte.

«Nathanael Held – Beck», sagte Less.

«Habt ihr alle keine Vornamen oder was?», sagte Nathanael.

«Vornamen sind Schall und Rauch», sagte Beck.

«Scherzkeks», sagte Nathanael.

«Ihr seid 'ne komische Truppe», sagte Werner.

«Werner – Nathanael», sagte Less.

«Passt dir was nicht, Alter?», sagte Nathanael.

«Lass Werner in Ruhe», sagte Less.

«Gibt's hier auch was anderes als Bier?», fragte Nathanael.

«*Havanna Club* ganz bestimmt nicht», sagte Less.

«Dann nehm ich einen Weißwein», sagte Nathanael.

«Soll ich jetzt nach vorn gehn und einen holen?», fragte Less.

«Was is denn mit euch los, Alter?», sagte Beck.

Werner sagte nichts und schüttelte den Kopf in Zeitlupe.

«Und?», fragte Less, als vor Nathanael endlich das Getränk stand und der dennoch keine Anstalten machte, über den Ausgang seiner Mission zu berichten.

«Ich hab ihm auch eins in die Fresse gegeben.»

«*Was* hast du?»

«Ihm eins in die Fresse gegeben.»

«Du willst mich verarschen.»

«Seh ich so aus?»

«Ihr seid ja 'ne richtige Schlägertruppe», sagte Beck.

Werner zog in Zeitlupe die Brauen hoch, was ihm den Gesichtsausdruck eines Uhus verlieh, das Kopfschütteln war ihm wohl zu anstrengend.

«Halt du dich da raus. Sonst bist du als Nächster dran», sagte Nathanael.

«Und dazu hast du zwei Stunden gebraucht?»

«Ich war noch spazieren.»

«Und hat er dir vorher was erzählt, über Irene?»

«Nicht mehr als dir.»

«Hast du ihre Adresse?»

«Keine Adresse.»

«Ihren Nachnamen?»

«Entschuldige mal, aber darum hättest *du* dich besser kümmern sollen.»

«Zeig mal deine Hände!»

Der Anarchist streckte ihm die flachen Hände entgegen und wendete sie mehrmals um. Less sah unter der polierten Oberfläche von Nathanaels Siegelring eine geometrische Figur kurz aufschimmern, eine Art Hologramm. Spuren von Abschürfungen oder gar Blut konnte er an den gepflegten, langen Fingern nicht erkennen.

«Du hast ihm gar nicht die Fresse poliert.»

«Ich hab einen Federballschläger benutzt.»

Das klang so dämlich, dass Less nahe dran war, es zu glauben. Doch er traute Nathanael in der ganzen Sache nicht über den Weg, und nun, da dieser gereizt und ohne Ergebnis, ausgestattet mit einer dürftigen Geschichte samt unglaubwürdiger Klimax, neben ihm saß, ahnte er, dass die heutige Episode sein Verhältnis zu dem Anarchisten durchaus verändern konnte, es anreichern mit Misstrauen, Eifersucht, Neid und den anderen Zutaten menschlicher Verstockt- und Bosheit, die ein solches Verhältnis zwar erst interessant machten, das man in dem Fall aber lieber goutierte, war es zwischen die Deckel eines Buches gesperrt oder auf eine Bühne versetzt.

«Komischer Name: *Nathanael*», sagte Beck.

«Und *du* bist 'n komischer Vogel», sagte Nathanael. «Kannst du überhaupt lesen und schreiben?»

«Und *du* bist heute unausstehlich, Nathanael», sagte Less.

«Und *du* bist zu blöd, jemanden nach dem Namen zu fragen», sagte Nathanael.

«Früher hätte man so was wie dich vergast», sagte der Wirt zu Beck, «nochmal das Gleiche?»

«Halt bloß deine Nazifresse, du Prolet», sagte Nathanael.

«Nochmal das Gleiche», sagte Less, «und verschonen Sie uns mit Ihren Weisheiten.»

«Schwule Bande», sagte der Wirt im Weggehen.

«*Was?*», schrie ihm Nathanael hinterher.

«Hast du was gegen Proleten?», sagte Beck.

«Ich hab was gegen *dich*, wenn du es genau wissen willst», sagte Nathanael.

«Nich dein Tag heute, wa?», sagte Beck.

«Haltet mal die Schnauze», sagte Less und schlug mit der Faust auf den Tisch.

«Ihr seid 'ne komische Truppe», sagte Werner und rollte die Augäpfel.

Während all der Zeit hörte Less *I left my Town with a Pain in my Heart not a Word of goodbye to the ones that I loved taking a Train away from the Rain to the Lights off the Smoke* und *Standing in the Door of the Pink Flamingo* und *I'm lost again, I'm on the run looking for love in a sa-had Song* und *Collapsing new People* und *Under the killing Moon* und *Love like Blood* und *Love will tear us apart again* und *Living in the Eighties* und *Some Girls are bigger than others* und *Still ill* und *I was happy in the Haze of a drunken Hour but Heaven knows I'm miserable now* und *The Rain falls hard on a humdrum Town this Town has dragged you down* und *Young Bones groan and the Rocks below say: throw your skinny Body down, Son* und *Black Planet* und *First and last and always* und *She sells Sanctuary* und *Boys don't cry*, das ganze Zeug, das ihm Nathanael auf Kassetten überspielte, von Platten, die ihm sein Vater von Dienstreisen aus dem Westen mitgebracht hatte, oder das Less aus dem Radio über Schramm und Rausch und Peel auf seine K60-Orwo-Knister-Bänder zog, das Stück für zwanzig Mark, all die Musik eben, die die niedersächsischen Schnarchfunkanstalten, die er damals, zwischen die Berge geklemmt, empfangen konnte, nie gespielt hatten und nie spielen würden.

Und er hörte, was ihm Beck im Folgenden so an Kassetten zusteckte, als wollte der Punk damit Nathanaels Einfluss auf ihn korrigieren, anreichern um das, was er bei dem Anarchisten lediglich für die Pose eines Blenders hielt: Bereitschaft zur Rebellion, Hang zur Revolte, Wille zum Chaos. Von Revolution mal ganz zu schweigen.

«Alter, der Typ könnte auch auf 'ner Offiziersschule sein oder FDJ-Sekretär», sagte Beck, «der is aalglatt.»

Also legte sich Less gleichzeitig eine zweite Tonspur an, all den Destruktionsschrott der Vorgängergeneration, der sechzehnjährigen Rotznasen mit Akne im Gehirn und Siebziger-Jahre-Disko-Schlaffheit in den Knochen, die ihnen die Eltern vererbt hatten, die sie mit fünfzehn zeugten und mit sechzehn hassten, so wie andere ihr Contergan-Faible vererbt hatten, oder ihr Hippiegehabe und den *Some flowers in your Hair*-Quatsch, nur die Frisuren hatten etwas Dynamisches, und die stochernden Gesten auf der Bühne manchmal, die ganze kapitalistische Fressen-und-Gefressenwerden-Litanei und die Drei-Minuten-Storys von englischen Vorstadtjugendlichen in Arbeitslosigkeit und Suff und mit Cockney-Dialekt geschlagen und die Aufrufe zum Klassenkampf und zum Barrikadenbau und zur Desertion aus imaginären SS-Verbänden faschistischer Diktaturen à la Maggie Thatcher. Den *Same old boring Sunday morning-Sound of the suburbs*, die *God save the Queen / fascist regime*-Reime, die *Warhead*- und *Let's start a war*-Schlachtgesänge, *Exploited Barmy-Army* und *California über alles* und *Let's lynch the Landlord* und *When they kick at your front door how you gonna come? With your hands on your head or on the trigger of your gun* und *X-Ray-Spex* und *Angelic Upstarts* und *My Way* von Sid Vicious, schon längst tot, der aber, bevor er selbst abgekratzt war, noch seine Junkie-Braut umgelegt hatte.

Und ja, Wanja hatte Recht: Jede Generation konnte ihren Bob Dylan haben, wenn sie das denn wollte, und man musste mittlerweile nicht mal mehr auf das *We shall overcome*-Gesülze zurückgreifen, sondern die Gitarren waren verstärkt und man durfte *Fight back!* sagen und *Unionize!*, theoretisch, denn das große Problem waren die Feinde, die diese Musik voraussetzte und die nicht ohne Schwierigkeiten aus nordenglischen Kohlerevieren in die Entwickelte Sozialistische Gesellschaft zu importieren waren. Langeweile galt offiziell noch nicht als Grund für den Klassenkampf, und auch bei Marx, Engels, Lenin stand nichts davon, dass eine Revolution anzuzetteln sei aus Überdruss, expressionistischer Weltwahrnehmung oder Liebeskummer. Selbst der Falklandkrieg war schon vorbei. Nur die *Contras* in Nicaragua gab es noch und die Rassisten in Südafrika, Feinde, die so universelle Schweinereien betrieben, dass sie wahrscheinlich von der gesamten Punk-Internationale geächtet wurden, und missachtete jemand diese Übereinkunft, schmiss man ihm einfach ein *Nazi Punks Fuck off!* an den Kopf.

«An deiner Stelle würde ich besser aufpassen, was ich wem so erzähle», sagte Nathanael. «Ich hab von einer Geschichte gehört, da hat die *Firma* einen Fascho hochgenommen und ihn kurz darauf zu seinen Freunden entlassen, als Spitzel. Typen wie Beck sind schwach, weil sie erpressbar sind. Schon wegen eines Berlin-Verbots oder weil die Möglichkeit besteht, dass einer kommen könnte, um ihnen das Bier wegzunehmen.»

Und da das alles zu dünn schien, nicht genügte als Basis für irgendetwas – schließlich konnte man sein Leben schlecht auf einen Klangteppich stellen, so wie man ein Möbel auf einen Perserteppich aus Turkmenien stellte –, füllte sich Less sein künftiges geistiges Traditionszimmer, das Oberstübchen seiner immateriellen Vorlieben, mit diversen Romangestalten und lyrischen Subjekten, die er aus den Zusammenhängen ihrer Bücherexistenzen isolierte und zusammensperrte wie in eine Kaserne, eine Fallschirmjägertruppe der Literatur.

Die sich dort ein Stelldichein gaben, hießen Roquentin, Stephen Dedalus, Des Esseintes, Malte Laurids Noch-was oder einfach nur K., waren nicht wirklich kampffähig, und manchmal tat es Less regelrecht Leid, dass seine sensiblen Papierkameraden unter dem infernalischen Dauerbeschuss ihrer missratenen, E-Gitarren dreschenden Nachfahren standen oder aber dem Gejammer ihrer selbst ernannten Geistesverwandten ausgesetzt waren, diesem europäisch melancholisch introspektiven Elektro-Cabaret-Ding, wie es Nathanael mal genannt hatte, sodass sie sich zuweilen unauffindbar verkrochen, einfach fortblieben, wenn man sie brauchte und rief.

So zimmerte Less mit der Energie, die eines – äh – Noah würdig gewesen wäre, an seinem trunkenen Schiff, um demnächst und wie einer der Letzten seiner Art durch die Straßen der Stadt zu segeln. Nur ein weibliches Pendant brauchte er noch, um im Bild zu bleiben, egal, jedenfalls bastelte, reparierte und flickte er die gesamte Zeit über an diesem Vehikel, das noch immer der kleinste von Nathanael Helds Wortstürmen in Bedrängnis bringen konnte, in ein Schlingern, Überspültwerden und Taumeln kurz vor dem Kentern.

Der Frühling war Less kein Frühling, der Aufbruch eher ein Abbruch. Abgesehen vielleicht von wenigen Momenten, die ihm die Natur zuschanzte, streunende Katzen, Birkenpollen, Wetterumschwünge oder ein Anschlag der Sonne etwa, bog man aus einer schattig verkommenen Straße um die Ecke und wurde für Sekunden blind, musste gelähmt verharren in einer gleißend verkommenen Straße, eine helle Vision von Nichts und Wiedernichts auf der Mattscheibe, die erst nach Minuten verging und Kopfschmerzen hinterließ, die eine Konzentration auf andere Probleme unmöglich machte, oder Fliederduft, lief man an einer Friedhofsmauer entlang, ein Aroma, für die Toten bestimmt, das in floral-subversiver Manier auch die Welt der Lebenden betäubte.

Nur der Putzeifer, den die Jahreszeit über die ausgemottete Stadt brachte und der sich durch Subbotniks begrünungswütiger Hinterhausbewohner in semikünstlerischen Berufen ausdrückte, erfasste auch Less, das heißt, er ließ sich die Haare derart scheren, wie sie Majakowski auf dem Rodtschenko-Foto trug, das über seinem Bett hing, ein Foto, das er nicht müde wurde zu bewundern: der Dichter, breitbeinig und schräg zur Kamera, in Anzug mit Weste, die gebügelten Hosenaufschläge über knöchelhohen Schnürschuhen, auf einem Stuhl an der Wand sitzend, leicht vorgebeugt, die linke, beringte Hand mit brennender Zigarette aufs Knie gestützt, nein, da abgelegt, die andere zwischen den Knien, einen eleganten Hut haltend, drei Stifte in der Brusttasche des Jacketts, das Armband einer Damenuhr im Knopfloch des Aufschlags, das Halbprofil seines Gesichts, dunkle Augen, finsterer Blick, Stirnfalte, skeptischer Mund.

Angesichts dieses Porträts verwunderte es Less nicht, dass sie in der Schule zwar Gedichte von Majakowski gelesen, jedoch nie ein Bild von ihm zu sehen bekommen hatten. Das war einfach nicht der Proletarier, wie ihn sich die wild gewordenen Handwerker in den Kulturzentralen vorstellten, für die der *Kleine Trompeter* Gipfel revolutionärer Literatur war. Majakowski war unter den Proletariern ein Freiwilliger, ein Bohemien des Aufstands, ein Oscar Wilde – wenngleich besser aussehend – der Oktoberrevolution, ein Futurist aus Prinzip, ein linksradikaler Décadent, der, wenn es nötig war, die Revolution Revolution sein ließ und sich der Liebe wegen die Kugel gab. Oder einfacher: Er hatte Stil.

Außerdem hatte Beck Less zum Selbstkostenpreis von fünfhundert Mark eine schwarze, abgewetzte Lederjacke besorgt, die aussah, als habe sie bereits einige Schlachten hinter sich. Dazu kombinierte er seine Anzughose und die unvermeidlichen, selbst gebügelten Hemden, die im schönen Kontrast zur kalkulierten Schäbigkeit der Jacke standen, und erreichte damit, alles in allem, einen geradezu kongenialen modischen Ausdruck seiner inneren Verfasstheit.

Kann ich mal deinen Ring sehen?», fragte Less.

Es war ein lauer Sommerabend, sie flegelten in Strandstühlen auf dem Dach, tranken ungarischen Weißwein, von dem noch zwei weitere Flaschen in einem Eimer Wasser kühlten, und ließen die Zeit verstreichen. Eine Art, die Tage zu beschließen, die aus Gewohnheit über sie gekommen war und die sie, da sich *Gewohnheit* anhörte wie *schwacher Wille*, kurzerhand *Tradition* nannten. Dasitzen, um dazusitzen, trinken, um betrunken zu werden, und fotografieren, um Fotos zu machen. Less war es mittlerweile egal, wenn Nathanael die Linse seiner *Praktica* gegen ihn richtete. Er glaubte einfach nicht mehr, dass Nathanael Kunstporträts machte. Manchmal sagte einer von ihnen Dinge wie: *O Nacht, ich nahm schon Kokain* oder *Tötet das Alte, macht aus Schädeln Ascher*, worauf der andere meist nichts entgegnete, sondern lediglich nickte.

Schlaff wie einer seiner schwülen literarischen Helden, die sich immer irgendwo unter der kranken Sonne zwischen Tanger und Marseille herumtrieben, reichte ihm der Anarchist den Ring.

Ein dunkler Stein in goldener Fassung, geschliffen und darin das Hologramm, eine geometrische Figur, ein Achteck.

«Wo hast du das Ding eigentlich her?», fragte Less.

«Geschenkt bekommen», sagte Nathanael.

«Und von wem?»

«Vergessen.»

«Und was hat das Zeichen zu bedeuten?»

«Keine Ahnung, war schon drin, ein Achteck.»

«Ein *Oktogon* also?»

«Genau.»

«Und dieser Vortrag bei Mahner?»

«Ziemlich blöd, oder?»

«Irgendwas ist da doch?», fragte Less.

«Wo?», sagte Nathanael und blickte nach oben, wo wie auf einem Mattheuer-Gemälde zwei Kampfjets Kondensstreifen in den blauen Himmel zeichneten.

Nun gut: dieser Hof schon wieder, Choriner Straße, an dessen verändertem Anblick durchs Jahr Less das Verstreichen der Zeit, den schleichenden Wechsel der Monate festmachte, zwischen Maloche auf der Post und Sommerdepression, diesem Unbehagen am aktuellen Aufenthaltsort und dem Wissen um Orte außerhalb der Erreichbarkeit, am Meer, im Gebirge, von einem Windstoß in flimmernder Straße erzeugt, beim Anblick eines wehenden Rocks um braun gebrannte Mädchenbeine, dem salzigen Geruch der Ostsee mitten im Prenzlauer Berg, unmittelbar folgend auf den von Hundescheiße. All das sehr plötzlich und im Affekt wahrgenommen und im Affekt darauf reagiert und sofort die Gegenwart gehasst, durch die man danach meist sehr bewusst stiefelte und wutentbrannt.

Die Birken standen jetzt in voller Blätterpracht, was ihre fragilen Gerüste vergessen ließ, der Müll war nichts als Müll und dörrte in der Sonne. Beck kam durch die Toreinfahrt, eine Matratze geschultert, hinter ihm ging Wanja mit einer Kiste, in die er irgendwelchen entbehrlichen Krempel seines eigenen Haushalts gepackt hatte, Töpfe, Teller, Wasserkessel, Bettwäsche.

Nach einem weiteren Gang zu Irenchens Bleibe des Winters und dem gleichen Ergebnis, nämlich keinem, hatte Less, angefeuert von Beck, beschlossen, die Wohnung zu besetzen, das heißt, einfach einzuziehen und zu hoffen, dass sich das Mietverhältnis irgendwann von selbst legalisierte, so wie es die Regel war bei Bruchbuden wie dieser. Wanja hatte ihm zugeraten, Floskeln von der Notwendigkeit der Emanzipation auf den Lippen, obwohl Less annahm, dass er mittlerweile lediglich die Schnauze voll hatte von ihrer stagnierenden Wohngemeinschaft, vielleicht auch nur mal eine Frau einladen wollte.

Am Abend, allein, ein Herr des Mülls, dessen einziger brauchbarer Besitz aus einem halben Kasten Umzugsbier bestand, überfiel Less das starke Bedürfnis, ein Resümee zu ziehen, etwas, was die Anwesenheit anderer Personen bislang verhindert hatte. Dafür musste man wohl allein sein und sich dessen sicher, es eine erträgliche Weile bleiben zu können. Aber eigentlich lag es weniger an ihm als an den bedeutungsschwangeren dreißig Quadratmetern mit Bastbezug, die er, als könne er durch ihre Begehung irgendetwas erreichen, ein ums andere Mal abschritt, vom Küchenfenster zur Eingangstür zum Fenster des Zimmers und zurück.

Und als die Sonne schließlich untergegangen war, fünf Bier und null Erkenntnisse später, die Ohren zugekleistert von einem melancholischen Singsang der Müdigkeit – *Ten fifteen on a Saturday night* –, die schäbigen Memorabilien vor sich, die der Hausrat hergab und an denen noch Spuren des gemeinsamen Tages – sehr fern schon – mit Irenchen kleben mochten, speziell am Geschirr, durchs offene Fenster den Nachtbrisen ausgesetzt, die ihm trotz des Sommers Schauer bis ins Mark jagten, Gänsehaut hervorriefen und ein Frösteln der Gedanken, das erste Mal entlassen also aus der Familien-Konstruktion, geriet ihm das Revue-passieren-Lassen nach und nach zu einem Driften zwischen einer Hand voll Bildern und ihrer fatalistischen Deutung, merkte er, dass sich aus alldem die Steine einer Biographie formen könnten, die später einmal in keinem Lebenslauf Verwendung fänden und die ihn dennoch gebaut und ruiniert haben würden.

Dann sagte er sich noch, dass nur eine unglückliche Liebe wahr sei und rein, und ließ sich schließlich vom Bier, der Musik und der Sommernacht über Berlin in den Mahlstrom des Pathos ziehen: *drip, drip, drip, drip, drip, drip* –

MONARCHIE & ALLTAG

Auch Beck wohnte in einem Hinterhofloch. In seiner Wohnung sah es aus wie auf Less' Hof, mit dem Unterschied, dass bei dem Punk jedes Trümmerstück eine Funktion hatte, eine Kabeltrommel diente ihm zum Abstellen von Getränken, wenn er auf einer halb aufgeblasenen Luftmatratze in der Ecke seines Zimmers lümmelte, an die Nägel des Bauholzes, das im Flur an der Wand lehnte, konnte man seinen Mantel hängen. In den Ecken stapelten sich Bücher, über die gesamte Wohnung waren Kassetten verstreut. Die Wände hatte Beck mit Zeichnungen, Parolen und Zitaten dekoriert, die überall mit Wachsstift aufgetragen waren, eine vergrößerte und farbige Version seiner Lederjacken-Bekenntnisse, ein Tagebuch aggressiven Verdrusses, zu dessen Komplettierung er gern seine Gäste einlud. Auch Less hatte sich mit einem schwungvollen *Was man kaut, wird zu Brei* beteiligt.

Eine Matratze, auf der stets zerknülltes Bettzeug lag, diente ihm als Bett, rundherum standen Untertassen mit Kerzen und ausgedrückten Kippen. Das vielleicht Außergewöhnlichste war eine Kakteensammlung, die er in einem Regal seiner Küche hegte, ein Überbleibsel aus der vierten Klasse, als er kurzzeitig Mitglied in der Arbeitsgemeinschaft Junge Botaniker gewesen war. Er kannte sogar noch die Bezeichnung der drei Unterfamilien: Pereskien, Opuntien, Cereen, und hatte es seitdem nicht übers Herz gebracht, die Pflanzen zu vernachlässigen. Sie hatten selbst den Spott seiner Freunde überlebt.

«Komm rein, Alter», sagte Beck und drückte ihm ein Bier in die Hand, «ich hab Besuch.»

Auf der schlaffen Luftmatratze saß ein Mädchen und sah hoch, als er zur Tür hereintrat.

«Dani», sagte Beck, «unsere Bassistin. Darf ich dir vorstellen: Less.»

«Hey», sagte Dani. Eine angenehme Stimme, tief und rauchig.

«Freut mich», sagte Less.

«Setz dich irgendwo hin», sagte Beck, «wir schreiben grad an 'nem Liedtext. Willste mal hörn?»

«Ja», sagte Less und ließ sich zwischen Becks Bettzeug fallen.

Der Punk schnappte sich einen Zettel vom Boden und las vor: *«Wenn du auf der Straße bist / Oder in der Wohnung sitzt / Wenn du telefonieren tust / Oder in der Grube ruhst: Überwachung Überdachung / Pass bloß auf und hau drauf …»*

«Und?», fragte Dani.

«Telefonieren *tust* hört sich komisch an», sagte Less.

«Lass uns aufhörn», sagte Beck «ich hab kein' Bock mehr. Übrigens, am Samstag gibt's 'ne Party bei Dani. Hast du Lust?»

«Kann ich Nathanael mitbringen?», fragte Less.

«Wenn's sein muss», sagte Beck.

«Also bis dann», sagte Dani, «ich hau ab.»

«Bis Samstag», sagte Beck.

«Tschüss», sagte Less.

«Hast du die Titten gesehn?», fragte Beck, als die Tür hinter Dani zugeschlagen war.

Less hatte.

Nathanael würde nicht zur Party mitkommen, eine dringende Verabredung, aber für den Fall, dass er früher von dort abhauen könne, ließ er sich doch noch Danis Adresse geben. Nächste Woche Sonnabend aber müssten sie unbedingt zu einem Konzert gehen, in der Zionskirche, eine Band aus Westberlin, ziemlich bekannt und trotzdem nicht schlecht. Eher poetisch als von der Rotz-Kotz-Fraktion, das heißt, was sich *solche Leute* unter Poesie eben so vorstellten, ein paar schiefe Bilder aneinander montiert, etwas Surrealismus, etwas Rilke, und damit man nichts merkte, von der einfältigen Mischung, das Ganze ins Englische übersetzt, dazu sägende Gitarren, Trompetensoli und moderat dissonante Ausfälle, um den Gefühlskitsch, der letztendlich dahinter stand, zu kaschieren.

Hast du schon gehört, nächsten Samstag in der Zionskirche?» Statt Dani, wie von Less insgeheim erhofft, öffnete Beck die Tür. Es kam laut und verräuchert aus der Wohnung: *If the kids are united*. Dunkel gekleidete Gestalten huschten hinter Becks Rücken durch das Halbdunkel des Flurs.

«Hab ich», sagte Less.

«Mach die Tür zu, Alter», sagte Beck, «und nimm dir was zu trinken.»

«Gehst du hin?»

«Glaub schon, obwohl das ziemliche Weicheier sind.»

«Inwiefern?»

«Die blanke Gefühlsduselei, völlig unpolitisch. Aber die Vorband ist cool.»

Jemand fasste Less von hinten an die Schultern, sanft. Er drehte sich um: Es war Dani.

«Hey», sagte Less.

«Schön, dass du gekommen bist», sagte Dani. Sie war genauso groß wie er, sodass ihr Less direkt in die Augen sehen konnte, um die sich Lachfältchen bildeten.

Zwischen zwanzig und dreißig Personen waren da, ein Drittel weiblich, die sich auf zwei Zimmer und die Küche verteilten. Es war stickig und eng, und gutwillig hätte man es vielleicht gemütlich nennen können, wäre da nicht dieser Radau gewesen, der als akustischer Schwaden über den Köpfen stand, den bunten, stacheligen, kahlen. Man schrie gegen die Musik an, die leiser zu drehen ein ungeschriebener Ehrenkodex verbot: Krawall die erste Pflicht.

Less zog sich in eine dunkle Ecke von Danis Schlafzimmer zurück. Etwas Weibliches lag über diesem Raum, ein bestimmter Esprit, etwas schwer Erotisches. Ja, es war ein Geruch, der sich selbst gegen das erschlagende Aroma aus verschüttetem Bier, Zigarettenqualm, Haarspray und Parfüm behaupten konnte. Und das Seltsamste war, dass man diesen Duft nicht nur riechen, sondern *sehen* konnte, wie er aufstieg aus einem Faltenwurf von Danis Überdecke, den die lümmelnden Punkerhintern noch nicht geplättet hatten, aus den Fasern eines zarten Kleidungsstückes, das, von ihr vergessen, über einer Stuhllehne hing. Angesichts dieser Beweisstücke und ihrer Aussagekraft ging Less auf, dass Dani nicht nur Punkerin war und Bassistin einer obskuren Band, sondern eine *Frau*, auch jenseits eines männlichen Begehrens, etwa wenn sie allein wäre in ihrer Wohnung und trotzdem die Gesten der Weiblichkeit nicht ablegen würde, kein Mädchen, wie es Irenchen wahrscheinlich noch lange Zeit blieb, und nicht kokettierend mit einer Position dazwischen wie Radost. Less fiel Delia ein, und er bemühte sich, auch sie in seinem spontanen Katalog unterzubringen, vergeblich allerdings: Spröde und dürr sprang sie Bock durch seine Erinnerung. Sie war gefangen in einer Einsamkeit, die sie nie zugeben würde und deshalb trotzig mit provinzieller Literatur bekämpfte.

Less machte sich auf den Weg in die Küche. Die hektischen Bewegungen der Partygäste kamen allmählich zur Ruhe, ohne dass der Lärmpegel sank. Man stand jetzt nur noch auf, um sich neues Bier zu holen oder das getrunkene wieder loszuwerden. Unter der Flurgarderobe lag ein Paar und wälzte sich selbstvergessen in zertretenen Erdnussflips. Die meisten Leute saßen mittlerweile in Danis Wohnzimmer, wo sie ein höllisches Spektakel veranstalteten, zur Musik mitgrölten, sich anschrien oder aufsprangen und mit den Armen fuchtelten, um dann hinzufallen und sich in die Umsitzenden abzurollen. Es gab Pogoeinlagen, von Mädchenkreischen begleitet, zu Ehren der deutsch-sowjetischen Freundschaft wurden Gläser an die Wand geschmissen, man trank auf Antifaschismus, Weltrevolution und die *Sex Pistols* seligen Gedenkens. Einige schliefen inmitten von Gesprächsrunden ein, aufrecht oder unter ihre Kumpels gesunken, andere waren so hackedicht, dass sie es nicht mal mehr geschafft hatten, die Augen zu schließen, und nun im Schneidersitz und mit gläsernem Blick eine Reise ins Innere ihrer Trunksucht antraten, eine Meditation zwischen Ohnmacht und Übelkeit.

In der Küche war es ein wenig leiser, man unterhielt sich gemäßigten Tons und mit halbwegs koordinierter Gestik, schnitt von Zeit zu Zeit Grimassen und nickte dabei in Richtung des Lärms. Die hier standen, hatten keine Sprüche auf ihren Lederjacken, ausgeprägtere Gesichter und trugen die verwegenen Antifrisuren ungekämmter Bohemiens. Less fragte sich, was sie mit den randalierenden Milchbärten nebenan zu tun hatten, ob es sich um ihre Mentoren handelte, die erste Generation der Ost-Punks, oder um ältere Geschwister, die gekommen waren, um notfalls Schlimmeres zu verhindern, eine Art Partyfeuerwehr.

Die Umstehenden nahmen keine Notiz von ihm. Sie hielten ihn wahrscheinlich für einen der Ihren. Die Punks dagegen hatten ihn – bis auf Dani und Beck – aktiv und mit einem gewissen Ehrgeiz zur Abgrenzung ignoriert, allerdings ohne Feindseligkeit. Er nahm sich ein Bier und versuchte, locker zu werden. Es klappte nicht so richtig, also ging er zurück in Danis Schlafzimmer und ließ sich in einer Ecke hinter dem Bett nieder, von wo er Ausblick auf das Geschehen hatte, ohne selbst im Licht zu sitzen. Ins Schlafzimmer hatten sich mittlerweile die verzogen, denen der Sinn nach erotischen Etüden und Speichelaustausch stand. Es bereitete Less einige Mühe, den Anblick der verschlungenen, knutschenden, fummelnden Gestalten auszuhalten, und es war nicht Neid, der ihm das Unbehagen verursachte, es war ihr Mangel an Diskretion, der ihn zwang, Zeuge dieses Treibens zu sein, es war die Tatsache, dass sie sich ihres Tuns nicht bewusst waren. Es war exhibitionistisch und billig und exotisch wie Malaria.

Er gehörte nicht auf diese Party. Hier feierte eine andere Jugendbewegung, und er hatte fälschlicherweise gedacht, sie stünde seiner eigenen, ganz privaten nahe, bloß weil ihr Musikgeschmack in Teilen identisch war. Schade, dass Nathanael nicht da war. Der hätte Less' Unbehagen in zwei, drei prägnante Sätze pressen können und es damit erledigt.

Besonders auffällig war das Fehlen jeglicher Grazie. Dass sich der männliche Teil schlecht benahm, war klar, das gehörte dazu. Nein, was Less vielmehr irritierte, war, dass auch den weiblichen Gästen jede Anmut, Geschmeidigkeit, Zartheit fehlte, jenes Etwas eben, das sie auch jenseits sekundärer Geschlechtsmerkmale von ihren männlichen Begleitern unterscheidbar machte. Selbst die Batik-Bräute auf G. B. Mahners Lyrikschwof hatten einen Hauch von diesem Etwas. Es gab keine einzige Gazelle oder Elfe, genauso wenig wie es langes Haar gab oder naturfarbenes. Allein alabasterbleiche Haut war zur Genüge vorhanden. Diese Körper wirkten wie ein Kontrapunkt zu den aerodynamischen Frisuren, die die Nacken schmal machten und die Schädel kindlich. Riesige Hintern, die prall in synthetischen Tigerfellhosen klemmten und den Stoff bis zum Zerreißen spannten, schwere tropfenförmige Ärsche, die an ausladenden Hüften aufgehängt waren. Ja, es musste die Kleidung sein, die diesen Eindruck explosiver Spannung erzeugte, die gestreiften Röhrenhosen, die engen, zerfetzten Jeans, die Miniröcke schließlich, die nur notdürftig die großen Sitzflächen bedecken konnten, sodass bei der kleinsten Bewegung Stücke weißen Fleisches aufblitzten, die routiniert durch zweimaliges Zupfen am Stoff von ihren Trägerinnen wieder bedeckt wurden.

Auch Dani war alles andere als zerbrechlich, doch neben einem üppigen Hintern hatte sie noch mehr zu bieten. Beck hatte Recht: Nie zuvor hatte er solch große … einen solch großen Busen gesehen. Er war von einem Umfang, den er bislang nur in grotesken Phantasien für möglich gehalten hatte, in der Zeit früher Pubertät etwa, mit dreizehn, in der er auf allen Wegen gegen Erektionen gekämpft hatte, beim Anblick einer x-beliebigen jungen Frau, und sei es der Absolventin, die ihnen zur Staatsbürgerkunde verhalf, oder schon bei dem Gedanken an irgendetwas, das einer x-beliebigen jungen Frau gehören könnte, und sei es der geflochtene Gürtel eben dieser Absolventin, die ihnen den dialektischen Zusammenhang zwischen Unter- und Oberbau, das heißt zwischen Basis und Überbau, erläuterte, während ihr dieser geflochtene Gürtel die *Wisent*-Karotten-Jeans in die Taille schnürte. Manchmal hatte er das Gefühl gehabt, schon ein Windstoß genüge, um sein, na … Ding aufzublasen, und immer hatte er das Gefühl, sein Hosenstall stehe offen. Und als er ein halbes Jahr später dachte, schwul zu sein, hatte er sich in seine Tagträume Frauen halluziniert, die die Zweifel an der Ausrichtung seiner Sexualität durch besonders reichliche Ausstattung verschwinden lassen sollten, Weiber schon, Walküren, ja Karikaturen matriarchaler Weiblichkeit, auf deren imaginierte Bilder er dann … Immerhin, eine erste Übung zur Schärfung der Vorstellungskraft.

Im Übrigen ließ sich bei den männlichen Punks Ähnliches beobachten, allerdings gab es hier zwei Gruppen: die ganz schmalen Kerle, schmale Schultern und noch schmalere Becken und die mit den dicken, in enge Hosen gezwängten Ärschen, die sich von hinten kaum von den Mädchen unterscheiden ließen, wäre da nicht eine gewisse Stiernackigkeit gewesen und der fehlende Hüftschwung.

Less war in seinem Versteck erkannt worden. Er sah, wie Dani kurz auf der Schwelle verharrte und dann auf ihn zukam. Ihre

Brüste wogten im Rhythmus der Schritte unter einem *Exploited*-T-Shirt, auf dem ein Knochenschädel mit Irokesenfrisur in ein Mikrofon brüllte. Es war fast wie damals: Less bekam während dieser fünf, sechs Schritte, die Dani durchs Zimmer lief, einen Steifen und rückte seine Lederjacke entsprechend zurecht.

«Na», sagte Dani. Sie baute sich vor ihm auf, die Finger in die Taschen ihrer Jeans gequetscht, und blickte auf ihn herunter. Less blieb sitzen und kam sich vor wie ein ertapptes Kind. Aus der Froschperspektive sah alles an Dani noch größer aus, gebieterisch geradezu hing es über seinem eingeschüchterten Kopf, und hätte nicht ein Lächeln ihr Gesicht aufgehellt, wäre dieser Anblick ein bedrohlicher gewesen. Im nächsten Moment ließ sich Dani neben ihm nieder.

«Geht's dir gut?», fragte sie.

Wow, was für eine Stimme zu diesem Körper. Neulich bei Beck hatte sie ein schwarzes schlichtes Kleid getragen, das bis zu den Knien ging, eines dieser Dinger, das den Körper schwereloser erscheinen ließ, als er war.

«Ist Beck schon gegangen?», fragte Less.

«Nee», sagte Dani, «der ist völlig zu und pennt nebenan. Wenn die so weitermachen, haben wir demnächst die Bullen auf'm Hals.» Und dieses Kleid hatte verhindert, dass Less ihre Stimme mit ihrem Körper in einen Zusammenhang bringen konnte. Beides passte nicht zueinander. Und das waren wahrscheinlich nur zwei Aspekte einer, wie er annahm, langen Verkettung von Gegensatzpaaren, von leicht verrutschten Dichotomien, die in ihrer Gesamtheit Danis Persönlichkeit ausmachten, das schräge Aussehen beispielsweise mit den sanften Gesten verbanden oder ihr aggressives T-Shirt mit dem Faltenwurf der Tagesdecke.

«Was machst du eigentlich so?», fragte Less.

«Ich bin Schneiderin», sagte Dani.

«Ich bin Postbote», sagte Less, und es war äußerst komisch, sich auf diese Weise ein zweites Mal bekannt gemacht zu haben,

Absender

Meine Meinung zum Leseexemplar von Andre Kubiczek «Junge Talente»:

Ich bin damit einverstanden, dass meine Meinung eventuell veröffentlicht wird.

über die Art der gesellschaftlichen Nützlichkeit, sozusagen. Aber Dani sagte: «Ich weiß, Beck hat mir einiges über dich erzählt.»

«Wirklich?»

«Und nur Gutes», sagte Dani und zwinkerte ihm zu, und Less hätte sie gern angefasst für diese kleine Freundlichkeit, nur leicht, ihr über den Arm gestrichen oder über ihre wasserstoffgebleichten Stoppelhaare oder übers Knie. Aber er zwinkerte nur zurück, um nicht anzüglich zu wirken, gab damit trotzdem das Zeichen für den Aufbruch in ein neues Stadium der Vertrautheit, das Dani im Folgenden erlaubte, mehr von sich zu erzählen, immer wieder angetrieben von kurzen Fragen, die ihr Less stellte, diskret im Ton und ehrlich interessiert.

Sie war in Berlin geboren und aufgewachsen, gleich um die Ecke, hier im Prenzlauer Berg. Ihre Mutter Arbeiter- und Alkoholikerin, hatte sie und ihren fünf Jahre jüngeren Bruder allein aufgezogen, was bedeutete, dass Dani im Alter von zehn ihr diese Aufgabe abnehmen musste. Die Mutter war entweder auf Schicht oder trieb sich mit Kerlen herum, deren Fassungsvermögen für Spirituosen noch größer war als ihr eigenes. Randale nachts in der Wohnung, zerdepperter Hausrat, blaue Flecken, die ganze Palette zwischenmenschlicher Entgleisungen. Also musste sich Dani ums Essen kümmern, um den Einkauf, den Kindergarten. Nie ging ihre Mutter zu einer der Elternversammlungen in der Schule oder beteiligte sich am Kuchenbasar, das Essensgeld bezahlte sie immer als Letzte, zum Fasching musste Dani eine alte Kittelschürze anziehen und behaupten, sie gehe als Raumpflegerin. All das sprach sich rasch herum: Hinter ihrem Rücken wurde getuschelt, die Mitschüler schnitten sie, ihre Leistungen waren ohnehin nicht besonders, und schon in der sechsten Klasse hatte sie vorgehabt, nach der achten abzugehen, um durch diesen vorzeitigen Schnitt etwas zu erreichen, von dem sie damals gedacht hatte, dass es durch diesen Schritt erreichbar wäre. Keine Ahnung, was genau, vielleicht nur, in ein anderes Umfeld zu gelangen, das noch ohne Vorurteile auskam, und zu versuchen, diesen Zustand so lange wie möglich zu erhalten, die abgespeckteste Art von Freiheit, sehr vage, doch sie war ja erst zwölf.

Und dann traf sie dieses Mädchen, Kathrin, sie konnte sich heute noch an den Namen erinnern, Anfang der Achten, ein komischer Zufall. Kathrin hatte eines Tages einfach vor der Tür gestanden und gesagt, sie wolle ihren Vater abholen. Dani fiel ein, dass sie die Woche zuvor, spät in der Nacht, neben der keifenden Stimme ihrer Mutter mal wieder eine männliche hatte schreien hören. Sie sagte das Kathrin zwischen Tür und Angel, aber in deftigeren Worten, ungefähr so, dass ihre Mutter, die alte Schlampe, Besuch gehabt hätte und dass der Kerl schon ihr Alter gewesen sein könnte, worauf Kathrin sagte, dass ihr Alter ein dämlicher Wichser sei und sie wegen diesem Arsch schon den ganzen Tag unterwegs wäre.

Sie blickten sich erschrocken an und mussten im nächsten Augenblick losprusten, wegen der rüden Worte, wegen ihrer beschissenen Eltern und weil sowieso alles Scheiße war. Dani fragte Kathrin, ob sie nicht reinkommen wolle, ihre Mutter sei auf der Arbeit und ihr Bruder noch im Hort, und dann saßen sie zwei Stunden lang in der Küche, tranken Cola und quatschten über Dinge, die einem in dem Alter wichtig sind: Musik, Mode, Jungs, Themen, über die Dani bisher noch mit niemandem hatte sprechen können. So war es auch nicht verwunderlich, dass Kathrin, die ein Jahr älter war, die meiste Zeit redete. Sie war geschminkt, trug eine Nietenjeansjacke mit *Union*-Aufnäher über der linken Brusttasche, auf den Rücken waren mit Kugelschreiber Bandnamen geschrieben: *AC-DC*, *Deep Purple*, *Kiss*. Ihre Haare standen, gehalten von einer Menge Zuckerwasser und Haarspray, klebrig und wie gemeißelt vom Kopf ab. Sie hatte eine laute Jungmädchenstimme und rauchte *F6*, von denen sie Dani eine anbot, die geschmeichelt auf Backe rauchte und sich gut fühlte.

Viel entscheidender aber war das Gefühl, eine Vertraute zu haben, und wenn nur aus Zufall, ja aus Trotz gegen eine andere Paarung, die gleichfalls nur Ergebnis des Zufalls oder Trotzes sein mochte. Kathrin sagte, Dani müsse dringend was unternehmen, sich aufpeppen, sonst würde sie nie einen abkriegen, diese Klamotten und ihre Frisur wären ziemlich unschau und urst ätzend, und als Dani schüchtern abwiegeln wollte, von wegen kein Geld für Klamotten und Schminke, sagte sie, dass das wirklich kein Problem sei, sie solle einfach mal in den Schrank ihrer Mutter kucken oder in den ihrer Oma oder beim *An- und Verkauf* vorbeigehen. Wegen der Frisur würde sie nächste Woche noch mal vorbeikommen, und Lippenstift, Wimperntusche, Rouge könne man sich auf andere Art besorgen.

So geschah es dann auch, und auf wunderliche Weise begann sich ihr Status in der Schule zu ändern, und je radikaler ihr Aussehen wurde, die Haarfarbe unnatürlicher, der Haarschnitt konturenreicher, die Röcke kürzer und die Schuhe klobiger, desto größer wurde der Respekt, den ihr die Mitschüler zollten. Mitte der Zehnten hatte sie bereits eine lockere Gruppe von älteren Schülern um sich geschart, acht bis zwölf Jungen und Mädchen, die sich in den großen Pausen hinter der Turnhalle trafen, Zigaretten rauchten, über die Stinos herzogen und besprachen, wohin man und wer mit wem so gehen könne. Sie selber ging zu der Zeit ins *Haus der Jungen Talente*, wo sie später auch Beck kennen lernte, oder ins *Café Nord*, seltener in den *Alextreff* oder den *Franzklub*. Ein paar Mal war sie auch im Plänterwald gewesen bei den richtig harten Punks, aber das war dann doch noch eine ganz andere Nummer. In dieser Zeit kam Kathrin in einen Jugendwerkhof im Süden, Ladendiebstähle, geschwänzte Schule, Rumtreiberei. In der ersten Zeit schrieben sie sich noch Briefe. Dani berichtete ihr von den neuesten Ereignissen, und Kathrin schrieb meist zurück, dass es eigentlich nichts zu schreiben gebe und ihre Freundschaft ewig halten müsse und sie Schrift und Fehler entschuldigen solle, aber irgendwann brach der Kontakt dann doch ab.

In der Schule war Dani nach wie vor schlecht, doch störte sie das jetzt nicht mehr. Das Ganze kam ihr eher wie ein ungeliebtes Hobby vor, dem man sich täglich widmen musste, wie einem gefräßigen Haustier, mehr noch wie Abwaschen oder Einkaufen. Trotz ihrer miesen Noten bekam sie eine der begehrten Lehrstellen als Schneiderin, und seitdem sie die Lehre erfolgreicher als erwartet abgeschlossen hatte, arbeitete sie bei *VEB Modische Herrenanzüge Berlin*, nicht die Welt, aber besser als in einem Untertrikotagen-Kombinat wie während der praktischen Ausbildung. Ihr Traum allerdings war es, selbst Schnitte zu entwerfen und auszuführen und dann auf Modenschauen zu zeigen.

Die Band und das ganze Drumherum waren zwar okay, und sie hatte dadurch wirklich gute Freunde gewonnen, aber für immer konnte man das schließlich nicht betreiben, und sie hoffte nur, dass auch Beck das irgendwann mal schnallen würde.

«Ja, und so sitz ich nun hier», sagte Dani und seufzte, und noch bevor Less überlegen konnte, was dieser Seufzer zu bedeuten hätte, lag seine Hand auf ihrem Knie und drückte es leicht, und Dani, die dabei war, den Kopf zu senken, aus Scham vor dieser Äußerung oder als ihre Weiterführung oder aus Koketterie, hielt inne in dieser Bewegung, diesem demütigen Nicken, und warf den Kopf abrupt nach hinten, als habe sie sich eines Besseren besonnen, einer dieser emotional bedingten Gedankenblitze, wie sie expressionistische Schauspielerei so gut ausdrückte, wo jeder beliebigen Geste sofort ihr mimisches Gegenteil folgen konnte, ohne dass sich jemand wunderte, und als einzige Erklärung dafür galt, dass die Epoche ohnehin schon zerrissen war. Großartig. Dani hob also blitzartig den Kopf und sah ihn an, als sei sie überrascht, Zuspruch zu erhalten. Und – herrje! – was für Augen sie dabei hatte, große, braune und leicht schräg zueinander stehende. Hätten nur noch Tränen gefehlt, glitzernde, nicht abtropfende Tränen, in denen sich Sonnenreflexe brechen, zitternd im Augenwinkel.

Aber nein, sie lachte ihn an – unsicher, erleichtert? – und griff nach seiner Hand, die er längst wieder zurückgezogen hatte, und drückte sie nun ihrerseits, als Dank für sein Verständnis, seine Anwesenheit oder Geduld, und sagte im Loslassen, sie hole ihnen noch zwei Bier, vom Erzählen habe sie einen trockenen Hals bekommen, und schwang ihren Hintern aus dem Schlafzimmer.

Natürlich war ihm noch während Danis Bericht Maik Göhrke eingefallen, und er hatte sich gefragt, ob er nicht wenigstens für Dani Mitleid empfinden sollte, da er schon kein Mitleid mit Göhrke hatte, aus sozialem Anstand und stellvertretend für alle Kinder aus asozialen Verhältnissen – selbstverständlich hatte Dani ihre Herkunft nicht *asozial* genannt –, aber Danis propere Erscheinung verlangte, ehrlich gesagt, nach keinerlei Mitleid, und obendrein besaß sie den Traum von der Modegestalterin, der sie noch einige Jahre trösten würde.

Sie kam zurück, reichte ihm das Bier, schlug ihre Flasche leicht gegen seine, trank einen Schluck und blickte ihn erwartungsvoll an. Less überlegte, was er als Nächstes zu tun hätte, ein wenig zu lange vielleicht, denn Danis Gesichtsausdruck schmolz zu einem pikierten, sodann zu einem amüsierten und endlich zu einem des Erschreckens, genau im selben Moment, da er anheben wollte, zum Dank für ihr Vertrauen oder um noch mehr davon zu ergattern, seine eigene Geschichte zu erzählen, nicht wie sie wirklich war – zu öde! –, sondern angeschmiegt an Danis Geschichte, mit lieblosen Eltern in hoffnungslosen Berufen und geleugneten Alkoholproblemen, Stress in der Schule, Stress mit Mädchen, eine sozialromantische Fiktion seiner Kindheit eben, die Dani möglicherweise gefallen und ihn selbst hätte verwegener erscheinen lassen, eine solidarische Bekundung mit dem Kampf gegen *ihre* miese Ausgangslage. Doch gerade als er ansetzen wollte zu seiner Lüge aus Sympathie, hörte er aus dem Flur über all den Lärm hinweg einen Knall und gleichzeitig Holz splittern und Gerappel und Flüche und harsche, nüchterne Silben im Befehlston. Da hatte sich Danis Gesicht schon wieder gelockert. Sie sah Less an, jenes Blitzen in den Augen, das entschlossenes Handeln begleitet, und sagte: «Die Bullen!», riss die Tür eines Bauernschrankes auf, der in der Ecke stand, und schob Less, der instinktiv aufgestanden war, statt sich zu ducken, ohne Umstände hinein, drehte den Schlüssel, zog ihn ab und schien sich zu entfernen in Richtung der eingedrungenen Staatsmacht.

Draußen brach die Musik ab. Less hörte zwar nicht, was gesagt wurde, sehr gut aber bekam er mit, *wie* es gesprochen wurde, hektisch, stammelnd, in Satzmelodien der Rechtfertigung von den einen, kurz, bündig und mit Ausrufezeichen von den anderen. Rhetorische Geplänkel, Wortscharmützel mit verteilten Rollen, die sich im Flur abspielten. Less hörte, wie das Schlafzimmer betreten wurde, Dani und ein Polizist, die direkt vor der Schranktür stehen blieben.

«Ham die Nachbarn sich beschwert?», Dani.

«Soviel ich weiß, wohnt in diesem Aufgang niemand mehr außer Ihnen, liebes Frollein», der Bulle.

«Ich bin kein liebes Frollein», Dani.

«Nun seinse mal nich so empfindlich, junge Frau», der Bulle.

«Und wieso sind Sie dann hier?», Dani.

«Wir haben einen Tipp gekriegt, Ruhestörung, staatsfeindliche Zusammenrottung», der Bulle.

«Von wem?», Dani.

«Ich bin nicht befugt, Ihnen das zu sagen», der Bulle.

«Und nun?», Dani.

«Nehmen wir die Personalien auf», der Bulle, während er aus dem Zimmer ging. Dani ging ihm hinterher, schabte aber vorher noch mit den Fingern an der Schranktür.

Im Flur wurde es still. Das Feststellen-der-Personalien-Ritual musste begonnen haben: ein und dieselbe fragende Stimme gegen die kleinlaute des jeweils Befragten. Less kannte diese Spielchen. Bei jedem nächtlichen Gang durch die Stadt musste man sich auf einen dieser idiotischen Dialoge gefasst machen.

Es begann damit, dass sich das Schnurren eines gedrosselten Motors in die Aufmerksamkeit schmeichelte, sich unter das Dröhnen der Nacht mischte. Doch erst das Licht eines plötzlich aufgeblendeten Scheinwerferpaares brachte es ins Bewusstsein. Und schon wurde man von einem Streifenwagen überholt, der fünfzehn bis zwanzig Meter in Laufrichtung vor einem hielt. *Toni* hatten diese Kisten in den Kinderbüchern geheißen, in denen die Polizisten alten Omas über die Straße halfen oder heimwehkranke Löwen in den Zoo zurück bugsierten. Und jedes Mal, wenn einer dieser Tonis vor ihm eingeschlagen war, hatte sich Less gefragt, was der Abstand zu bedeuten habe, ob sich die Bullen, während er die fünfzehn Meter schlotternden Schrittes überwand, die Haare kämmten, ob sie ihn im Rückspiegel beobachteten, um aus seinem Gang eine Taktik abzuleiten, und vor allem: was passieren könnte, wenn er sich umdrehen und in die entgegengesetzte Richtung rennen würde. Doch noch bevor er eine Antwort fand, stand er direkt vor der Karosse, in der sich synchron die beiden Vordertüren öffneten und zwei ächzende Bullen ausspuckten.

Dann der Dialog: Guten Abend, Deutsche Volkspolizei, Leutnant Sowieso. Können wir mal Ihre Papiere sehen?

Man sagte besser nichts und fingerte nervös und schuldbewusst den Personalausweis aus der Tiefe der Kleidung. Hin- und Hergeblätter, kurzes Verweilen auf der Seite mit den Visumsstempeln, dann zurück zum Passbild, während einem der andere Bulle mit der Taschenlampe ins Gesicht leuchtete. Bloß nichts sagen! Harmlos tun! Dem Passfoto ähnlich sehen! – Grinste man darauf oder grinste man nicht? – Um Gottes willen: Bloß nicht grinsen!

Wo wolln Sie denn hin, Bürger Less?

Nach Hause.

Um diese Uhrzeit?

Ist etwas später geworden. – Trottel, wieder mal ein Sachse. Kein Wunder die Abneigung hier gegen diesen Stamm.

Und wo kommen Sie her, Bürger?

Von einem Freund.

Und wo wohnt dieser *Freund*?

Dahinten.

Aha, wenn das so ist. – Man bekommt den Ausweis gereicht. Sie gehen jetzt besser nach Hause, hab ich Recht?

Jawoll, Genosse Leutnant! – Scheiße, eine Spur zu zackig, eine Spur zu laut. Und als ob das nicht reichte, auch noch die Hacken zusammengeschlagen und salutiert.

Ach, Sie sind noch nicht richtig müde, Bürger?

Doch, eigentlich schon.

Na dann stelln Sie sich mal an den Wagen. Andersrum, wenn ich bitten darf! Hände ans Dach, Beine auseinander.

Wie in diesen beknackten amerikanischen Filmen. Der andere Bulle kommt heran und tritt einem die Beine noch weiter auseinander. Man muss sich an der Dachkante festhalten, um nicht hinzufallen, dann wird man abgetastet, während der erste Bulle sagt, dass er jetzt die Personalien aufnimmt. Den Ausweis findet der andere in der Innentasche der Lederjacke und reicht ihn zum Abschreiben, und man fragt sich, was sie mit den ganzen Personalien anfangen, schließlich ist es nicht das erste Mal, dass sie einem abgenommen werden.

Ob jedes Mal eine neue Karteikarte angelegt wird, was aber weder mit der *SERO*-Mentalität in Einklang zu bringen ist noch mit der allseits geforderten Effektivitätssteigerung? Oder ob nur noch Striche hinter den Namen gemacht werden, um die Karte nach einer gewissen Anzahl von Strichen – fünf, zehn, zwanzig? – in eine Abteilung höherer Dringlichkeit zu delegieren, mit Sachbearbeitern höherer Renitenzresistenz.

Stehn Sie bequem, Bürger. – Die Papiere werden einem erneut gereicht.

Was hab ich denn gemacht? – *Verbrochen* sagte man lieber nicht in der Rolle des Verbrechers.

Sehn Sie den Platz dahinten? Wo sich die drei Straßen kreuzen? Sie haben jede einzelne vorschriftsmäßig zu überqueren und nicht diagonal drüberzulatschen.

Aber es war nirgends ein Auto zu sehen.

Das spielt keine Rolle

Außerdem bin ich dort gar nicht langgelaufen.

Nun werden Sie mal nicht frech etc.

Es dauerte eine Ewigkeit, bis die Bullen fertig waren. Sie mussten jeden, den sie erfasst hatten, nach Hause geschickt haben, denn als Dani endlich den Schrank aufschloss, waren sie beide allein in der Wohnung. Doch nicht lange. Kurz darauf stand Beck im Zimmer, nüchterner als vorhin, und sagte: «Die Bullen haben das Schloss eingetreten», und dann: «Jetzt brauch ich was zu trinken.»

Dani stand auf und ging in die Küche.

«Ich dachte, du wärst nach Hause gegangen», sagte Less, enttäuscht, dass er nun doch nicht mit Dani allein war.

«Nee, Alter, ich hab mich hinter den Mülltonnen versteckt und gewartet, bis die weg waren.»

«Was war eigentlich los hier?», fragte Less.

«Eine astreine Razzia, Alter, hast du gepennt?»

Less erzählte ihm die Geschichte mit dem Schrank.

Dani kam mit drei Tassen Kaffee herein.

«Bäh», machte Beck, ging in die Küche und kam mit drei Bierflaschen zurück. Less schlürfte pflichtbewusst seinen Kaffee und versuchte, Danis Blicken auszuweichen.

«Ich geh mal pinkeln», sagte Beck und verschwand.

«Warum hast du mich eigentlich weggeschlossen?», sagte Less.

«Keine Ahnung», sagte Dani, «'ne Art weiblicher Instinkt vielleicht.»

«Nein, mal ehrlich.»

«Na ja, ich dachte: Die andern haben sowieso schon alle irgendwelche Vorstrafen oder sind registriert oder haben keine Ausweise mehr. Aber bei dir ...»

«Ich wurde auch schon ein paar Mal hochgenommen», sagte Less.

«Man muss ja das Schicksal nicht herausfordern.»

«Was für ein Schicksal?», fragte Less.

«Beck kommt gar nicht mehr wieder», sagte Dani. «Ich kuck mal, wo er bleibt», und da Less nach dem plötzlichen Ende der Party keinen Grund mehr hatte, sich in ihrem Schlafzimmer aufzuhalten, ging er hinterher.

«Niedlich, oder?» Sie stand in der Wohnzimmertür, an den Pfosten gelehnt, den Kopf leicht schräg, und schaute in den Raum. Less stellte sich hinter sie und sah Beck, der mit ausgebreiteten Armen auf dem Rücken lag, den Kopf zur Seite geklappt, und schlief. Mit der einen Hand hielt er eine Bierflasche umklammert, eine andere war umgefallen, und das ausgelaufene Bier hatte auf dem Linoleum einen kleinen See gebildet, dessen Wellen an Becks Wange leckten. Er schlief mit leicht geöffnetem Mund, in dessen einem Winkel ein Faden Speichel hing wie ein gefrorener Wasserfall.

«Niedlich», sagte Less, halb ironisch, halb ernst, aber nicht ohne Wirkung. Er merkte, dass Dani sich nach hinten sinken ließ, die zehn Zentimeter überwand, die noch zwischen ihnen lagen. Vorsorglich brachte Less seine Arme in Stellung und fing Danis Hüften ab.

Er atmete einen Hauch Parfüm von ihrem Hals, spürte ihren borstigen Hinterkopf an seiner Wange, dann machte sie sich abrupt los. Less stolperte nach vorn, während Dani nach hinten ins Schlafzimmer ging und kurz darauf mit einer Decke wiederkam, die sie über dem schlafenden Beck drapierte. Dann nahm sie die Flaschen, wischte das ausgeschüttete Bier weg und legte Beck ihre zusammengefaltete Lederjacke unter den Kopf.

«Seit er seine Einberufung gekriegt hat, ist ihm alles egal», flüsterte Dani und machte das Licht aus.

«Scheiße», sagte Less, «das wusste ich gar nicht. – Wann muss er denn los?»

«In drei Wochen», sagte Dani und schloss die Tür.

Less bekam ein schlechtes Gewissen, weil er nicht zur Asche musste und ihm trotzdem vieles egal war, auch weil ihn mehr die Frage beschäftigte, ob sich ein weiterer Körperkontakt zu Dani herstellen ließ, als die, wie sich Beck wohl die letzten Wochen in Freiheit fühlte. Überflüssigerweise. Denn Dani schob ihn in ihr Schlafzimmer, und von da an ging alles sehr schnell. Irgendwie fand er sich rücklings auf ihrem Bett liegend wieder, während er fürchtete und doch hoffte, Dani könnte sich vollständig ihrer Sachen entledigen. Er hörte Rascheln und Knistern, Geräusche, die einem Kurzschluss vorangehen. Im nächsten Moment kniete Dani über ihm – all das entfesselte Fleisch –, und freundlich, ja besorgt, fragte sie, ob er schon mal *habe*. Er wusste, noch bevor er an Irenchen dachte, dass er lügen würde, und sagte: Ja. – Peng!

Sie knöpfte sein Hemd auf und zog es aus, auch alles andere, und während sie so über ihn gebeugt an den Klamotten nestelte, schleiften ihre Brüste schwer über Less' Körper, und sie leckte mit ihrer Zunge da und dort, und Less lag da, bemüht, seinen Körper zu beherrschen, höchstens, dass er sich ein wenig wand, doch nicht aus Behagen, eher aus Scham, zumindest hatte er keine Probleme, eine Erektion hinzukriegen, zugleich zweifelte er daran, dass eine Frau diesen Anblick ernsthaft schön finden konnte, dieses Widerhakige, das das ganze Körperprofil versaute, und als sie ihn endlich ausgezogen hatte, legte sie ihren Oberkörper auf seine Brust und senkte ihr Becken auf seines, was ihm im ersten Moment die Luft nahm, und er klammerte sich an ihre Hüften, aus Angst, in der Matratze zu versinken – doch nachdem er eine Möglichkeit entdeckt hatte, trotz des lastenden Gewichts diskret zu atmen, war dieser Druck sehr angenehm, wie ein Deckel kam ihm Danis Körper auf seinem vor, nein: Es war noch was anderes, es war die Freiheit, von jeder Pflicht zur Bewegung entbunden zu sein, nur die Hände noch ein wenig regen zu können, den Körper auf der Stelle zu winden, ohne die Chance fortzukommen. Und so rangen sie eine Weile, bis Less merkte, dass sein … na: Penis schon eine ganze Weile an Danis … na: Vagina entlangfurchte und sie geschmeidig gemacht hatte, und er fragte sich, wie er es nun anstellen sollte, dort hineinzukommen. Er hatte keine Lust, sich aufzurichten und den Lotsen zu spielen, doch schon nahm Dani das selbst in die Hand und dirigierte … und passte … fügte also die beiden Formen zusammen, die positive und die negative. Nie hätte er gedacht, dass dies so schnell gehen könne, ohne großen Widerstand, und er hatte den Eindruck, als habe sich Dani über ihn gestülpt, nicht nur dort unten, sondern ihr ganzer Körper, ja ihre Person, und sie bewegte sich auf und ab, mal langsam und, wie ihm schien: tiefer, dann im Zwischenspurt schneller, was schmatzende Geräusche verursachte, die Less leicht irritierten, aber wohl dazugehörten, sie kreiste mit dem Becken, und während des Auf und Ab schwangen ihre Brüste vor seinem Gesicht wie riesige Köder, und er schnappte mit dem Mund nach ihnen wie ein Fisch, und bekam er eine zu fassen, saugte er an der Brustwarze und kam sich etwas doof dabei vor und ließ sie dann wieder los und schnappte erneut zu, und er sah, dass sich Danis Bauch in kleine Falten gelegt hatte, und er packte ihren Hintern und knetete auf ihm rum und dachte kurz an Irenchens Hintern, wie der in seinen Händen gelegen hatte, und stemmte sich ein wenig gegen Danis Körper, um nicht passiv zu wirken, was Dani aus dem Rhythmus brachte, und er merkte, wie es unten zu zucken begann, was auch

Dani gemerkt haben musste, denn sie verlangsamte das Tempo, aber: zu spät.

Dann hebelte Less Dani so zart wie möglich von sich runter. Sie lagen eine Weile nebeneinander und starrten an die Decke, später stand Dani auf und nahm sich eine Zigarette, rauchte und sah aus dem Fenster, und Less sah Dani verstohlen an, wie sie rauchend am Fenster stand, nackt, und es kam ihm ziemlich komisch vor, dass er eben noch mit ihr ... mit *dieser* Frau, und gleichzeitig war er stolz, dass es gerade Dani war, samt ihrer Frisur, ihrer komischen Kindheit, ihrer Band, ihrer Jugendbewegung, und dann machte Dani das Licht aus und ließ ihn unter die Decke, und Less begannen die Sinne zu schwinden, und er hörte sie noch fragen, ob er schon mal was von Vivienne Westwood gehört habe, und er verneinte es, und während Danis dunkle Stimme ihm erklärte, wer oder was das war, murmelte ihm die seines Halbschlafs eine eigene Erklärung zu, Vivienne Westwood sei ein weiterer Ritter von König Artus' Tafelrunde.

Es ging schon längst nicht mehr um Vivienne Westwoods Reise zum Heiligen Gral, als Becks Stimme Less mit einem «Aufstehn, es ist Mittag!» am nächsten Tag in die Welt der Wachen zurückbrüllte.

Er schoss hoch, und gleich darauf fuhr Dani auf, ohne dass sie es schaffte, sich die Decke an den Hals zu reißen. Less sah, dass Beck etwas sah, das er vorher so noch nicht gesehen hatte und dessen Anblick ihn unter einer Entschuldigung aus dem Zimmer schleichen ließ.

Durchs Fenster fielen die schlappen Sonnenstrahlen eines Herbsttages, der auf der Kippe zwischen den Wettern stand. Dani hatte sich wieder ins Bett fallen lassen, lag mit ausgestreckten Armen auf dem Rücken und blinzelte in die kalte Sonne. So wie sie musste man Sonntage angehen, um sie nicht in eine Katastrophe münden zu lassen, in eine Katastrophe der vertanen Chancen und deren Steigerung: die Meditation über die Katastrophe der vertanen Chancen. Schande, wie man den einzigen erträglichen Tag verstreichen ließ, bloß weil man die zwei, drei Möglichkeiten seiner Gestaltung nicht mit den wenigen wachen Stunden in einen Zusammenhang bringen konnte.

«Na», sagte Dani, lächelnd, freundlich und kaum zerknittert, «wie geht's?»

Less fragte sich, ob sie etwas Bestimmtes damit meinte, und hätte sich gewünscht, sie würde ihn um diese Zeit nicht zu Entgegnungen wie «Gut, und dir?» provozieren.

«Auch», sagte sie, sich räkelnd und schon wieder ins diffuse Licht gewandt.

Was es da wohl zu sehen gab? Das heißt, was sah *sie*, wenn sie nichts sah? Was er in solchem Fall sah, war: *wirklich* nichts. Lichtreflexionen, sich verschlingende Kreise, kleine trudelnde Rudel von Leuchtpunkten, Bildstörungen, schneeiges Flimmern und Miniatursupernova. Schließlich das Schwarze vor Augen, gefolgt von dem Bedürfnis, sich an etwas Unbelebtem festzuhalten. So was.

«Ich geh mal rüber», sagte Less und war in Rekordzeit in seinen Klamotten.

«Ich komm gleich nach», sagte Dani, ohne das Gesicht aus dem Licht zu nehmen.

Beck saß in der Küche. Auch er starrte in die blasse Sonne, zusammengesunken, mit krummem Rücken und wahrscheinlich voll düsterer Gedanken an die nahe Zukunft.

«Hey», sagte Less und legte ihm die Hand auf die Schulter.

Beck hatte drei Frühstücksgedecke auf dem Tisch arrangiert und eine Kerze angezündet. Es gab Kaffee, Toast, Marmelade, Weißwein vom Vortag. Rührend. Sie aßen schweigend, Less, weil er an einer Kondolenz bastelte, Beck möglicherweise, weil er auf ebendiese Kondolenz wartete.

Später stieß Dani zu ihrer Runde, geduscht, parfümiert, appetitlich. Sie benahm sich, als wäre nichts gewesen, hatte eine

Menge netter Worte übrig und moderierte überdies zwischen ihrer beider Schweigen. Dann gingen Beck und Less vom Kaffee zum Wein über. Die Kerze brannte herunter, draußen verstrich die Zeit.

Less wurde unruhig, Dani schweigsam und Beck sank tiefer in seine Lederjacke.

Dann räusperte sich Less, Dani sah ihn an und Beck sagte zu Less: «Ich mach mich vom Acker.» Er stand auf.

Less sagte zu Dani: «Ich muss auch los», und stand auf.

Dani fragte Less: «Gehst du nächsten Samstag zum Konzert?»

Beck sagte zu Dani: «Na klar geht er», und öffnete die Wohnungstür.

Less sagte zu Dani: «Ich komm vorher vorbei, okay?», und: «Wie heißt du eigentlich mit Nachnamen?»

Beck sagte zu Less: «Kuck doch an die Klingel, Alter», und drückte den Lichtschalter im Hausflur, aber nichts passierte.

Dani sagte zu Less: «Also bis dann», drückte ihren Körper an seinen und gab ihm einen Kuss.

Less sagte: «Tschüss», und sah über Danis Schulter in den dunklen Flur nach Beck.

«Puh», sagte Less, als sie vor dem Haus auf der Straße standen.

«Alles im grünen Bereich?», fragte Beck und stieß ihn in die Seite. Auch er schien erleichtert. Sie gingen los, doch noch bevor sie richtig in Trab kamen, blieb Beck vor einer Spätverkaufsstelle stehen, verschwand in dem Laden und kam mit zwei Flaschen Apfelwein wieder raus, ein Bretterknaller für sozial Gestrauchelte und Brigadefeiern.

«Oh, Mann», sagte Less.

«Alter», sagte Beck, «ich brauch das heute.»

Sie hebelten die Kronkorken an einer Haustürklinke ab und liefen dann, jeder eine Flasche in der Hand, die Prenzlauer Allee runter, Richtung Mitte, und keiner schien zu wissen, ob er dem anderen oder der andere ihm folgte. Das Wetter war mild für die

Jahreszeit, das Licht am Verlöschen, Laub lag auf dem Gehweg, wenig Verkehr, niemand, der ihnen entgegenkam. Von Zeit zu Zeit eine kreischende Straßenbahn, der Fernsehturm am dunkelblauen Himmel, rot blinkende Lichter an der Antenne, der einzige höhere Signalgeber.

Sie überquerten die Wilhelm-Pieck-Straße und schlugen den Weg zum Alexanderplatz ein, im Einvernehmen schweigend, synchron an ihren Flaschen nuckelnd. Irgendwann standen sie vor dem Brunnen, auf dessen Rand Less nach seiner Ankunft in Berlin gerastet hatte, und Less fragte Beck, wie dieser Brunnen denn heiße, und Beck sagte *Völkerfreundschaft*, und sie mussten darüber lachen, dass manche Leute so bekloppt waren und nicht mal davor zurückschreckten, einen Brunnen *Völkerfreundschaft* zu nennen, und sie setzten sich mit ihren halb leeren Flaschen auf den Rand von *Völkerfreundschaft*, auf dem schon eine Hand voll anderer Jugendlicher herumlungerte und ein Ghettoblaster stand, der klirrend und übersteuert *Grand Master Flash and the Furious Five* in den Abend spuckte, *White Lines* und *The Message*, wozu vier Jungs in ihrem Alter Elektro-Boogie tanzten und Breakdance auf einem Stück Linoleum, das sie mitgebracht hatten, in weiten schwarzen Hosen, Westturnschuhen, Lederkappen und schwarzen Hemden mit Fledermausärmeln, und sich artig für den Applaus bedankten und die paar hingeworfenen Münzen, bis – es lief gerade *Sugarhill Gang* – sich aus dem Hintergrund einer dieser Toni-Wagen anschlich, mitten über den Platz gefahren kam. Und wieder rief jemand «Die Bullen!», und die Tänzer schnappten sich das Geld und ihre Musik und rollten das Linoleum zusammen, und in null Komma nix hatten sich alle in die umliegenden Unterführungen, Hausdurchgänge, Hecken und Straßen verkrümelt, einschließlich Less und Beck, die ihre Flucht weit fortgetragen hatte, zufällig bis vors *Haus der Jungen Talente*, und da sie schon mal vor dem HdJT standen, beschlossen sie, auch hineinzugehen.

Drinnen war es voll, stickig und heiß, und sie mixten mit wilden Bewegungen das vom Apfelwein verdünnte Blut mit Bier – *This is not a Love Song no no* –, und der Schweiß sickerte ihnen aus den Poren und lief den Nacken hinunter, über den Rücken, unter dem Hosenbund durch, in die Kniekehlen und sammelte sich unten in den Stiefeln, bis sich jeder Schritt anfühlte, als ginge man durch Morast, und Beck hatte drei *Faustan* dabei und zwei *Codein* und eine halbe Packung Dragees gegen Heuschnupfen und ein mattes, zitronengelbes Antidepressivum, das er seiner Mutter geklaut hatte, und aus Solidarität nahm Less eine *Codein* und Beck nahm eine blaue, eine gelbe und eine orange Pille, weil er Kopfschmerzen habe, schlechte Laune und die nächsten Pollen sowieso schon im Anflug seien, und im Saal lief *Rebel Yell* von Billy Idol, dem Verräter, und sie gingen rüber, um es dem Pack zu zeigen, das auf diesen Poser stand, mit seiner Machofaust, hochgerissenen Oberlippe und entblößten Hühnerbrust, und sie stellten sich zwischen die Tanzenden und begannen, hochzuspringen und sich anzurempeln, sodass sich schnell ein Kreis um sie bildete, und als irgendwelche anderen Radaubrüder und Punks und Frustrierte und Nazirocker mit zweifingerhohem Iro sahen, dass sich hier eine Pogo-Epidemie andeutete, sprangen sie auch auf, von den Rändern des Saales, mitten hinein in den Kern dieser Epidemie, und wenig später rempelte sich der halbe Saal an, und es wogte in gefährlichen Wellen gegen die Ränder dieses Wogens, und nur wenn man Teil des Wogens war, wurde man nicht von einer seiner Wellen überrollt. Und dann füllten sie an der Bar die verlorene Flüssigkeit wieder auf, und dann sprangen sie auf der Tanzfläche und dann …

Aber das Beste war, dass es dieses Mal bei alldem nicht ums Balzen ging, nicht um Bassistinnen, sensible Abiturientinnen, wild gewordene Künstlertöchter, Mauerblümchen aus der Provinz oder dandyhafte Lehrerstudenten, sondern nur um sie beide, um Beck und Less, und um eine große Gemeinsamkeit, die ihren Ursprung in jenem Treffen an der eingefrorenen Wurstbude der Schönhauser hatte, eine Gemeinsamkeit, die durch das heutige Frühstück in Danis Küche um eine weitere unerklärliche Zutat angereichert worden war, eine Reihe von gemeinsamen Erlebnissen, die sich anschickte, in emotionale Konspiration auszuarten.

Und als sie rausgeschmissen wurden – weil Feierabend war? wegen ihres Benehmens? –, hieb ihnen die kühle Nachtluft den letzten Funken Verstand aus den Köpfen, eine plötzliche Ernüchterung nach all dem Dunst und Gestank, ein Sauerstoff-Hammer aus der Dunkelheit, der den Rausch verstärkte, statt ihn verfliegen zu lassen, und dessen Schlag sie mit einer letzten Flasche *Stierblut* abzufedern versuchten, auf dem Heimweg, eine schwankende Bahn, gesäumt von zertretenen Kioskaufstellern, umgeworfenen Papierkörben, verbogenen Verkehrsschildern, Arm in Arm grölend und Flüche ausstoßend gegen nichts und alles, unter einem stoischen Nachthimmel mit all dem Sternenkram dran, der den schwarzen, schwindeln machenden Verdacht bekräftigte, dass nichts von Bedeutung war, *vanitas vanitatum*, hätte Nathanael gesagt, und als sie endlich vor der Toreinfahrt in der Choriner angekommen waren und Less stehen blieb, lief Beck einfach alleine weiter, grölend, taumelnd und ungläubig nach oben stierend.

NOVEMBER

Wie durch ein Nadelöhr fädelte sich die Menge durchs Portal nach draußen, floss auseinander, ein kriechender Strom, vierhundert Leute, vielleicht tausend, bis ... Ein Schrei plötzlich, der in der Luft hing, über all den sanften Verabschiedungen, dem Gemurmel guter Laune und einem Anflug von Hörsturz, ein Rufen, hysterisch, durchsetzt von den bedrohlichen Schwingungen wirklicher Furcht, hektische Silben, die aus dem Dunkel des Platzes herübergeweht kamen, Silben, die vom Gewahrwerden des Unglaublichen zeugten und hängen blieben, bis sie abgelöst wurden von einem vielstimmigen Echo, weiblich dominiert, ein Chor der Panik, dessen Lied wie ein schlampig einstudierter Kanon klang: Gefahr im Verzug.

Less konnte nichts anderes tun, als mitzurennen, wollte er nicht überrannt werden von den Flüchtenden oder sich der Gefahr aussetzen, die dort unerkannt in der Nacht lauerte, das Überraschungsmoment auf ihrer Seite. Also rannte auch er, infiziert vom Virus der Angst, sprang über Bordsteine, schlug Haken, schlitterte übers Kopfsteinpflaster und fand sich auf der Kastanienallee wieder, allein, dreihundert Meter weg von der Zionskirche, in der das Konzert stattgefunden hatte. Dani, eben noch an seiner Seite, war verschwunden. Er schlich sich zurück, an die Häuserfront gepresst, bis zur nächsten Ecke und lugte Richtung Kirche: zu dunkel, um etwas zu erkennen. Nur so viel: Getümmel, Rangeleien, die dumpfen Laute aufschlagender Körper. Etwas war dort im Gange, das ihn verharren ließ. Er konnte Stimmen hören, abgehackt, sich überschlagend, Wort und Widerwort. Plötzlich dann ein Anschwellen der Lautstärke, die Vereinigung betrunkener Männerstimmen zu einem Schlachtruf und das Gerinnen der zwei Silben zur Bedeutung in seinem Ohr: *Sieg Heil.*

Scheiße. Less zog den Kopf zurück. Jemand packte ihn von hinten am Arm. Ein kurzer Druck, ein Ziehen, dann ließ er sich fallen, um weniger Angriffsfläche zu bieten, eine halbe Rolle übers Pflaster, auf dem Boden liegend, das Gesicht vorsichtig dem Angreifer zugewandt, schützend die Hand davor, sah er durch das Spalier seiner Finger Beck und dahinter Dani.

Nathanael schmückte ein blaues Auge. Anders als sonst hatte es eine geraume Weile gedauert, bis er die Tür öffnete. Als Less die Schritte des Anarchisten über die Dielen knarzen hörte, drückte er schnell den Daumen auf den Türspion, ein Routinescherz. Eine halbe Minute tat sich nichts, obwohl er sich sicher war, dass Nathanael hinter der Tür wartete. Er nahm den Daumen vom Glas und trat einen Schritt zurück: Die Tür ging auf.

Das verfärbte Auge, die rote Narbe, kombiniert mit den drei Falten auf der Stirn, erinnerten Less an ein Gemälde von Kandinsky. Less sagte, sein Gesicht sehe aus wie ein Gemälde von Jawlensky, und Nathanael sagte, dass er sich selber mal ankucken solle, wie eine Skulptur von Giacometti stehe er in der Landschaft rum.

Was denn passiert sei, wollte Less wissen, ein kühles Glas in der einen, ein Zigarillo in der anderen Hand, er sei hingefallen, sagte Nathanael, bei der Rangelei nach dem Konzert. – Mit den Faschos? – Mit den Faschos. – Ob er sie gesehen habe? – Nicht richtig. – Auf der Flucht also? – Konnte man so sagen, eher während des ungeordneten Rückzugs.

Und es folgte eine zehnminütige Tirade gegen die proletarischen Hinterwäldler und geistigen Tiefflieger, gegen den faschistischen Pöbel und den Mob im Allgemeinen, und auch die Linken seien nicht besser, wenn man sich's genau überlege, eigentlich noch größere Arschlöcher, weil sie ihre Dummheit mit emanzipatorischem Blendwerk umgaben, und obendrein wimmle es von Kontrollorganen, Ausschüssen und Kommissionen noch für den kleinsten Scheiß, für Hühneraugen und Prostataleiden, mit Generalsekretären und Kommissaren und deren Stellvertretern. *Sekretäre!* Da müsse man doch, ehrlich gesagt, sympathisieren mit einem Überfall wie neulich. Purer Hass, blanke Wut und das bisschen bescheuerte Ideologie so erbärmlich vorgetragen, dass man es kaum für voll nehmen könne. *Das* seien die wahren Robbenfresser und Urwaldmenschen, bei denen würde man sogar verstehen, dass sie den Weibern manchmal was reinstoßen *müssten.* Fast schon ein tragisches Missverständnis, dass man deren Feind sei, purer Zufall, genau genommen.

Am Ende hatte Less den Eindruck, das Konzert sei nicht von einer Horde besoffener Boneheads überfallen worden, sondern von Duruttis Kolonne oder einem ähnlich revolutionären Haufen. Und im Übrigen, sagte Nathanael, Less die Klinke in die Hand gebend, sehe seine neue Schnalle auch nicht gerade aus, als stamme sie von einem Botticelli-Gemälde.

Die Frauen sagten, Monika würde in drei Wochen wieder hier anfangen, sie habe eine Tochter, die kleine Mandy, bekommen und eine Dreiraumwohnung in Hellersdorf mit Abstellnische, Durchreiche, Elektroherd, Warmwasser, Zentralheizung. Gar nicht so übel. Ihr Mann habe schon Holz besorgt, Lärchenbretter, für Küche und Stube und Flur, patenter Kerl, manchmal etwas aufbrausend, aber die Monika brauche ab und zu mal eine strenge Hand von wegen ihrer Flausen. Die würde ihm ohne zu zögern Hörner aufsetzen. Was ihr Mann denn von Beruf sei, wollte Less wissen. Berufskraftfahrer, sagten die Frauen, bei einer Möbelspedition. Aha.

Immerhin, in puncto Gemütlichkeit waren die Klassenunterschiede bereits nivelliert, ob Monikas Mann, Wanja oder Delias Eltern als Vertreter dieses merkwürdigen Adels zwischen Handwerk, Gastronomie und Kunstgewerbe: Alle schienen sie ein waldiges Habitat zu bevorzugen.

Nach der Schicht ging Less zum Hauptpostamt und fragte, ob er in drei Wochen seinen Jahresurlaub nehmen könne. In dieser Jahreszeit, fragte die Frau in der Kaderabteilung, warum nicht, sagte Less, junger Mann, sagte die Frau, uns soll's recht sein, und heftete eine Notiz an seine Akte.

Beck, frisch geschoren, saß auf einem Kasten Bier. Die Wohnung war abgedunkelt, die Kakteen verschwunden, das Zimmer in ungewohnter Ordnung. Er wartete auf den Zeitpunkt des Sammelns zur Abfahrt. Das Bier half ihm, die Zeit zu verkürzen.

Less fragte ihn, ob sie noch eine Abschiedsfeier machen sollten, eine Sauftour, einfach um die Häuser ziehen, ins Theater gehen, ins Kino oder ins HdJT, wie neulich, das wäre doch nicht schlecht gewesen, oder?

Ja, sagte Beck, nicht *so* schlecht, aber er solle sich entweder ein Bier nehmen und trinken oder ihn in Ruhe lassen.

Delia sah noch provinzieller aus, als Less sie in Erinnerung hatte. Sie stand im zerstörten Treppenhaus der Choriner, eine silbergraue Reisetasche vor die Brust gepresst, als müsse sie vor dem Staub des Bodens beschützt werden, und fragte ihn, ob er sich noch daran erinnern könne, dass er ihr für eine Nacht Obdach angeboten habe. Er konnte: ein blassblauer Brief, blassblaue Schwäne im Ringelpietz, ihre kalligraphische, schwer nach rechts geneigte Schrift, mit der Anfrage. Ein knappes *Ja!* von ihm auf einer Malewitsch-Kunstpostkarte.

Less sagte, sie solle reinkommen, ihre Tasche abstellen und es sich gemütlich machen. Delia kam zwar herein, vorsichtigen

Schrittes, als zweifle sie an der Begehbarkeit der Bastmatten, behielt aber ihre Tasche in der Hand. Er lotste sie ins Zimmer, bemüht, dass sie nirgends anstoße, und musste dabei an die helle, warme Geborgenheit ihres Elternhauses denken, an die leise Musik aus unsichtbaren Lautsprechern, an ihre Westverwandten, eine Heimat, die, wenn man sie in irgendeine Richtung verließ, immer das Gefühl hervorrief, der Rest der Welt sei Feindesland: eine glückliche Kindheit.

Durch ihre Schüchternheit ermutigt, nahm er Delia die Tasche aus der Hand und stellte sie auf seinen Schreibtischstuhl, das einzige Sitzmöbel im Zimmer. Der Boden schien auch ihm zu schäbig für den schimmernden Stoff.

Ob sie nicht irgendwohin gehen sollten, was essen, ihre Eltern hätten ihr Geld mitgegeben, fragte Delia. Sie ließ ihren Blick nervös durch den Raum schweifen, von der Matratze auf dem Boden über die zentimetergroßen Bohrlöcher, die einst die Konstruktion des Hochbetts gehalten hatten, in Less' Gesicht – oje, so weit ist es also gekommen –, aus dem Fenster auf den Gebäudebatzen mit den zwei laublosen Birken davor und blieb schließlich hängen am *Schokoladenmädchen*, das Less in einem Buchladen nachgekauft und über dem Schreibtisch aufgehängt hatte, obwohl er es scheußlich fand und sich nicht mal die Mühe gemacht hatte, auf der Rückseite nachzulesen, von wem es stammte. Delia wirkte in seiner Wohnung wie das Mitbringsel von einer fernen Reise, ein Andenken an eine Zeit, die einem unwirklich vorkommt, sobald man sie hinter sich gebracht hat, ein Souvenir für düstere Tage.

Also liefen sie los, Richtung Norden, LSD-Viertel, Lychener, Schliemann, Duncker. Noch nie war Less mit einem Mädchen in ein Lokal gegangen, um zu essen, und wusste daher nicht, wohin er Delia führen sollte. Sie gingen schweigend, einen Meter Abstand zwischen sich. Das Pink ihrer Steghose, die in weißen Lederstiefeletten steckte, hielt Less auf Distanz. Hoffentlich traf er niemanden, den er kannte.

Was denn die brennenden Kerzen in manchen Fenstern zu bedeuten hätten, fragte sie, und Less, um sich für ihr Outfit zu rächen, sagte, die wären gegen die Mücken. Im November? Na ja, urbane Mutationen eben.

Sie betraten das erstbeste Restaurant, das auf dem Weg lag, und nahmen im hinteren Teil Platz, das heißt, Less dirigierte Delia dorthin, um aus der Hörweite des Tresens zu gelangen, an dem einige auffallend korrekt frisierte Männer saßen, die sie beim Eintreten spöttisch gemustert hatten, mit Schnauzbärten, Lederwesten, bunten Hemden und weißen Schuhen.

Bei einem nasal sprechenden Kellner mit blondem Deckhaar bestellten sie Steaks, Delia nach Strindberg-Art, Less nach Art der Zigeuner, da er einmal ein Buch von Strindberg gelesen hatte und seither fürchtete, das Steak gleichen Namens könne ebenso fad sein. Durch den Wein, den sie nicht gewöhnt war, wie sie sagte, wurde Delia gesprächig, erzählte von der Schule, ihren Eltern und neuesten Lektüren: kritische Liedermacher und poetische Kabarettisten, die sich zu schwer melancholischen Lyrikbänden aufgeschwungen hatten, wo der Schmerz über die alltägliche Routine einer Liebesbeziehung gleichnishaft für die gesellschaftliche Stagnation stehe, während Less, unfähig, dieselben hämischen Kommentare wie beim letzten Treffen abzugeben, gleichgültig und wie billigend nickte, aber hauptsächlich damit beschäftigt war, über Delias Schulter hinweg zu erkennen, ob sie immer noch Spottobjekt des Tresens waren.

Dass sie Maik Göhrke getroffen habe in der *Pinguin*-Eisbar, sagte Delia, er müsse morgen zur Armee, dass der nach Less gefragt habe und Grüße ausrichten lasse. Göhrke ihm?, bezweifelte Less, ja, er sei ganz anders geworden das letzte Jahr und nicht nur äußerlich, er habe eine eigene Wohnung, andere Freunde in der Kreisstadt, mit denen er an Projekten arbeite. Was das für Projekte seien, wollte Less wissen, und in welche Richtung sich sein Äußeres gewandelt habe, Fleischerhemd, Jeans, Jesuslatschen und ein halbes Kilo Leder um den Hals? Er solle nicht so arrogant sein, sagte Delia, Theateraufführungen, ein 8-mm-Film. Lass mich raten, sagte Less, experimentell. Keine Ahnung, sagte Delia, und dass Göhrke – wie Less mutmaßte: um dem Fass die Krone aufzusetzen – jetzt schreibe, Kurzgeschichten, Gedichte, Fabeln. *Fabeln?* Hatte er ihr all das in der Eisdiele aufgetischt? Ja schon, schließlich waren sie fast drei Stunden zusammen gewesen. Ob er, Less, denn auch schreibe, passen würde es ja, fände sie. Nein, ebendarum nicht, sagte Less, ob *sie* denn schreibe, passen, dachte Less, würde es auch, kam ja schließlich drauf an, was man schrieb, Wanderlieder zum Beispiel oder Fabeln. *Fabeln!* Delia druckste rum, und Less wusste, *dass* sie schrieb, Gedichte wahrscheinlich, die ihr armes Herz nicht für sich behalten konnte.

Less sagte, dass einige behaupteten, jeder sei ein Künstler, na ja, sagte Delia geniert, sie hoffe nur, morgen durch die Prüfung zu kommen.

Da Delia auf einem Dessert bestand, stocherten sie anschließend jeder in einem Eisbecher *Melba* herum, als Less vom Tresen her eine wohl bekannte Stimme vernahm, betrunken und schwerfällig, die *Du dämliche Schwuchtel!* brüllte. Er spähte an Delia vorbei und sah tatsächlich Nathanael auf einem Barhocker hängen, die Hände, die seine Worte wohl unterstrichen hatten, noch immer in der Luft. Der Wirt redete beruhigend auf ihn ein und stellte dann ein Getränk mit zerstoßenem Eis vor ihm ab.

Less zog den Kopf ein, bemüht, sich hinter Delias dürrer Gestalt zu verbergen, die mit dem Rücken zum Tresen saß und so den Grund seiner abschweifenden Aufmerksamkeit nicht mitbekam, die sie und ihr Gerede von der Macht der Poesie allein gelassen hatte. Er konnte jetzt kaum mit ihr am Tresen vorbei, also überredete er sie zu einer weiteren Flasche Wein, was sie zu dem schnippischen Kommentar veranlasste, Maik Göhrke trinke nicht so viel wie er, und ihn gleichzeitig zwang, auf das Thema, das ihr sehr wichtig schien, einzugehen.

Dass die Poesie bestimmte Saiten anschlage, die gespannt wären zwischen Verstand und Seele und ebenjenes Territorium mit Klängen erfülle, das unerkannt dazwischen im Nebel liege, abgeklemmt von den Nervenbahnen und ohne die Kanalisation der Instinkte, dass durch diese Klänge seine Dämonen geweckt würden, lichtscheue Wesen, die in Höhlen und Erdlöchern hausten, die man dort nicht für möglich halten würde, dass sie sodann mit magischen Waffen und Zaubersprüchen einen Krieg gegen die Nachbarregionen begännen, der ihrem imperialistischen Hang zur Expansion entspräche, dass sie derart den Horizont ihres Einflusses erweiterten, ein Einfluss, dem irgendwann der gesamte Mensch dann unterliege – auch die Abschaffung des Menschen genannt –, befallen wie von einem tropischen Virus und dem Hirntod mit Sicherheit geweiht, es sei denn, seine Abwehrkräfte wären stark genug, um im Kampf gegen das Hinterhältige dieses säuselnden Gewimmers zu bestehen, er besäße ein Immunsystem, entstanden durch jahrelanges Ertragen der abscheulichsten Produkte dieser lyrischen Verschwörung, deren einziges Ziel es war, die Welt zum Gesamtkunstwerk zu degradieren, etwas wie ein körpereigenes episches Penicillin also, dessen es bedurfte, um die Basis einer prosaischen Widerstandsbewegung zu errichten und so nicht zum Opfer der fanatischen Poesien zu werden etc.

Vielleicht war die Verblüffung in Delias Gesicht von der gleichen Beschaffenheit wie seine eigene – ein gefrorenes Lächeln in den Mundwinkeln, das nach unten abtropfte –, wenn Nathanael eine seiner verbalen Schwaden in den Raum stellte: die große Fresse als Waffe.

Immerhin fing Delia nicht wieder an, über langweilige Dinge zu reden, von denen sie annahm, sie seien durch das Attribut *poetisch* interessanter zu machen, und auch Nathanael war während Less' Palaver gegangen. Uff.

Ob sie nicht langsam aufbrechen sollten, fragte Less, die Prüfung morgen verlange von ihr Ausgeschlafenheit, und er müsse auch früh raus, zur Arbeit.

In seiner Wohnung zurück, holte sie einen Schlafsack aus der Reisetasche, den sie artig neben seiner Matratze entrollte, und als Less, nachdem er sich eine Dreiviertelstunde in der Küche herumgedrückt hatte, um ihr ausreichend Zeit fürs Entkleiden zu lassen, wieder ins Zimmer kam, schlief Delia bereits, den Reißverschluss bis zum Kinn hochgezogen, das Gesicht von der Kapuze bedeckt, schlief wie ein Baby, geborgen in ihrem gepolsterten Pfadfinderpräservativ aus dem NSA, und trotzdem hätte er wetten können, dass sie darunter ein geblümtes Mädchennachthemd trug.

Am Morgen lag sie noch immer in der gleichen Haltung da, als habe sie sich die ganze Nacht nicht gerührt. Less schrieb auf einen Zettel, dass sie schauen solle, ob sie etwas zum Frühstück finde, dass er schon auf der Arbeit sei und ihr die Daumen drücke für die Aufnahmeprüfung. Als er am Nachmittag zurückkam, fand er einen kurzen Brief von Delia auf dem Küchentisch, in dem sie sich bedankte für seine Gastfreundschaft, feststellte, dass es ein schöner Abend gewesen war und es ihr Freude gemacht habe, sich mit ihm zu unterhalten, dass sie jetzt, da sie diese Zeilen schreibe, schreckliches Lampenfieber und außerdem etwas von seinem Knäckebrot genommen habe, dass seine Marmelade schimmlig sei und sich, falls er sie suche, im Abfall befinde, dass sie seine Eltern von ihm grüßen werde und ihm alles Gute wünsche.

Less fischte das klebrige Marmeladenglas aus dem Mülleimer und stellte es zurück zu den anderen ungenießbaren Sachen, während er sich fragte, ob Delia dem großen, missratenen Herzen, das neben ihrem Namenszug prangte, eine Bedeutung zugeordnet hatte.

Mann Alter – begann ein Brief, den Less eine Woche später in dem namenlosen Kasten fand, den er seiner Wohnung zugeteilt dachte, ein verrostetes Ding mit verblichenen Namensfetzen in

Kinderschrift, ein Palimpsest, an dessen Fortschrift er sich nicht beteiligen wollte, vor allem aber hatte er wegen Robert Schnabels Racheplänen auf eine Beschriftung verzichtet – es ist jetzt drei Uhr morgens, ich sitze auf dem Flur und schiebe Wache auf der Kompanie. Der erste Tag, als wir hier ankamen, war der schlimmste. Im Zug ging es ja noch. Da waren ein paar Typen dabei, mit denen man wenigstens saufen konnte. Aber so viel konnte man gar nicht saufen, wie man gebraucht hätte. Als wir hier ankamen, wurden wir auf unsere Zimmer verteilt, ein Haufen Idioten, kann ich dir sagen. Dann mussten wir in die Kleiderkammer, wo wir Uniformen gekriegt haben, sogar Unterwäsche und Socken und diese ekligen braunen Trainingsanzüge. Mit dem ganzen Mist mussten wir in die Turnhalle und uns ausziehen. Da stand für jeden ein Karton da, in den man seine Zivilklamotten reinschmeißen musste. Dann musste man einen Paketzettel ausfüllen mit seiner eigenen Adresse von zu Hause. Ich habe Danis Adresse draufgeschrieben. Du kannst meine Jacke so lange haben. Dann mussten alle zum Haareschneiden, und dann mussten wir auf dem Flur antreten und wurden zusammengeschissen.

Man muss hier über den Flur rennen, wenn man zum Pinkeln will, jeden Tag Frühsport und nur einmal in der Woche duschen, so riesige Duschräume für tausend Mann. Ausgang hatte ich auch noch nicht. Dann könnte man sich wenigstens mal besaufen. Einer hat sich schon aufgehängt und ein anderer hat sich aus Versehen erschossen.

Ich hoffe, dir geht es gut. Vielleicht kannst du mir ein paar Bücher schicken. Hier gibt's zwar eine Bibliothek, aber da steht nur Scheiße drin. Von wegen wie schön doch alles ist. Aber es ist nichts schön.

Beck

Nicht Wanja öffnete ihm die Tür, sondern Gottfried B. Mahner, wieder einmal bemüht, den Vorteil dessen auszunutzen, der eines anderen Begehr entgegennehmen muss. Es war ein Bedürfnis nach Überlegenheit, das sich bei ihm in einer großen Geringschätzung äußerte, die jedoch in Wirklichkeit eine noch größere Neugier ummantelte und die er stets kombinierte mit den Gesten ostentativen Beschäftigtseins. Das Ganze praktizierte er mit einer Selbstverständlichkeit, die Less bislang nur bei Leuten aufgefallen war, die seltenes Obst in den Kaufhallen hamsterten oder rare Konserven, beeindruckend und ein bisschen zum Schaudern.

Ein seltsames Gefühl, das einmal bewohnte Zimmer erneut zu betreten. Wanja hatte die Spuren seiner Anwesenheit nicht verwischt, die konstruktivistischen Bilder über dem Bett hingen noch immer einträchtig neben Ansichtskarten, Fotos von Pferden und skurrilen Popgruppen, die Radost einmal etwas bedeutet haben mochten, ehe ihr diese Art der Beschwörung gleichgültig geworden war, so gleichgültig, dass sie diese Relikte beginnender Pubertät nicht mal mehr abgenommen hatte.

Am Telefon hatte Wanja gesagt, er würde sich freuen, ihn mal wieder zu sehen, er habe sich an ihn gewöhnt wie an einen Sohn, was kein Wunder sei, bei einer Rabentochter wie seiner. Er solle reichlich Appetit mitbringen und seine kleine Freundin, wenn er wolle. Welche er denn meine, hatte Less gefragt, ob er denn mittlerweile so viele habe, hatte Wanja gelacht. Nö, hätte er nicht, na dann die Kleine von Gottfrieds Soiree, ob er denn auch alleine kommen könne. Könne er schon, aber er brauche sich nicht zu zieren, sie seien ja schließlich verwandt, und das nicht nur *sozusagen*.

Vielleicht hätte Less Dani mitbringen sollen. Doch noch ehe er sie gefragt hatte, war ihm klar geworden, dass sein Onkel jemanden wie Irenchen an seiner Seite erwartete, schmal, niedlich, jungenhaft. Warum sollte er dieses Bild zerstören. Bereits an

Wanjas Tür allerdings, Mahners ausgestreckte Pfote auf seinen Bauch gerichtet und aus dem Hintergrund der Wohnung das alberne Kichern von zwei Frauen vernehmend, die nur deshalb so kicherten, weil sie wussten, dass sie dafür zu alt waren, bereute er seine kleinlichen Skrupel.

Es gab Pilaw, ein orientalisches Gericht, das man mit den Fingern essen musste. Riesige, unzerteilte Knoblauchzehen lauerten wie Minen in dem öligen Reis, der sich in einer einzigen Schüssel in der Mitte des Tisches befand. Eingeklemmt zwischen den beiden Batikschnepfen, denselben, die auf der *Soiree* getanzt hatten und die sich jetzt zierten, kokettierten, sich minutenlang wunderten, dass es Gegenden gab, in denen nicht mit Messer und Gabel …, die ihre Stimmen vor Freude entgleisen ließen in große akustische Unfälle, Mahner gegenüber, der vor Wonne schwitzte, der schmatzte, scherzte, balzte, der erklärte, dass es durchaus Gegenden gebe, in denen nicht mit Messer und Gabel …, dessen Mund glänzte vom Fett, dem Reiskörner im Bart hingen wie Weihnachtskugeln am Tannenbaum, auf Wanjas Beistand kaum hoffend, behauptete Less, er habe keinen Hunger, ein Fehler, denn seine Weigerung löste einen Schwall von Weisheiten aus. Jungen in seinem Alter müssten tüchtig essen, G. B. M., Frauen wollten was zum Anfassen, er solle sich mal Gottfried ankucken, außerdem sei Knoblauch gut für die Manneskraft … die Batikschnepfen, von dem Gericht würde man hundert Jahre alt … er habe dort unten Leute getroffen, die … Wanja. Ein Sturzbach ermüdender Ansichten, den er nur dämmen konnte, indem er unaufgefordert zur Wodkaflasche griff, sich großzügig Stogramm einschenkte und wortlos zu trinken begann, was zwar wiederum zu allgemeiner Verwunderung führte, diesmal jedoch einer wortlosen.

Bevor ihm der Wodka die Umwelt völlig verwarf, teilte ihm Wanja noch mit, dass Radost jetzt auf einem Gutshof in Thüringen lebe, wie sie ihm geschrieben hatte, in einer Art Kommune, zusammen mit anderen stadtmüden Stadtbewohnern, und dass er sie manchmal um ihre Spontaneität beneide, allerdings nicht, wenn er sich als ihr Vater fühle.

Das Taxi, das sein Onkel bestellt hatte, setzte Less vor seinem Haus in der Choriner ab. Während er sich an der schweren Hoftür zu schaffen machte, die aus unerfindlichem Grund den Weg nicht freigeben wollte, schoss ihm durch den Kopf, dass der Abend heute, dass die Anwesenheit in seiner Interimsheimat bei Wanja oder die Sache mit Radost und ihrem kindlichen Album an der Raufasertapete, diese Rückkehr zu Orten, die man … vielmehr zu Personen, die an Orten lebten, zu denen man nicht mehr …, dass das alles irgendwie mit … mit … mit Geschichte zu tun haben könnte, keiner marxistisch-leninistischen natürlich, etwas Kleineres … halt – etwas Größeres, wennschon, ein Geistesblitz, der ihm dann doch etwas seltsam vorkam, angesichts der torkelnden Nacht über ihm, der nächsten Arbeitswoche und der übernächsten, vorerst letzten, und den er ohnehin nicht mehr in der Lage war, auf irgendeinen Sachverhalt zu lenken, um festzustellen, ob dieser Feuer finge und sich dann anschickte zu verkohlen, was jetzt auch nicht weiter Not tat, denn wie von Geisterhand freigegeben öffnete sich das schrundige Tor, als hätte es nur darauf gewartet, dass sich Less über dem wilden Zerren und Ziehen seines Verdachts bewusst würde.

Beck war also in Thüringen, und es schien nicht die geeignete Jahreszeit, sich neue Freunde zu suchen, und eigentlich hatte Less auch keine Lust, welche zu finden. Natürlich war Nathanael noch da, und Dani war auch noch da. Und G. B. Mahner und Wanja, die schon lange keine *Soiree* mehr organisiert hatten, und Werner in seiner Stampe vermutlich. Irenchen mochte sich auch noch irgendwo in der Stadt aufhalten, doch Less hatte es aufgegeben, an ein Wiedersehen zu glauben, das vom Schicksal organisiert würde. Das Einzige, was er tun konnte, war, ein Paket für Beck zusammenzustellen, weshalb er sich auf den Weg in die Kaufhalle machte, Schwedter Straße, instinktsicher zur falschen Zeit.

Unter drängelnden Werktätigen, an den triefenden Plastekübeln mit Milchbeuteln vorbei, die einen säuerlichen Duft verströmten, unter dem dumpfen Kellergeruch von Kartoffeln, der über der gesamten Halle lag, packte er all jene Sachen in seinen Wagen, von denen er annahm, sie könnten Beck irgendwie weiterhelfen: schwarzen Tee, *Mocca-Fix*, Lebkuchen wegen der nahenden Adventszeit, einen Weihnachtsstollen, Schokolade, Zigaretten. Außerdem nahm er vier Gläser Pflaumenkompott mit und drei Flaschen *Blauer Würger*.

Auf dem Weg zur Kasse fuhr ihm von hinten jemand in die Hacken. Im nächsten Augenblick hatte er einen Einkaufswagen im Kreuz, und als er sich umdrehte, um eine Entschuldigung für die rüde Attacke entgegenzunehmen, sah er, dass der, der ihn angegriffen hatte, Robert Schnabel war.

«Oh, Pardon», sagte Schnabel, der heute wieder auf Dichter getrimmt war, Baskenmütze, Trenchcoat, und grinste ihn an. Über seinem linken Auge trug er eine große Narbe. Vielleicht hatte Nathanael ja doch den Federballschläger benutzt. Less war zu perplex, um etwas sagen zu können.

«Und: Wie geht's so?», fragte Schnabel freundlich.

«Äh», sagte Less, «das da neulich … diese Sache in deiner Wohnung …»

«Ach, vergiss es», sagte Schnabel, «ich weiß ja selbst, wie es ist, wenn man jung ist und verliebt. Und ein wenig ungestüm.» Er zwinkerte ihm zu.

Was sollte das denn bedeuten? Verzieh ihm der Dichter? Einfach so?

«Wirklich», sagte Less, «es tut mir Leid.»

«Egal», sagte Robert Schnabel, «schließlich bist du genug gestraft.» Sprach's, rammte Less den Einkaufswagen in die Seite und war im Gewimmel der Werktätigen verschwunden.

Am Abend packte Less das Überlebenspaket für Beck. Am schwierigsten war es, die Konserven zu präparieren. So vorsichtig er konnte, öffnete er die Gläser mit den Pflaumen, goss die Hälfte des Saftes ab und füllte die Früchte mit Schnaps auf. Danach schraubte er die Gläser wieder zu und überpuderte sie mit dem feinen Staub, der unter den Bastmatten lag. Das Zeug musste scheußlich schmecken, aber in Becks Situation war die Hauptsache, dass es drehte.

Und das tat der Schnaps, dessen Rest er sich selbst gönnte, über Stunden hinweg und alleine, währenddessen ein Lebensmüder aus seinem Rekorder jodelte: *Come Armageddon, come,* so lange jedenfalls, bis Less keine Kraft mehr hatte, die Rückspultaste zu drücken und halb sitzend, halb liegend, ein Kinderfoto von Radost unterm Kinn, einschlief: *Come, come Nuclear Bomb!*

JEDER TAG IST WIE SONNTAG

Ich schwöre …», schrie einer der Obermacker, die die Zipfel der Fahne hielten. «Ich schwöre …», echote es aus Hunderten Kehlen über den Platz, «der Deutschen Demokratischen Republik, meinem Vaterland …», «der Deutschen Demokratischen Republik, meinem Vaterland …», «allzeit treu zu dienen …», «allzeit treu zu dienen».

Sekundenlang hing die letzte Silbe des Schwurs in der kohlenmonoxidgesättigten Dezemberluft über Nordhausen, bevor das Tschingdarassabum der Kapelle einsetzte und sie mit Marschmusik wegfegte. Der offizielle Teil der Zeremonie war damit beendet. Als Erstes trampelte die Truppenfahne vom Platz, gleich darauf kam Bewegung in die vier Quadrate aus uniformierten jungen Männern, die unter den Anweisungen eines lamettabehängten Vortänzers ein abstruses Ballett der Dreh- und Wendungen vollführten, ehe sie im ungelenken Gleichschritt wegmarschierten, in Richtung der dreistöckigen Unterkunftsgebäude, die um den Exerzierplatz herumstanden wie Bauklötze. Davor standen ein paar schiefe Pappeln und irgendein propagandistischer Gedenkschrein aus Granit.

Less, der während der Musik automatisch mit den Füßen zu wippen begonnen hatte, sah sich nach Beck um. Vergeblich, denn die Uniformen taten zuverlässig ihren Dienst. Die meisten Soldaten hatten hagere Gesichter, auf denen ein Ausdruck zwischen Scham und Schüchternheit lag.

Es war komisch, dass er und Dani hier als Angehörige Becks auftauchten, zwischen all den Eltern und Freundinnen und Ehefrauen, die eine seltsame Feierlichkeit verströmten und herausgeputzt waren wie die Arbeiter der Hütte, wenn sie mit gemieteten Bussen ins Theater der Kreisstadt fuhren, von der Gewerkschaft mit Karten ausgestattet, die ihnen zum Ersten Mai, zum Frauentag, zum Tag der Republik überreicht wurden.

Dani und Less jedenfalls stachen in ihrer Berliner Kluft ziemlich hervor. Dani trug heute einen schwarzen Ledermantel, der bis zu den Schnürstiefeln ging, ihre Haare leuchteten in den Farben einer Ampel.

«Hey», sagte sie, «da ist er», und zeigte auf eine Ballung Uniformierter, die auf sie zukam. Im Pulk der Angehörigen setzte ein großes Hallo ein, die Soldaten mischten sich unter ihre Verwandten, man fiel sich um den Hals, knutschte herum, Mütter sprachen Worte der Aufmunterung, Väter beschworen ihre eigene militärische Vergangenheit herauf, vor allem die Saufgelage, die sich bei den gelegentlichen Reservistenübungen abhalten ließen.

Als Beck bei ihnen anlangte, fiel er Dani sofort um den Hals. Sein Gesicht lag an ihrem Nacken, sodass Less nicht erkennen konnte, was sich darin abspielte. Dani strich ihm mit der Hand über den Hinterkopf.

«Alter», sagte Beck zu Less, nachdem er sich endlich von Dani gelöst hatte «ich hab vorhin nicht mitgesprochen.»

«Ist mir doch egal», sagte Less.

«*Wirklich*», sagte Beck.

«Lasst uns erst mal abhauen.»

Die Kaserne lag etwas außerhalb der Stadt an einer Fernverkehrsstraße. Es gab weder eine Bushaltestelle, noch hatten sie vorhin am Bahnhof ein Taxi erwischen können. Den Soldaten blieben fünf Stunden, um ihre Vereidigung zu begießen. Um achtzehn Uhr mussten sie zurück sein.

«Die hassen hier Berliner», sagte Beck, der sich bei Dani eingehakt hatte. Sie liefen an Industriegebäuden vorbei.

«Mach dir nichts draus», sagte Less und fischte aus Danis Reisetasche eine Flasche Korn. Er hielt Beck die Flasche vor die Nase. Sie tranken, während Dani die Nase rümpfte. Beck atmete durch und blickte in den Himmel, wo es nichts zu sehen gab.

«Wir haben dir Zivilklamotten mitgebracht», sagte Dani.

«Danke», sagte Beck, «wenn ich damit erwischt werde, geh ich in den Bau.»

Sie kamen durch eine Kleingartenanlage, dann durch ein kleines Wohngebiet, das aus sechs lieblos hingeklatschten Blöcken bestand. In einem der Hausflure tauschte Beck den NVA-Filz gegen Bundeswehrhose und Lederjacke. Dani half ihm dabei, während Less draußen aufpasste, dass niemand kam. Dann liefen sie weiter Richtung Innenstadt, unter einer Eisenbahnunterführung durch, zweihundert Meter lang, finster, rostig und nach Pisse riechend, von oben tropfte es und Rudel von Tauben schissen auf den Bürgersteig runter. Sie passierten eine Schnapsfabrik, aus deren Entlüftungsanlagen weißer Dampf aufstieg. Es stank und die Fabrik, deren Produkte dem Volk zu Visionen verhalf, vibrierte leicht. Sie nahmen jeder noch einen Schluck aus der Flasche, diesmal auch Dani, und landeten am Bahnhof. Dann bogen sie in die obligatorische Fußgängerzone ein, das Schmuckkästchen einer jeden öden Stadt.

Auch die Plakate an den Litfaßsäulen verhießen nichts Gutes: Im Theater wurde eine Operette gegeben, im Kino lief *E. T.*, auf einem Acker vor der Stadt gastierte ein Zirkus, in zwei Wochen eröffnete der Weihnachtsmarkt und in der evangelischen Kirche gab es eine Adventssingerei.

«Noch fünfhundertdreiundzwanzig Tage», sagte Beck. Es begann zu nieseln. Sie schlugen den Weg in die Altstadt ein: ein aufgegebenes Viertel, eine mittelalterliche Totenstadt aus Ruinen, zwischen denen ab und zu ein erleuchtetes Fenster auf letzte Bewohner deutete, vom Krieg zerrissen, die Reste vom Denkmalschutz mit Plaketten versehen, die einen Abriss verhinderten und dafür sorgten, dass die Gebäude durch Wind und Wetter zerrieben wurden. In den Gassen hallte es bei jedem Schritt auf dem Kopfstein, irgendwo schlug eine Kirchenuhr. Das fahle Licht, das sich eben noch mit Mühe durch Schleier triefender Wolken gezwängt hatte, drohte jetzt vollkommen zu verlöschen. Vor einer Kneipe, die «Zum Socken» hieß, blieben sie stehen. Über der Tür schwang eine Socke aus Blech im Wind und machte knirschende Geräusche. Bronzen sickerte das Licht der Gaststube durch die dicken Butzenscheiben. Zumindest hier war das Fachwerk restauriert.

«Lass uns reingehen», sagte Beck.

Nach einem ersten schnellen Bier taute Beck auf und begann, seine Situation zu schildern. In der Uniform vorhin, mit der Schapka über dem schmalen Gesicht und dem steifen Filzmantel am Körper, hatte er so ausgesehen, wie ihn Less in Berlin nie wahrgenommen hatte: kindlich. Und auch seine Erzählung war kindlich, von einer verzweifelten Wut geprägt, die keinen Raum ließ für Sarkasmus.

Beck rutschte immer wieder in laute Hasstiraden ab, die Dani, bevor die gesamte Kneipe sie mitbekam, durch ein beschwichtigendes Wort abbrach, oder einfach nur, indem sie ihm die Hand auf den Unterarm legte. Less hörte gequält zu. Er konnte nichts weiter tun, als sein Bier zu trinken. Jeder Trost von ihm hätte wie Hohn geklungen.

Die Kneipe war für einen Sonntagnachmittag gut gefüllt, die Gäste schienen Stammkunden zu sein, die ihren Frühschoppen verlängerten, in den Abend hinein, an dem das Saufen wieder eine normale Tätigkeit sein würde. Arbeitergesichter allesamt, hager, alterslos, die Frauen ausgemergelt oder aufgeschwemmt, alle in einer Feiertagsgarderobe, die eine Spur zu frisch war, zu gut gebügelt und zu bunt für diesen Anlass. Bier und Schnaps hatten ihre Gesten fahrig gemacht, von Zeit zu Zeit erhoben sich einzelne Wörter aus dem Brei der lallenden Gespräche und standen sekundenlang zwischen den Tabakschwaden im Raum, Wörter, die wohl Zuneigung ausdrücken sollten oder Sympathie, deren rabiate Artikulation sie aber zu Zoten machte. Verlierer allesamt, die belassen werden mussten in den verkackten Situationen, in denen sie steckten, in der Rolle der Relativierer, in die ihre Kinder nachrücken würden, wenn sie selbst am Suff verreckt waren. Und das nur, um nicht ein allgemeines Bewusstsein für das Unglück zu entfachen, für das Unglück der Mehrheit. Beck allerdings schien das Unglück der Krakeeler am Tresen im Augenblick wenig zu trösten.

«Scheißstaat», sagte er.

«Nicht so laut», sagte Dani und blickte unauffällig zum Tresen rüber, von dem unauffällig zurückgeblickt wurde.

Im Laufe der nächsten Stunden füllte sich die Kneipe weiter. Es wurde lauter, und es wurde stickiger. Beck bestellte sich mittlerweile zu jedem Bier einen Klaren dazu, und Less versuchte mitzuhalten, da ihm das die einzige Möglichkeit schien, sein Mitgefühl zu bezeugen. Irgendwann sah Dani auf die Uhr und sagte: «Wir müssen los.» Es blieb noch eine halbe Stunde, bis der Zug nach Berlin abfuhr, den sie nehmen wollten.

«Jetzt schon?», sagte Beck und sah Less an.

Less sah Dani an und sagte: «Ich geh mal aufs Klo.» Er hatte keine Lust auf eine Diskussion. Die beiden sollten das unter sich ausmachen. Er ließ sich Zeit beim Pinkeln und studierte dann die Sprüche an den Toilettenwänden: «Bleibe im Lande und wehre dich täglich.» Pah. Als er wieder herauskam, war Dani nicht mehr da, und in zehn Minuten fuhr der Zug.

«Dani ist schon zum Bahnhof. War ziemlich sauer auf dich», sagte Beck. «Du sollst hinterherkommen. Das heißt, wenn du willst.»

«Ich nehm noch ein Bier», sagte Less.

«Danke, Alter», sagte Beck.

Dieses Problem hatte sich also von selbst gelöst. Er konnte auch einen späteren Zug nehmen, schließlich hatte er Urlaub. Das weitaus größere Problem wurde ihnen aber erst nach einem weiteren Bier bewusst: Die Reisetasche, in der sich Becks Uniform befand, war zusammen mit Dani auf dem Weg nach Berlin.

«Scheiße», sagte Beck, «und was nun?»

Der Zug war bereits seit einer halben Stunde unterwegs, eine Dreiviertelstunde blieb Beck bis zum Zapfenstreich.

«Vielleicht hat sie's ja vorher noch gemerkt und kommt zurück.»

«Meinst du?»

«Lass uns erst mal warten. Besser, du kommst zu spät als in diesem Aufzug.»

«*Bestimmt* hat sie's gemerkt», sagte Beck, «das Zeug ist verdammt schwer.»

«Glaub ich auch», sagte Less.

«Ich geh auf keinen Fall zurück», sagte Beck, nachdem sie drei Stunden gewartet hatten, «die machen mich zur Sau.»

«Du *musst* zurück», sagte Less, «die machen dich so oder so zur Sau.»

«Na, vielen Dank auch.»

«Los, komm», sagte Less und winkte die Kellnerin heran, «ich bring dich hin.»

Schon leicht angeschlagen machten sie sich auf den Weg zur Kaserne. Im Dunkeln sah die Stadt zwar besser aus, dafür stank sie noch mehr als bei Tageslicht. Wahrscheinlich war Asthma hier ein Teil des Lebensgefühls. Während sie liefen, bastelte Less im Kopf an diversen Ausreden, die man den Wachhabenden auftischen konnte, für die Verspätung und die – nun ja – etwas ungewöhnlichen Zivilklamotten, aber keine schien ihm überzeugend genug, um sie Beck vorzuschlagen. Die Lederjacke mit der gesammelten Anarcho-Lyrik darauf könnte er zur Not draußen lassen, vielleicht auch die anderen Sachen. Vielleicht könnte er ja in Unterwäsche durchs Tor gehen und behaupten, er wäre …

«In Deckung», sagte Beck unvermittelt und zog ihn von der Mitte des Bürgersteigs hinter eine Säule. Less hörte Musik und Stimmengewirr, doch nicht das hatte Beck zu seinem Ausweichmanöver veranlasst, sondern eine Militärstreife, die ihnen die Straße hinauf entgegenkam. Drei Mann, ein Unteroffizier und zwei dieser Streber-Soldaten, Kalaschnikows auf dem Rücken, vielleicht noch vierhundert Meter entfernt. Das weiße Koppelzeug leuchtete gefährlich durch die Nacht. Man konnte die Tritte ihrer Stiefel hören. Sie klangen gelassen.

«Los, rein hier», sagte Beck. Die gekachelte Säule, hinter der sie standen, gehörte zum Eingangsportal eines Gebäudes, das zum Vergnügen des Volkes gebaut worden war, zu seiner Zerstreuung, ein Tempel des Zeittotschlagens, wie es ihn in jeder größeren Stadt gab, mit Restaurant, Bar, einem Saal mit Bühne und einer langen Garderobenfront. Dieses Exemplar hier war zweistöckig und in sozialistischem Barock gehalten. Im nächsten Moment schon war Beck durch die offene Tür gesprungen, durchquerte das Foyer und stürmte eine breite Treppe hinauf. Aus dem Schutz der Säule beobachtete Less die Streife. Als sie das Kulturhaus passiert hatte, ging er hinein, um Beck zu suchen.

Oben vor der Saaltür lag eine Lache aus Erbrochenem, daneben saß ein Mann, vielleicht vierzig, und verkaufte Eintrittskarten. Der säuerliche Geruch schien ihn dabei nicht zu stören. Less bezahlte die zwei Mark und ging in den Saal. Ein Blick genügte, und er wusste, dass sich hier der wahre Untergrund amüsierte, derselbe, der sich vorhin in der Kneipe die Kante gegeben hatte. Eigentlich wirkte die Veranstaltung ganz normal, aber es waren die kleinen Details, die sie von anderen unterschieden, von einer Angestelltenfeier etwa, und die in der Häufung eine gnadenlose Auskunft über Her- und Zukunft des Publikums gaben: die Zigarettensorten, der verschüttete Alkohol, das Rot des Kirschlikörs, das Grün des Pfeffis, das die weißen, gestärkten Tischdecken beschmutzte, es waren die halb vollen Gläser, in denen Kippen schwammen, die Batterien leerer Schnapsflaschen, die Flaschen mit süßem Wein, und nicht zuletzt waren es die Menschen selbst, von denen alles Gebügelte, Saubere so schnell abfiel wie von Kleinkindern, die man zum Spielen nach draußen ließ, die Tätowierungen in den Gesichtern, die lauten Stimmen im Dialekt, das Zusammenzucken der Frauen, wenn ihre Männer etwas sagten, die aufreizenden Bewegungen anderer Frauen vor anderen Männern, eine billige Erotik, die irgendwann auch in einem Zusammenzucken münden würde, das Torkeln der Tanzenden. Den Soundtrack zu diesem kollektiven Filmriss lieferte eine Drei-Mann-Combo, die in glitzernden Anzügen auf der Bühne stand, Keyboard, Schlagzeug, Bass, und sich gerade an *Biene Maja* abarbeitete. All das geschah unter grellem Neonlicht, als müsste der öffentliche Auftritt derer, die gewöhnlich im Dunkeln verharrten, besonders kalt ausgeleuchtet sein.

Dann erkannte Less im Hintergrund des Saales Beck, in der Nähe der Bar, und er erkannte, dass Beck in Schwierigkeiten steckte. Er war umzingelt von drei Männern, die ihn zwischen sich herumstießen. Noch sah das Ganze spielerisch aus, aber es war klar, dass das nur die Ouvertüre zu einer handfesten Schlägerei bildete. Schon die Lederjacke mit den Ansteckern hatte wahrscheinlich ausgereicht, diese Leute zu provozieren.

Als Less sich endlich zur Bar durchgewühlt hatte, lag Beck schon am Boden, zusammengekrümmt, das Gesicht auf dem Parkett, die Hände schützend vor dem Kopf. Die drei Schläger standen unschlüssig um ihn herum, als überlegten sie, ob es sich lohnte, nachzutreten. Less, der hinter ihnen stand, überlegte, wie er Beck helfen könnte, ohne selbst eins in die Fresse zu bekommen, doch noch ehe er eine befriedigende Lösung gefunden hatte, wurde er zur Seite gestoßen. Auch die Schläger traten zur Seite angesichts der Furie, die sich lautstark und resolut ihren Weg zu Beck bahnte.

«Verpisst euch», schrie sie und: «Lasst ihn in Ruhe.»

«Der hat hier auf dicke Hose gemacht, Gabi», sagte einer der Typen und wich einen Schritt zurück.

«Halt dein dummes Maul», sagte Gabi, stieß ihn vor die Brust und beugte sich zu Beck runter. Die Schläger verkrümelten sich murrend, und Less ließ einen kurzen Blick über Gabi huschen. Sie hatte fettige, unfarbene Haare, die sich zu keiner Frisur ergänzten, ein talgiges Gesicht und trug einen glitzernden Pullover mit vulgär großem Ausschnitt, den nichts füllte. Sie konnte genauso gut zwanzig sein oder vierzig, und sie sah aus, als rieche sie nach Schweiß.

Less ging um Gabi herum und beugte sich ebenfalls zu Beck runter. Sie roch tatsächlich nach Schweiß.

«Und was willst *du*?», keifte sie ihn an.

«Ich bin sein Freund.»

«Schöner Freund», sagte Gabi und fasste Beck an die Schulter. Beck sah zu ihr hoch.

«Ich wollte gerade …», sagte Less.

«Ich glaub, meine Nase ist gebrochen», sagte Beck und richtete sich auf. Er hatte eine geschwollene Lippe, und aus der Nase sickerte Blut, sehr gemächlich. Less reichte ihm ein Taschentuch und sagte: «Komm jetzt, wir müssen los.»

«Wo denn hin?», fragte Gabi und sah Beck an.

«Zur Kaserne», sagte Less und sah auch Beck an.

«Mann, kapier's doch: Ich kann da nicht mehr hin», sagte Beck, und dann zu Gabi: «Danke.»

«Komm schon», sagte Less und versuchte, Beck am Ärmel wegzuziehen, der sich aber dem Griff entwand und Gabi anblickte, als würde er von ihr eine Entscheidung erwarten. Offenbar war er betrunkener, als Less gedacht hatte, die lange Abstinenz in den Monaten zuvor, die Runden, die Less diskret ausgelassen hatte.

«Ihr könnt zu mir mit», sagte Gabi, «meine Wohnung liegt auf'm Weg.»

Wenig später gingen sie den gleichen Weg zurück, den sie am Nachmittag gekommen waren: Fußgängerzone, Schnapsfabrik, Eisenbahnbrücke. Gabi hatte, bevor sie losgegangen waren, noch eine Freundin aufgegabelt, wahrscheinlich, um sie Less aufzuhalsen.

Während sie liefen, hatte sich Less allmählich zurückfallen lassen und trottete nun ein kleines Stück hinter den anderen her. Er versuchte, an was Schönes zu denken, an Dani und Radost und sogar an Irenchen, obwohl er von ihr kaum noch eine Vorstellung hatte, aber immer wieder blieb sein Blick an den Ärschen der beiden Frauen hängen: ohne Form und ohne Fleisch, als kniffen ihre Trägerinnen die ganze Zeit die Backen zusammen unter den hautengen, glitzernden Kunstfaserhosen.

Aber schlimmer noch war der Anblick Becks zwischen diesen Wracks, Beck, der sich eingehängt hatte, der immer wieder stolperte und so die abscheuliche Troika ins Wanken brachte, was zu grellem Kichern führte, zu Kreischen, zu spitzen Schreien und sinnlosen Worten in einer schmierigen Sprache. All das hallte durch die stinkende Nacht und blieb minutenlang als Echo in ihr kleben, und Less wünschte sich, er wäre vorhin mit Dani nach Berlin gefahren, oder er könnte zumindest jetzt einfach kehrtmachen und die Abfahrt des ersten Morgenzuges in der Bahnhofs-Mitropa abwarten, bei Kaffee und Bockwurst. Aber er konnte Beck in diesem Zustand nicht alleine lassen, und so schlich er hinter ihm her, ohne eine realistische Chance, ein rettendes Bild aus seinem Gedächtnis hieven zu können.

Gabi wohnte in einem der Blocks, in denen Beck nach der Vereidigung seine Klamotten gewechselt hatte, im Erdgeschoss, Küche, Bad, zwei Zimmer. Aber was für Zimmer. Müll, Gestank und über dem Sofa Nacktfotos von Frauen. Bei einer Frau? Er ging aufs Klo, in der Badewanne lagen leere Schnapsflaschen.

Danach setzte er sich aufs Sofa, die anderen mussten sich im Nebenzimmer aufhalten, denn von dort drangen Laute, die er lieber nicht gehört hätte. Dann kam Gabis Freundin rein und blieb nicht etwa stehen oder ging aufs Klo, sondern kam immer näher, zielsicher, und ihr Ziel war ganz klar er, Less. Sie roch nach Fusel und Less lehnte sich, auf dem Sofa sitzend, so weit zurück, wie es ging, aber das Gesicht, dieser Brei aus Gesichtszügen, kam ihm immer näher, sodass er sie von sich stoßen musste, nicht heftig, aber bestimmt, eine zaghafte Notwehr, die sie dennoch auf den Teppich fallen ließ, was jedoch mehr dem Alkohol geschuldet war als dem Stoß. Danach trat genau das ein, was Less befürchtet hatte: Sie brüllte los, beschimpfte ihn, mit Worten, die er nicht verstehen konnte, und kurz darauf erschien im Türrahmen des Nebenzimmers Gabi, nackt, ohne ein Bettuch vor den Körper genommen zu haben, schamlos, ein Anblick, der Less würgen machte, die blauen Flecken an den Beinen, die hängenden Brüste und ein seltsam verformter Bauch, und Less hätte sich wirklich gewünscht, dass Beck im Zimmer geblieben wäre und nicht im nächsten Moment neben Gabi gestanden hätte, gleichfalls nackt, sehnig und muskulös, gleichfalls vom Alkohol enthemmt und – mit halb erigiertem Glied.

Und mitten in das Gezeter hinein begann jetzt auch Less zu schreien, an Beck gerichtet, was er hier eigentlich mache, dass er sich mal ankucken solle, und diese asozialen Schlampen …

Aber Beck schrie nur zurück: «Hau doch ab, wenn's dir nicht passt», und es klang hysterisch, so wie Beck noch nie geklungen hatte. Dann verschwand er wieder im Zimmer, und Gabi schwankte ihm nach und schließlich auch Gabis Freundin, und wenig später drangen erneut Laute heraus, die Less in die Küche trieben, alle Türen hinter sich schließend. Das Radio angestellt, den Kopf auf die Tischplatte gelegt, zwischen Eierschalen und Wurstpellen, schlief er schließlich ein.

Es war noch immer dunkel, als er am Morgen von Beck geweckt wurde, eine leichte Berührung an der Schulter. «Ich geh jetzt los», sagte Beck, «wenn du immer noch willst ...»

«Klar», sagte Less, «ich bring dich noch.» Über Nacht war Becks Gesicht angeschwollen, um die Augen und den Mund, auf dem Nasenrücken hatte sich ein verkrusteter Höcker gebildet.

Sie liefen schweigend nebeneinanderher, nur einmal sagte Beck: «Scheiße», und dann nochmal: «Scheiße.»

«Schon gut», sagte Less, aber es war nichts gut.

«Wenn ich dran denke ...», sagte Beck.

«Schon gut», sagte Less nochmal, aber lauter und bestimmt, obwohl er nicht wusste, was Beck meinte. Die Industriegebäude am Wegesrand summten leise vor sich hin. Dann standen sie vor dem Kasernentor. Hinter dem Zaun herrschte bereits geschäftiges Treiben, Soldaten rannten hin und her, LKWs fuhren herum, ein riesiger Flutlichtscheinwerfer tauchte den Exerzierplatz in ein milchiges Licht. Die Tür der Wachstube ging auf, und der Dienst habende Unteroffizier trat an den Schlagbaum. Less sah, dass im Inneren der Wachstube ein Soldat zum Telefonhörer griff und eine Nummer wählte. Beck ging drei Schritte vorwärts und blieb dann stehen. Der Unteroffizier hob den Schlagbaum. Über den Exerzierplatz marschierte eine Militärstreife und hielt zügig auf das Tor zu. Less hätte Beck gern etwas zugerufen. Der aber stand noch immer da, regungslos, Sekunde um Sekunde. Endlich rührte er sich, verschränkte die Hände im Nacken und winkelte die Ellenbogen nach außen ab. Dann senkte er den Kopf und ging langsam los. Noch ehe Beck beim Schlagbaum angekommen war, drehte Less den Kopf weg und lief los in Richtung Bahnhof.

Drei Wochen später schlingerte Less über die Allee der Kosmonauten, die Augen voller Sand, den der Fahrtwind von vorbeifahrenden W50 auf ihm ablud. Fiese Regenböen drängten sich zwischen die Hochhäuser und verquollen neben seinem Kopf zu mächtigen Wirbeln. Er verspürte ein leichtes Jucken auf der Netzhaut. Ein Pappteller in einem fünfzig Meter breiten Windkanal war nichts gegen ihn, der nun wie ein unbemanntes Flugobjekt in dieser Allee herumgeisterte und der gerade dabei war, aus einer so imaginären wie verbindlichen Umlaufbahn zu trudeln, doch nicht um loszuschießen in die unendlichen Weiten des Alls, in Gegenden jedenfalls, von denen niemand mehr erwartete als eine Hand voll Amöben unter violetten Sonnen, sondern einfach um auf der Stelle zu entgleisen und sich dann quer zu stellen, der also dabei war, ein handfestes Hindernis zu werden, orbitaler Schrott, sozusagen, an dem sich vorerst nur der Wind stoßen würde.

Von einem Flaneur hatte er nichts mehr, eher glich sein Vorwärtskommen den Sprüngen eines Ziegenbocks, wenn er, Sturmpeitschen vorausahnend, blitzartig hinter Müllcontainer sprang oder Schutz suchend in Bushaltestellen verschwand, sich von Blockecke zu Blockecke kämpfte, bis er endlich in einen der herumliegenden Mehrzweckwürfel flüchtete, in dem ein Jugendklub der FDJ verschlafen neben einer Schneider-PGH namens *Heiße Nadel*, einer Frisör-PGH *Donauwelle*, einer Post, einem Restaurant und einer Fleurop-Dépendance koexistierte und damit in schöner Weise das Konzept der Lebensweltplaner verkörperte, die sich in ihren Entwürfen stets um kurze Wege fürs Volk bemühten.

Er war wegen Dani hierher gekommen, nach Marzahn, in den Stein gewordenen Willen zur Behausung der werktätigen Massen, eine beängstigende Weite, mit Quadern bestückt, die sich am Horizont in die Wüste des Umlands verlief, aus der rachelustig die aggressiven Winde in sie hineinströmten, ein Wohngebiet mit dem Ausmaß einer Ideologie und mit deren Charme.

Seit der Fahrt nach Nordhausen hatte Less Dani nur ein einziges Mal gesehen, und genau dieses Mal war es, das ihn von weiteren Besuchen Abstand nehmen ließ. Als er endlich den Mut aufgebracht hatte, bei ihr zu klingeln, lag die Vereidigung bereits eine Woche zurück. Es war ein Sonntagnachmittag, und sie saßen in der Küche. An den Fenstern hingen die Schlieren eines deprimierenden Wetters. Less nippte an einer Tasse Kaffee, während er Danis Modeentwürfe betrachtete, um deren Vorführung er gebeten hatte, ein Versuch, sich zu entschuldigen, wofür auch immer. Dafür vielleicht, dass er sie allein nach Berlin hatte zurückfahren lassen, dass er Becks Amok-Nacht nicht verhindert hatte – von der sie hoffentlich nichts wusste –, dass ihn bereits jetzt die kleinen Unregelmäßigkeiten in ihrem Gesicht zu stören begannen, ein Leberfleck etwa neben der Nase oder der leichte Ansatz zum Doppelkinn. Aber Dani blieb kühl, reichte ihm mechanisch ein Blatt nach dem anderen, ohne auf seine bewundernden Kommentare einzugehen. Immerhin hatte sie ein paar Kerzen angezündet.

Less fragte, eigentlich nur um *irgend*etwas zu sagen, ob sie noch Musik mache, und zu seinem Erstaunen bejahte Dani und erzählte, dass sie demnächst sogar um ihre Einstufung spielen würden, diesen Bürokraten-Wisch, den sie brauchten, um öffentlich auftreten zu dürfen. Sie hätten sich umbenannt, hätten andere Texte, poetischere – schon wieder: *poetischere* –, und auch die Musik sei diffiziler, nicht mehr nur das olle Vier-Viertel-Punk-Geschrammel. Sie hätten jetzt einen Gitarristen, der *richtig* spielen könne, Musikschule und so.

«Und Beck?», fragte Less, und hätte er geahnt, was folgen würde, hätte er sich die Frage verkniffen, denn Dani begann ihn anzukeifen, kein Keifen im herkömmlichen Sinn, sie keifte besonnen, falls es das gab, ohne das Gesicht zu verziehen oder rot zu werden oder dass sich ihre Stimme überschlug. Eigentlich sprach sie nur etwas lauter, beschleunigte den Rhythmus des Sprechens und ließ die Sätze härter ausklingen. Das Zweite, das ihm auffiel, war, dass sie Floskeln benutzte, die Less bislang für die zwischenmenschlichen Passagen von Kinofilmen reserviert glaubte, nützliche Standardeinleitungen, die signalisierten, man könne ab sofort weghören, ohne Nennenswertes zu verpassen. Aber die Aggression war unverkennbar, und der Tenor der Tirade auch: Er allein war schuld, und zwar an allem, was Beck widerfahren war.

Wahrscheinlich auch daran, dass Dani Becks Uniform nach Berlin mitgenommen hatte und Beck aus der Band geworfen worden war, aber Less hätte es nie gewagt, das laut zu sagen. Stattdessen ließ er das Skizzenblatt, das er noch immer in den Händen hielt, rotieren und dachte an die letzte Szene in Nordhausen, den Show-down am Schlagbaum und für wen Beck wohl die theatralische Pose eingenommen hatte.

Less stand auf und sagte, er werde gehen und sie brauche ihn nicht mehr zur Tür bringen, er finde selber hinaus. Er wollte sowohl sich als auch Dani eine Abschiedsszene ersparen, verlegen zwischen Tür und Angel, um Worte ringend, die womöglich Zuneigung und Zurechtweisung ausdrücken sollten und das Bedauern dieser Zurechtweisung, um Gesten vielleicht, die dem gleichen Ziel dienten. Im Moment hätte er ihr nicht einmal die Hand geben können, obwohl er sie schon ganz gern angefasst hätte, woanders.

Dani sagte «Tschüss» und Less: «Bis dann.»

Da Nathanael nicht hatte mitkommen wollen in den Klub, wo die Einstufung während eines öffentlichen Konzerts stattfand, stand Less, erschöpft noch vom Kampf gegen das Wetter, allein dem Türsteher gegenüber, einem dieser Musterjugendlichen, denen der offene Hemdkragen aus dem Pullover ragte, wahrscheinlich mit Bester-Lehrling-Urkunde an der Kinderzimmerwand neben Karat-Postern, Rolling-Stones-Zunge und Never-Euroshima-Aufklebern. Der Typ verzog das Gesicht und riss Less' Eintrittskarte ab.

Drinnen lief leise Musik vom Band. Gemächlicher Barbetrieb, Publikumsgeschnatter: alles normal. Less holte sich einen Gin Tonic und fläzte sich in eine der Sitzgruppen im hinteren Teil des

Raumes, von der man sowohl Bühne als auch Toilettentür, Eingang und Bar einsehen konnte. Es war dunkel, aber nach den fallwindgeplagten Magistralen draußen behaglich warm, und da er schon mal saß, ließ er seine Augen zufallen und die Sinne abdriften, in irgendeinen leichten Traum hinein, in dem Gläser klirrten und Füße über Linoleum scharrten. Die ersten Anschläge auf einer E-Gitarre holten ihn zurück in die Gegenwart des Klubs, doch noch war die Bühne verwaist, nur schemenhaft huschten Gestalten zwischen den Equipment-Türmen hin und her. Das Publikum war zahlreich erschienen, sowohl Jugendliche aus der Gegend in *Germina*-Turnschuhen und türkisfarbenen Sweatshirts als auch solche, die aus der Stadtmitte hierher gekommen waren, schwarz gekleidet, mit Lederjacken, schwerem Schuhwerk, finsteren Blicken und lässigen Gesten. Less versuchte zu raten, wer zur Einstufungskommission gehörte, doch er konnte weder Jacketts ausmachen noch Parteiabzeichen oder FDJ-Bonzen in blauen Hemden.

Mit dem ersten Akkord gingen die Spots der Bühnenbeleuchtung an, ein weißes, geradezu sauberes Licht, das herunterknallte. Less erhob sich aus der Sitzgruppe, und, halleluja!, da stand *sie*, Dani, in voller Pracht und Größe, nahe am Bühnenrand, eine Bassgitarre umgehängt, und die Kurven ihrer Hüften harmonierten mit den Kurven des Instruments, und in ihren Boots wirkte sie, als könne sie nichts umhauen, *bodenständig*, und im Kontrast dazu ihr blasses Gesicht, wie sie es mal anhob, und es schien, als schaue sie über die Köpfe des Publikums hinweg, als gebe es dort was zu sehen, etwas sehr Bedeutsames, und es dann wieder dem Instrument zuwandte, ein Gesicht, das aus einer Perspektive besonders schön wirkte: aus Less' Perspektive. Und ehe er sich an Danis Anblick gewöhnt und sämtliche Überlegungen hinweggefegt hatte, die alle nur darum kreisten, was gewesen wäre, wenn … oder besser: wenn nicht …, waren schon drei, vier Stücke heruntergespielt, ohne dass Less etwas von Musik und Texten mitbekommen hätte, und also auch nicht von der neuen Qualität, die ihm Dani angepriesen hatte. Jedenfalls waren alle Bandmitglieder in ein unverfängliches Schwarz gekleidet, es gab kein einziges Anarchie-A mehr, keine Anstecker mit Parolen, keine Nietengürtel oder gar Hundehalsbänder. Sie waren offensichtlich vorangeschritten auf dem Weg, den Beck bislang verhindert hatte und dessen Ausgangspunkt Punk war und dessen schwammiges Ziel irgendwie *New Wave* hieß, ein Weg, der nebenbei den Vorteil hatte, dass er aus halblegalen Probekellern in die Jugendklubs der FDJ führte, das heißt, falls die Sache mit der Einstufung klappte. Aber die Zeit dafür war günstig, und das Publikum aus der Innenstadt tanzte wild fuchtelnd, was die Kommission nicht übersehen konnte, und Beck war weit weg und eingesperrt.

Dann hörte Less eine lange Rückkopplung, Applaus und die Stimme des neuen Gitarristen, dieses Absolventen einer Musikschule, der jetzt den nächsten Song ankündigte, einen brandneuen, wie er sagte. Im Vergleich zu den anderen Stücken war er langsamer, vorangetrieben allein durch Danis trockenes Bassspiel, während Becks Stellvertreter überdeutlich den Text ins Mikrofon sprach, als könne er durch die penible Artikulation der Kommission die politische Unverfänglichkeit beweisen, und dieser Text ging ungefähr so:

Und wenn der Regen fällt
so sauer und dauerhaft auf die Welt
bleibst du hier oder gehst du weg
bleibst du hier oder gehst du weg

ein Gefühl, manchmal, das da kommt
nicht so schwer zu verstehn
alles wird okay, irgendwas wird gehn
alles wird okay, irgendwas wird gehn

doch falls du gehst, gehst du allein
weit weg, über Wellen, Wasser
tote Tage, Ozeanhasser
nasse Tage, Ozeanhasser.

Poetischer eben. Die schwarz gekleidete Menge allerdings schien das nicht weiter zu stören, sie jubelte, und auch Less war der Text im Moment egal, denn ihn störte etwas ganz anderes, etwas, das soeben auf der Bühne vor sich gegangen war. Dani hatte jeweils den Refrain mitgesungen und dazu den Kopf zum Mikrofon des Sängers geneigt und einmal diese Bewegung zu ruckartig ausgeführt und war also mit dem Sänger zusammengestoßen, Stirn gegen Stirn, ganz leicht nur, aber sie hatten einander angesehen, ganz kurz, und zunächst erschrocken, aber dann sofort lächelnd und nicht nur wie zur Entschuldigung, und als das Stück zu Ende war, hatte Becks Stellvertreter eine Selters-Flasche vom Boden geangelt und sie Dani gereicht, und während Dani trank, war er ihr mit der flachen Hand über den nackten Oberarm gefahren, auch nur ganz kurz, und hatte sie dabei schleimig angeblickt, nein: nicht schleimig, schlimmer: so, als vergöttere er sie. Oder zumindest, als wolle er ihr an die Wäsche. Und Dani hatte die Flasche abgesetzt und seinen Blick erwidert, mit ihren Rehaugen, und vielleicht war sie ja nur froh, dass das Konzert so gut lief, und vielleicht würde sie sich auch nur deswegen nachher an die Wäsche gehen lassen, aber sie *würde* es, und das ließ sich selbst aus zwanzig Meter Entfernung erkennen, dafür sorgte schon das weiße Licht der Pause.

Als Less wenig später auf die Straße trat, diese schnurgerade Einfall- und Beschleunigungsschneise alles Windähnlichen, hatte es aufgehört zu regnen. Gutmütig lagen die Wohnblöcke jetzt in der Gegend herum, und die vielen erleuchteten Fenster ließen den flüchtigen Wunsch in ihm aufkommen, er möge hinter einer dieser Wände zu Hause sein, was ihm wenigstens den endlosen Rückweg in die Stadtmitte erspart hätte.

Seit Monika, deren Vertretung er gewesen war, wieder arbeitete, setzte ihn die Hauptpost als Springer ein, was bedeutete, dass er beinahe wöchentlich in ein anderes Revier wechseln musste, immer dann, wenn jemand krankfeierte. So lernte er, ohne es zu wollen, die halbe Stadt kennen, und das reichte. Es war wieder mal Winter, und die Hände froren einem am Lenker fest, und wenn man versuchte, die Briefe mit Handschuhen aus den sortierten Bündeln zu ziehen, fiel der ganze Mist in den Dreck.

Er hätte nicht gedacht, dass es so einfach war, aber es war so einfach. Er ging in die Kaderabteilung und kündigte. Er musste nicht mal eine der einstudierten Ausreden bemühen. Die Frau hinter dem Schreibtisch nahm sein Anliegen zur Kenntnis, wies ihn auf den Papierkram hin, der noch zu erledigen sei, und damit war die Sache vorbei. Zum Abschied wünschte sie ihm viel Glück, was immer sie dabei im Kopf haben mochte. Kurz überlegte Less, sich von den Frauen zu verabschieden, aber er ließ es schließlich, weil er wusste, dass auch Monika dort sein würde.

Das erste Mal in seinem Leben verbrachte er Weihnachten nicht bei seinen Eltern. Er schrieb ihnen, er würde mit Wanja feiern, und zog diese Möglichkeit kurzzeitig sogar wirklich in Betracht. Aber wann immer er mittlerweile an Wanja dachte, drängte sich im nächsten Moment die feiste Gestalt Gottfried B. Mahners in seine Vorstellung, onkelhaft und oppositionell und jovial, singend und reimend, und keine Sekunde später folgte ihm eine Schar verwelkter Elfen, von denen der letzte Fetzen Charme längst abgeblättert war, vermutlich bereits an der Schwelle zu den achtziger Jahren. Nein, es ging nicht, wo es doch schon einer enormen Anstrengung bedurfte, diese meist gut gelaunte, manchmal auch zornige Truppe wieder aus der Vorstellung zu verjagen, hatte sie sich dort erst mal eingenistet,

Schnaps trinkend, dichtend oder, dann eine Oktave tiefer, über Umweltschutz salbadernd. Also blieb er zu Hause, in seinem trapezförmigen Zimmer, ausgerüstet mit zwei Zentnern Briketts, Zigaretten, Büchern und einem Mix diverser Alkoholika, um dem Feiertagskoller zu entgehen, der ihn aber, wie nicht anders zu erwarten, dennoch heimsuchte und der seine Klimax gegen Mitternacht des letzten Tags des Jahres erreichte: prost Neujahr!

Ohne dass Less besonderen Anteil an ihnen genommen hätte, verstrichen die ersten Wochen des neuen Jahres, ereignislos und kalt, und er war gerade dabei, sich an diese Form des Zeitüberstehens zu gewöhnen, einschließlich des nun häufig aufkommenden Verdachts, damit das zu praktizieren, was offiziell *asoziale Lebensweise* hieß – ohne Arbeit auskommen zu können und ohne besondere Lust auf welche – und wohl auch strafbar war, als ihm eines Tages, es war Anfang Februar, einmal mehr sein Briefkasten, der noch immer ohne Namenszug auskommen musste, eine Nachricht von der Welt da draußen lieferte. Von *sehr* weit draußen, genau genommen: aus einer anderen Welt. Das Kuvert, das sie enthielt, war aus holzigem Papier und nicht adressiert, und Less hatte zunächst gehofft, dass es ein Versöhnungsangebot enthalten würde, von Dani, die ja um die Ecke wohnte und den Brief im Vorbeigehen eingesteckt haben könnte. Doch nicht Dani schien sich mit ihm versöhnen zu wollen, sondern Robert Schnabel, Dichter, Kordhosenträger und Opfer einer Faustattacke. Seltsam, dass dies Less' erster Gedanke nach der Lektüre war: zwei eng beschriebene Seiten, in einer Handschrift, die er nicht kannte, die sehr klein war und deshalb kindlich wirkte, auf glattem weißem Papier, das duftete wie die Seiten eines druckfrischen Buches. Less' Befürchtungen des letzten Jahres waren also berechtigt gewesen: Schnabel hatte herausbekommen, wo er wohnte, denn es konnte nur der Dichter gewesen sein, der den Brief in seinen Kasten geworfen hatte, und –

genau – im Brief selbst stand ja drin, dass Schnabel sein Überbringer sein würde, wie Less nach einem zweiten Lesen feststellte. Ein drittes Mal las er den Brief nicht, wozu auch, denn der Brief stammte natürlich nicht von Robert Schnabel, sondern von Irenchen, und in der Kopfzeile, vor dem Datum, stand nicht Berlin oder Leipzig oder Dresden, sondern *München*.

Less fragte sich, warum sie ihm schrieb, was sie damit bezweckte. Dass sie offensichtlich den gemeinsamen Abend, die Nacht und den folgenden Tag nicht vergessen hatte, war schön, doch es nützte nichts mehr, im Gegenteil. Hatte er bislang bei jedem Gang durch die Stadt … nein, nicht gehofft, aber die Möglichkeit nicht ausgeschlossen, ihr zu begegnen, durch Zufall, Schicksal, Fügung, durch irgendeinen mystischen Schnickschnack eben, so würde die Stadt in Zukunft geheimnisloser sein, nicht mehr als eine Ansammlung morscher Häuser, in denen Menschen lebten, die einen nicht sonderlich interessierten. Er würde einkaufen gehen, um einzukaufen, mit der Straßenbahn fahren, um von A nach B zu gelangen, mehr nicht.

Irenchen schrieb von Aufnahmelagern und Übergangslagern und dem Umzug nach München und dass sie nun auf ein Gymnasium gehe, um das Abitur zu beenden, und schon neue Freunde gefunden habe, die in der alternativen Szene wären, und dass ihre Eltern gute Stellen gefunden hätten und dass der Kontrast ungeheuerlich sei, zwischen München und Ost-Berlin – *Ost*-Berlin! – und ob sie ihm irgendetwas schicken solle, ein Buch zum Beispiel, das es bei ihnen nicht gebe – *bei ihnen!* –, sie könne sich noch erinnern, wie er erzählt habe, dass er gern lese, und dass sie sich freuen würde, von ihm zu hören, und wenn er ihr schreiben wolle, solle er den Brief an Robert Schnabel schicken, der ihn weiterleiten würde – ausgerechnet an Schnabel: die Fistelstimme als *Postillon d'Amour!* –, und dass sie ihm wünsche, er möge das alles überstehen, ohne Schaden an der Seele zu nehmen.

Sie hatte wirklich geschrieben, *Schaden an der Seele zu neh-*

men, und Less fragte sich, was das *alles* sein sollte, das zu einem Schaden an der Seele führen konnte, mal abgesehen davon, was eine Seele war. Nicht um diese Frage zu klären, aber durchaus auf einen Rat in der Sache aus, begab er sich zu Wanja, doch Wanja war nicht zu Hause, auch am nächsten Tag nicht und am übernächsten, und er ging nicht ans Telefon. Eine halbe Woche ließ Less verstreichen, ehe er einen neuen Versuch startete, abermals vergeblich. Womöglich hatte Wanja Urlaub und war aufs Land gezogen, um zu aquarellieren, in eine dieser Fischerkaten, von denen es schien, dass sie nur zu diesem Zweck gebaut worden waren, oder er hatte eine Freundin, bei der er zeitweilig wohnte. Nur einer in der Stadt konnte ihm darüber Auskunft geben.

Kaum hatte Less geklingelt, flog die Tür auf, als gelte es, sie aus den Angeln zu reißen, und G. B. Mahners Flanellkörper schnellte aus dem Rahmen, hinein in den Hausflur, in dessen Tiefe sich Less angesichts der Wucht des Empfangs zurückgezogen hatte. Der Barde grapschte nach Less' rechter Hand, die er ihm nicht hingestreckt hatte, und umschlang sie mit seinen fetten Pranken. Less schwante nichts Gutes, und das miese Gefühl wurde nicht besser, als er mit Mahner in der Küche saß, ein Glas Wodka vor sich, das G. B. M., ohne zu fragen, vor ihm abgestellt hatte. Noch hatte er sein Anliegen nicht vorgetragen.

«Du bist wegen Wanja hier?», sagte Mahner.

«Ja», sagte Less, «ich kann ihn nicht erreichen.»

«Kannst du auch nicht», sagte Mahner, «er ist verhaftet worden.»

«*Verhaftet?*»

«Ja.»

Es war am Rande eines offiziellen Umzugs passiert, jährlich abgehalten zum Gedenken an die zwei Arbeiterführer Rosa Luxemburg und Karl Liebknecht, ein Paar, dessen Anblick Less noch aus den Geschichtsbüchern vertraut war, sie sehr melancholisch, die Hälfte des Gesichts im Schatten, er trotzig irgendwie, mit steifem Hals in steifem Kragen, ein Marsch mit gesenkten Köpfen, der an einem Grabstein endete, an dem dann zentnerweise Nelken abgeworfen wurden, erst von der Parteiführung, dann vom Volk, das sich durch diese Pflichtveranstaltung um sein Wochenende betrogen glaubte. Dieser Zug nun war unterlaufen worden von einer Hand voll Oppositioneller, *Bürgerrechtler*, wie sie G. B. M. nannte, die üblichen Pfaffen wahrscheinlich und Kirchgänger und Öko-Hippies und Teetrinker, die es jedoch fertig gebracht hatten, ein Transparent zu entrollen, auf dem sie ihre oppositionelle Meinung kundtaten oder das, was sie dafür hielten. Nicht ungestraft, was klar war und, wie Mahner sagte, sogar kalkuliert. Denn ihnen wäre es mitnichten um irgendeinen Inhalt gegangen, Reisefreiheit, Menschenrechte etc., sie hätten mit ihrem Transparent lediglich provoziert, um die Verfahren ihrer Ausreiseanträge zu beschleunigen: sich verhaften zu lassen, um zügig nach drüben abgeschoben zu werden oder freigekauft. Und am Rande dieser Tumulte eben war auch Wanja verhaftet worden, den es aus Neugier dorthin verschlagen hatte, wie auch ihn, G. B. M., zufällig, mehr oder weniger. Hätte er zweihundert Meter weiter weg gestanden, wäre Wanja nichts geschehen.

«Wie Ihnen», sagte Less.

«Reine Glückssache», sagte Mahner, «mich hätte es genauso erwischen können.»

«Und was passiert jetzt?»

«Es wird schon werden», sagte Mahner, «er hat einen guten Rechtsanwalt. Und falls was ist: Du weißt ja, wo ich wohne. Du kannst jederzeit kommen.»

«Danke», sagte Less und hatte schon wieder die schwere Hand des Barden auf der Schulter.

Freiheit ist immer die Freiheit der Andersdenkenden», sagte Less, in die Ledercouch Nathanaels gesunken, dessen Rum-Vorräte unerschöpflich sein mussten.

«Der *Andersdenkenden*?», sagte Nathanael und rümpfte die Nase. «Deren Gedanken haben genauso lange Bärte wie ihre Gesichter.»

«Stand auf dem Transparent», sagte Less.

«Die Zeit fürs Denken ist vorbei», sagte Nathanael, «man sollte lieber mal jemanden zusammenschlagen.»

«Und wen?»

«Alle, die bei drei nicht auf den Bäumen sind», sagte Nathanael und grinste.

Eigentlich war Less gekommen, um sich vom Anarchisten zu verabschieden. Es war Winter, wie immer eben, wenn man sich die Jahreszeit vergegenwärtigte, und er hatte keine Arbeit, was nicht weiter tragisch war, aber seit er Wanja nicht mehr erreichen konnte … und Beck, der sich nicht meldete … und Dani … und Irenchen sowieso.

«Ich fahr nach Hause», sagte Less.

«Jetzt schon?», sagte Nathanael und sah auf die Uhr.

«Nein, richtig», sagte Less, «zu meinen Eltern.»

«Und wann?»

«Weiß nicht.»

«Wenn du am Freitag fährst, würde ich mitkommen», sagte Nathanael, «für zwei Tage in die Natur. Täte uns beiden gut.»

«Also dann», sagte Less, «Freitag.»

Less ließ die Wohnung so zurück, wie er sie damals vorgefunden hatte: mit dreckigem Geschirr in der Spüle, die Tür nur angelehnt, sodass sie ein anderer Wohnungssuchender leicht von außen aufstoßen konnte. Einen Teil seiner Bücher hatte er zu Nathanael gebracht, der sie für ihn aufbewahren wollte, der Rest war an ein Antiquariat gegangen. Nur das *Schokoladenmädchen* hatte er sorgfältig zusammengefaltet und in seinen Koffer gelegt, man konnte nie wissen …

Das Wetter war phänomenal, als sie Freitagmittag in der S-Bahn nach Berlin-Schönefeld saßen. Die Woche über hatte es geschneit, danach war ein Hochdruckgebiet über das Land gekommen, das nun für klirrende Kälte und strahlenden Sonnenschein sorgte, für einen Abschied ohne Niederschlag, sozusagen. Draußen zog kristallklar die Silhouette der Stadt vorbei, wie mit Firnis überzogen, Alexanderplatz, Osthafen, Treptow, die Heizkörper des Abteils glühten, Nathanael las in einem Buch, und Less versuchte an nichts zu denken, außer an das, was er sehen konnte, dann wurden allmählich die Häuser niedriger, am Damm dehnten sich Kleingartenkolonien, dürre Obstgehölze, die unter der Schneelast ächzten, der Plänterwald, in dem sich im Sommer die Punks trafen, die richtig harten und die Poser, und wo auch Dani einige Male … und gegenüber, am anderen Horizont, die verschachtelten Bauten, Westberlin, wieder strahlend weiß, und wieder hingen dekorative Kumuluswolken darüber, und endlich dann Schönefeld am äußersten Rand der Stadt.

Sie hatten beschlossen, den letzten Zug zu nehmen, mit dem sie in Wegeleben noch einen Anschluss erreichen könnten, der sie hinbringen würde zu dem Prellbock aus verwittertem Holz, dem Ende des flachen Landes. Abteile und Gänge waren voll, betrunkene Soldaten, die in den Kurzurlaub fuhren, betrunkene Lehrlinge mit plärrenden Kassettenrekordern, Studenten, die in Büchern lasen und Wein aus Flaschen tranken, es herrschte die entspannte Stimmung eines Feiertags, Erwartung, Vorfreude, irgendwas, das angenehm war, weil es nicht zum Alltag gehörte, und selbst Nathanael hatte sich zu Less' Erstaunen davon anstecken lassen, verzichtete auf hämische Kommentare, sprach in verständlichen Sätzen von banalen Dingen, und er trank sogar von dem Bier, das Less aus der Mitropa geholt hatte. Die Landschaft, die am Fenster vorbeiflog, sah kalt aus und klar, als sei sie unbelebt, wie gemeißelt, selbst der Rauch, der weiß und lotrecht aus den Schornsteinen aufstieg: sauber. Kurzzeitig vergaß Less sogar den Grund dieser Reise, er war hier mit Nathanael auf einem Ausflug, und sie ließen sich einfach bewegen, doch als es dunkel wurde, fiel ihm wieder ein, wie diese Landschaft aussah bei anderem Wetter und anderem Licht, und er konnte sich gut erinnern, wie sie dabei roch, und als Magdeburg passiert war, fiel ihm schließlich der Grund wieder ein, warum er hier mit einem Haufen Besoffener im Zug saß.

Dann fuhr der Zug in Wegeleben ein, und Less hielt den Kopf aus dem Fenster, routinemäßig, ohne die Erwartung, etwas zu sehen zu bekommen, doch dann sah er sie, aufgeregt, im fahlen Licht der Bahnsteigbeleuchtung, gehüllt in viel Wolle und trotz der Jahreszeit einen kleinen Blumenstrauß in der Hand: Delia.

Natürlich hatte Less seine Großeltern benachrichtigt, bei denen er und Nathanael das Wochenende über wohnen wollten, doch dass Delia hier warten würde, im Niemandsland, anderthalb Stunden Fahrt auf sich nehmend, hätte er nicht gedacht. Sie besaß eben ein großes Herz, und Less war entschlossen, ihr Nathanael vorzustellen. Delia jedoch hatte ihn nicht entdeckt und war am Ende des Bahnsteigs stehen geblieben.

Nachdem sie ausgestiegen waren, sah sich Less nach ihr um. Sie stand vor einer geöffneten Waggontür, aus der die Leute ausstiegen, und blickte erwartungsvoll. Less wollte schon zu ihr gehen, als ein Soldat aus dem Waggon sprang, direkt vor Delias Füße, direkt in ihre Arme, und dort hängen blieb, sein Gesicht an ihres pressend, und trotz der tarnenden Uniform brauchte es keine Sekunde, bis Less wusste, wer der Angreifer war, es war Maik Göhrke, Göhrke, diese Knallcharge, dieser … dieser … Fabeldichter, der sich an Delia zu schaffen machte, so intensiv, dass sie noch nicht einmal dazu gekommen war, den Blumenstrauß zu übergeben.

Auf dem gegenüberliegenden Gleis wartete schon der Anschlusszug, und Less zog Nathanael mit sich, ganz nach vorn, in den ersten Waggon hinter der Lok, um Delia und Maik abzuhängen.

Ja, und da war sie wieder, seine Heimatstadt, und statt sich einen Gedanken des Hasses zu gönnen, musste Less so tun, als habe er etwas auf den Abteilboden fallen lassen und suche nun danach, und das nur, um Delia und Maik nicht zu begegnen, um ihnen einen Vorsprung zu geben, denn er wusste, sie würden den gleichen Weg vom Bahnhof nehmen, die Thälmannstraße hinauf.

Am Abend ging er mit Nathanael ins Klubhaus der Hütte. Herr Hellmund stand hinter dem Tresen und erkundigte sich, wie es ihm gehe, und Less spulte eine nichts sagende Geschichte herunter und bestellte Martinis. An einem der Tische saß Wattig und winkte kurz rüber, und auch die Arbeiter waren da und die Säufer, auf den ersten Blick hatte sich nichts geändert, doch es schien Less, als habe sich während seiner Abwesenheit eine weitere Schicht Staub auf das Inventar gelegt, nicht gelegt, vielmehr hineingefressen, etwas, das sich mit keinem Wedel der Welt wieder entfernen ließe, das jede Schicht frischer Farbe schlucken würde. Nathanael und er tranken so lange, bis sie nicht mehr konnten.

Der nächste Tag war so strahlend wie der vorangegangene, und auch Nathanaels Laune hatte sich nicht verschlechtert. Gegen Mittag brachen sie zu einem Spaziergang auf. Nathanael war hingerissen von der Idee, durch die Landschaft zu laufen, Berge zu besteigen, frische Luft zu atmen. Less tat ihm den Gefallen und ging ohne zu murren mit. Sie mussten einen komischen Anblick abgeben, wie sie so in ihren Stadtklamotten durch die Natur stiefelten, durch den Schnee, ohne Ziel und ohne viele Worte zu verlieren, am Wildbach entlang, an dessen Rändern sich kleine Eisschollen gebildet hatten, die die Sonne zum Funkeln brachte.

Was hätte Less auch sagen sollen. Vielleicht hätte er die Geschichte mit Irenchen erzählen können, vielleicht konnte ihm Nathanael einen Rat geben, aber der schwieg und schien auch nicht geneigt, etwas zu sagen, als müsse er sich von den rhetorischen Ausbrüchen erholen, die ihn regelmäßig in Berlin heimsuchten.

So verstrich die Zeit, und Less wurde allmählich kalt, aber Nathanael bestand darauf, einen Aussichtspunkt zu erklimmen, abgezäunt auf einem steilen Felsen, den er vom Tal aus entdeckt hatte. Während sie eine Serpentine hinaufliefen, wurde es dunkler, und als sie dann endlich den Aussichtspunkt erreicht hatten, hing die Sonne nur noch eine Handbreit über dem Bergmassiv auf der anderen Seite des Tals. Nathanael stand am Geländer und atmete weißen Dampf aus und starrte Löcher in die Landschaft, minutenlang, und Less wartete und wartete, aber nichts passierte, und dann begann er doch, die Geschichte mit Irenchen zu erzählen, in Stichworten, und erst als er fertig war, drehte sich Nathanael zu ihm um, stand da und starrte jetzt *ihn* an, sodass Less seinen Blick in den Schnee fallen ließ und ebenfalls ans Geländer trat, um Löcher in die Landschaft zu starren. Und auch Nathanael wandte sich wieder dem Abgrund zu und blickte nach unten und fragte: «Bleibst du wirklich hier?»

Und Less sagte: «Ja.»

«Für immer?», fragte Nathanael und zog die Stirn in Falten.

«Wahrscheinlich nicht.»

«Du könntest nach Prag fahren», sagte Nathanael. «Du könntest sie in Prag treffen.»

Die Sonne war ein weiteres Stück nach unten gerutscht und steckte jetzt hinter einem Felsvorsprung, dessen Umrisse gleißend rot leuchteten: Was für ein elender Kitsch.

«Ja», sagte Less, «könnte ich.»